ハヤカワ文庫 NF
〈NF567〉

シーラという子〔新版〕
虐待されたある少女の物語

トリイ・ヘイデン
入江真佐子訳

早川書房
8619

ONE CHILD

by

Torey Hayden

Translated by
Masako Irie

Published 2021 in Japan by
HAYAKAWA PUBLISHING, INC.
This book is published in Japan by
arrangement with
CURTIS BROWN LTD.
through JAPAN UNI AGENCY, INC., TOKYO.

もちろん、シーラ・Rに捧ぐ

私のオフィスの壁に貼ってある詩について、私は何度も尋ねられました。それで、みんなにこの詩を書いた子どものことを知ってもらうべきだと思ったのです。彼女の半分でもうまく書けていればいいのですが。

シーラという子〔新版〕

——虐待されたある少女の物語

プロローグ

成人してからの大半をわたしは情緒障害の子どもたち相手の仕事をして過ごしてきた。大学一年生の秋に、低所得者層の未就学障害児のための訓練プログラムを手伝うボランティアをした。あの時以来、わたしは複雑な様相をみせる子どもの心の病気にずっと心をうばわれつづけてきた。あれからわたしは三つの学位を取得した。教員助手として、教師として、大学の講師として、精神医学研究者として数年間仕事に没頭した。その間五つの州に住み、職場も私立のディケア・センター、公立小学校、閉鎖精神科病棟、州立の施設といろいろ変わったが、その間ずっとこうした子どもたちの問題に対する何らかの答えを見つけようとしてきた。彼らのことをなんとか理解できるような魔法の鍵はないものかと求めつづけてきた。そのいっぽうで、心のどこかで、そんな鍵などありはしないこと、そして愛情でさえも何の役にも立たない子どもたちがいるということも、ずっと前からわかっていた。しかし、人間の魂を信じたいという気持ちは、すべての理屈から逃れ、わたしたちの知識という手のすきまからはるか彼方へと飛んでいくものだ。

わたしは仕事のことでよく質問をされる。その中でももっとも多い質問は、いらいらしないのか、というものかもしれない。毎日毎日暴力、貧困、薬物やアルコール依存症、性的肉体的虐待、無視と無関心といった出来事につきあいながら暮らしていて、いらいらしませんか、ときく大学生。これだけ一生懸命働いてもごくわずかな見返りしかないことに、いらいらを感じないのか、と普通学級の教師。最大限成功したとしても、正常に近づく以上のことはありえないとわかっているのに、そして、これらの幼い子どもたちは、わたしたちの水準からすると決して生産的でも、社会に貢献することもない人生を歩まねばならないと宣告されているとわかっているのに、いらだつことはないのか、とみんながきく。

ちがう、ちがう。そうではないのだ。この子たちもふつうの子どもなのだ。ときにはいらいらさせられることもあるけれども、それはどんな子どもにもあることだ。それどころか彼らは非常に情が深く、驚くほどの洞察力を持っていたりもする。狂気のみが真実をすべて語らせるように思えるのだ。

それだけではない。彼らには勇気がある。夕方のニュースをつけて、どこか遠くで起こった目新しい派手な出来事を聞いている間に、わたしたちは自分たちのすぐそばで演じられている実にリアルなドラマを見逃してしまっている。どんな外の出来事よりもすばらしい勇気あることがすぐそばで行なわれているというのに、残念なことだ。子どもたちの中には、ひとつひとつの動作をするたびに、いわれのない恐怖に襲われるという悪夢で頭がいっぱいの子どもがいる。とても言葉ではいい表わせないくらい暴力的でひねくれてしまっている子どもがいる。どんな動物でも持っている、命あるものとしての尊厳すらなくなってしまっている子どもがいる。愛を知らずに生きている子もいれば、希望をまったく持たずに生きている子もいる。それでも彼らはなんとかがんばっている。ほとんどの場合、他にどうすることもできずにそういう状況を受け入れている。

本書はたった一人の子どもについて書いたものだ。憐れを誘うために書いたのでもなければ、一人の教師を賞賛するために書いたものでもない。また、知らずにいれば安穏としていられるはずの人々の心をわざわざ落ちこませるために書かれたものでもない。そうではなくて、本書は心を病む子どもたちと一緒に働いていていらいらしないかという質問に対する答えなのだ。また、本書は人間の魂に捧げる賛歌でもある。なぜなら、この小さな女の子はわたしがかかわってきたすべての子どもたちと同じだから。わたしたちみんなと同じように、彼女もまた苦難を生き延びた者なのである。

1

わたしは気づくべきだった。

新聞の六面の漫画の下にほんの数行書かれただけの小さな記事は、近所の子どもを誘拐した六歳の女の子の話を伝えていた。十一月の寒い夕方に、女の子は三歳の男の子を連れ出し、その子を近所の植林地の木にしばりつけて火をつけたというのだ。男の子は現在地元の病院に入院中で重体だという。女の子は身柄を拘束された。

わたしはその記事を新聞の他の記事と同じように何気なく読み、いったい何という世の中になってしまったんだろうと反射的な嫌悪感を感じた。それから、その日食器を洗っているときに、またこの記事のことが頭をよぎった。警察はこの女の子をどうしたのだろう、とわたしは思った。六歳の子どもを留置所に入れたりできるものだろうか？古い、すきま風が吹く留置所に子どもがころがされている、なんとなくカフカ風のイメージが頭に浮かんだ。そう考えたときも、ただ顔のない不特定の子どもを想定していただけだった。だが、わたしは気づくべきだったのだ。

自分の受け持ちのクラスに、こんな経歴のある六歳の子どもを入れたいと思うような教師などいないということに、気づくべきだったのだ。こんな子に自分の子どもと同じ学校に通ってほしいと思う親などいない。こんな子どもを自由の身にしておきたいと思う者などいないだろう。わたしは最後にはこの子がわたしのクラスに来ることになるということをわかっているべきだったのだ。

わたしはうちの学区で愛情をこめて〝くず学級〟と呼ばれているところで教えていた。障害児を普通学級に組みこむ努力が始まるちょうど前年のことだった。つまり、問題のある児童をそれぞれ特別のクラスに分類するということが行なわれた最後の年のことだ。精神遅滞の子どものクラス、情緒障害の子どものクラス、身体的な障害をもつ子どものクラス、問題行動を起こす子どものクラス、学習障害の子どものクラス、そしてわたしのクラスがあった。分類からとり残された八人がわたしの生徒だった。つまり、この八人はどれにも分類のしようのない子どもたちだったのだ。わたしは施設に収容される前の最後の砦だった。見捨てられた子どものためのクラスだった。

その前の春、わたしは補助教員として教え、一日の一定時間だけ普通学級に出席している情緒障害の子や学習障害の子の手助けをしていた。わたしはその学区でしばらくの間いろいろな職種に携わっていたので、障害児教育担当部長のエド・ソマーズが五月にわたしのところに来て、次の秋学期からくず学級で教える気はないかといってきたときにも別に驚かなかった。エドはわたしに重度の障害を持つ子どもたちを教えた経験があること、そしてわたしが小さい子どもたちが好きだということはわかっているといった。それからわたしが挑戦することが好きなことも。こういってから、エドはそのお世辞がどんなにわざとらしく聞こえるかに気づいたのか、にが笑いをした。だが、そうまでしなくてはいられないほど、彼のほうでもせっぱつまっていたのだった。

わたしはイエスといったが、無条件でというわけではなかった。自分だけが受け持つ子どもたちがいる自分のクラスをもう一度持ちたいという気持ちはすごく強かったが、同時に自分ではその気がなくても上から抑圧してくる校長からは解放されたかった。彼は根はいい人ではあるのだが、わたしとは物の見方がちがっていた。わたしのくだけた服装や、教室の乱雑さ、子どもたちにわたしをファースト・ネームで呼ばせることなどを批判していた。これらは些細なことではあったが、そういうことにかぎって大問題になるのが世の常だ。このクラスを受け持ってエドに恩を売っておけば、ジーンズをはくことや、わたしのだらしなさ、子どもたちとなれなれしくすることなどを許してもらえることがわたしにはわかっていた。そんなわけで、どんな問題が起こっても乗り越えられると自信満々で、わたしはこの仕事を引き受けた。

その自信も、契約書に署名をしてから学校での初日が終わるまでの間にかなりしぼんでしまった。最初の一撃が来たのは、自分がいままでいた学校に配置され、いままでの校長の下で働かなくてはならないのだとわかったときだった。いまや校長はわたしのことだけではなく、八人の非常に特異な子どもたちのことまで心配しなければならなくなったわけだ。ただちにわたしたちには、体育館とだけつながっている別館にある部屋があてがわれた。わたしたちは学校の他の部分から完全に切り離されたのだ。もし子どもたちがもっと年長で、もっと行儀がよかったら、この教室でも広さは充分だっただろう。けれども、八人の小さい子どもに、大人が二人、それに机十個と、テーブル三個、本棚四個に夜になると増殖するらしい数えきれないくらいの椅子を収めるとなると、その部屋はどうしようもなく窮屈だった。そこで、まず教師用の机と本棚二個、ファイル・キャビネットを出し、それから九脚を除いて残りの小さな椅子をすべて出し、ついには生徒用の机も外に出した。そのうえ、この部屋ははるか向こうに窓がひとつあるだけの、細長い部屋だった。もともとはテストやカウンセリング用に設計された部屋だったのだ。だから室内には鏡板が張られ、床にはカーペットが敷きつめられていた。一日じゅう電気をつけていなくてもいい部屋、あるいはこぼしたりよごしたりしたときに掃除のしやすいリノリウムの床の部屋と交換できるのなら、わたしはこの豪華さを喜んで手放しただろう。

州の法律によってわたしにはフルタイムの助手が必要だとされていた。わたしは重度の情緒障害の子どもたちを最大限受け持たされていたからである。わたしとしては、前年に一緒に仕事をしていた優秀な二人の女性のうちのどちらかが助手になってくれればと願っていたが、だめだった。新たに採用された助手が来ることになった。すぐそばに州立病院、州立刑務所、巨大な季節労働者用キャンプがあるこの地域では、膨大な量の福祉対象者リストがあった。そんなわけで熟練を必要としない仕事はふつう社会福祉事業にリストアップされている失業者に当てられることになっていた。わたしとしては助手という仕事が熟練を必要としないとは考えていなかったが、福祉課のほうではそう考えているようで、学校の初日、わたしはひょろっと背の高い、英語よりはスペイン語のほうをよく話すメキシコ系アメリカ人と対面することになった。彼、アントンは二十九歳で、高校も卒業していなかった。いや、子ども相手の仕事をしたことはないな、と彼は認めた。いや、特別そういう仕事をしたいと思ったこともなかったよ。だけど、与えられた仕事を受けないと、給付金をもらえなくなるんだよ、と彼は説明した。彼は大きな身体でちっちゃな椅子に座り、もしこの仕事がうまくいけば、他の季節労働者たちについてカリフォルニアにいかずに、初めて冬じゅうずっと北部にとどまることになるといった。そんなわけで、わたしたちは二人になった。後に、学年がスタートしてから、毎日二時間の自習時間にここに来てわたしのクラスで働いてくれるという十四歳の中学生も仲間に加わった。このように体制を整えて、わたしは子どもたちと会った。

わたしはこの八人の生徒に特別の期待は持っていなかった。長くこの仕事をやってきていたので、純粋さとでもいうようなものはもう持ち合わせていなかった。それから、たとえショックを受けたり驚いたりしても、それを顔に出さないことが最大の防御だということもとっくの昔に習得していた。そのほうが安全なのだ。

八月のその朝、一番にやってきたのはピーターだった。八歳で、もじゃもじゃのアフロ・ヘアのがっしりした黒人の男の子、ピーターは、そのたくましい身体に似合わずひどい神経の病気にかかっていた。そのために激しい発作を起こし、乱暴な行動がますますひどくなってきていた。ピーターは罵りの言葉をわめき散らしながら、怒り狂って教室に飛びこんできた。学校なんかだいきらい、おまえなんかだいきらい、この教室なんかだいっきらいだ、こんなつまんねえ部屋にじっとなんかしてられるか、と彼はわめきつづけ、実際そんな子をじっとクラスにとどまらせるなどわたしにはできなかった。
次に来たのはタイラーだった。名前から男の子を予想していたわたしは、タイラーが女の子だったのでびっくりした。彼女は黒いカーリー・ヘアの頭を垂れ、お母さんの後ろからそっと歩いてきた。タイラーも八歳で、いままでにすでに二回も自殺を試みていた。最後の自殺未遂のときに飲んだ排水管クリーナーのために食道の一部が溶けてしまっていた。そのため彼女の喉（のど）には人工のチューブが通されており、赤い、大きな手術の傷跡が彼女がやったことを残酷に物語っていた。

　マックスとフレディは二人とも叫びながら飛びこんできた。大柄でブロンドの六歳のマックスは小児自閉症だと診断されていた。叫び声や金切り声を出し、両手をぱたぱたさせながら部屋じゅうを走り回る。彼がいつも予想もしない動きをすることを彼の母親は謝っていた。母親は弱々しくわたしを見たが、数時間彼から解放される安堵がありありとその目に見てとれた。フレディは七歳だが体重が四十三キロもあった。服の端から脂肪がはみだし、シャツのボタンもはちきれそうだった。床にごろりと横になっていいとわかると、彼は叫ぶことをやめ、いやそれだけではなく他のすべてのことをやめて、小山のようにじっと横たわってしまった。ある報告書によると、彼もまた自閉症児ということだった。彼のことを重度の精神遅滞だという報告もあったが、まだわからないという報告もあった。

七歳のセーラのことは三年前から知っていた。彼女が保育園にいたときに一緒に過ごしたことがあったのだ。身体的及び性的な虐待の犠牲者であるセーラは、怒りっぽい反抗的な子どもだった。別の学校で特別支援学級の一年生だった去年一年間口をきかなかった。自分の母親と姉以外の人間に話すことを拒絶していたのだ。わたしたちはお互い顔を見て微笑み合った。見慣れた顔を見てうれしかったのだ。

立派な服装をした中年の女性が、美しいお人形のような子どもを連れて入ってきた。小さなかわいい女の子は子ども用のファッション雑誌から抜け出てきたようだった。やわらかいブロンドの髪はていねいにスタイリングしてあるし、糊のきいたドレスにはしみひとつない。彼女の名前はスザンナ・ジョイ。六歳で、学校に来るのは今日が初めてだった。思わず胸が痛んだ。学校に入る最初の入口でわたしのクラスに来るようにいわれるということは、将来に希望の持てる徴候ではなかった。両親は医師からスザンナが正常になることはないといわれていた。彼女は統合失調症だったのだ。聴覚的にも視覚的にも明らかに幻覚を持っているようで、ほとんどの時間をめそめそ泣くか、身体を前後にゆすって過ごしていた。しゃべることはめったになかったし、仮にしゃべったとしても意味のあることはほとんどいわなかった。母親の懇願するような目が、どうぞこの妖精のような子どもをふつうにもどす魔法の儀式を執り行なってくれと訴えかけていた。この訴えるような目にみつめられてわたしは胸が痛んだ。その目はいままで医師たちにいわれてきたことを頑固に拒んでいたからだ。わたしたちの誰もスザンナ・ジョイが必要としている魔法を使えないと知ったときの親の苦悩が、わたしにはわかっていた。

最後に来たのはウィリアムとギレアモーだった。二人とも九歳。ウィリアムはひょろっとした青白い顔の少年で、水と暗闇と車と電気掃除機とベッドの下のほこりを怖がっていた。自分を守るために、ウィリアムは手のこんだ儀式を執り行なっており、強迫観念にかられるように絶えず自分の身体に触ったり、小声で呪文の言葉を唱えたりしていた。ギレアモーは毎年農作業をするためにやってくるメキシコ系アメリカ人のおびただしい数の季節労働者の子どもだった。この子は怒りっぽいがまったく自分をコントロールできないということはなかった。だが、気の毒なことに目が見えなかった。最初彼がわたしのクラスに割り当てられたとき、わたしはどうしていいかわからなくなった。だが、全盲や弱視の子ども用のクラスは、彼のような乱暴な行動をする子にふさわしい施設ではないといわれたのだ。それじゃあお互いさまじゃないの、とわたしは思った。わたしのところだって目の見えない彼を扱うのにふさわしい場所ではないと感じていたからだ。

そんなわけで当初わたしたちは十人だった。そこに中学生のウィットニーが加わり、全員で十一人になった。最初にこの雑多な子どもたちと、同じくばらばらなスタッフを眺めたとき、わたしは絶望に襲われた。これでどうしてクラスとしてやっていけるのだろうか？　どうやってこの子たちに算数をやらせたり、九カ月でしなければならないとされている他の奇跡を行なったりできるというのだろうか？　三人はまだトイレット・トレーニングもできてないし、二人はまだときどきおもらしをしていた。三人はしゃべることができず、一人はしゃべれてもしゃべろうとしない。二人は反対に黙ろうとしない。一人は目が見えない。このクラスがわたしが予想していた以上の挑戦であることだけは確かだった。

それでもわたしたちは何とかやっていった。アントンはおむつの交換の仕方を覚えた。ウィットニーはカーペットに染みこんだおしっこを拭くことを覚えた。そしてわたしは点字を覚えた。校長のミスター・コリンズは別館にやってこないことを覚えた。エド・ソマーズは身を隠すことを覚えた。そしてわたしたちはクラスになった。

クリスマス休暇の頃になると、お互い気心も知れ、わたしは明日が待ち遠しいと思えるほどになってきた。セーラはふたたびしゃべりはじめた。マックスは字を覚えだしていた。タイラーはときどき微笑むようになっていたし、ピーターはそれほど頻繁に逆上しなくなっていた。ウィリアムは自分を守るための呪文を一言もいわなくてもランチルームへ行く廊下にある全部の電気のスウィッチのそばを通れるようになったし、ギレアモーはいやいやながらも点字を覚えはじめていた。ではスザンナ・ジョイとフレディは？　彼らについてはまだ努力を続けている最中だった。

わたしは例の新聞記事を十一月下旬に読んだのだが、そのことは忘れてしまっていた。だが、忘れてはいけなかったのだ。いずれそのうちにわたしたちが十二人になることを、わたしは予測していなければいけなかったのだ。

クリスマス休暇が終わって学校が再開した翌日に、エド・ソマーズがわたしの部屋に姿を見せた。彼は早々とやってきた。柔和な顔には例の謝るような表情が浮かんでいた。彼がこういう顔をするときにはわたしにとってなにか厄介なことがあるのだと、わたしは気づきはじめていた。こういう表情のあとには必ず、ギレアモーに特別の補助教員はつけられないとか、スザンナの両親がみつけてきた新しい医者からもやはり希望はないという報告がきたというような事実がくるのだった。エドにしてもこういう事態を望んでいるわけではないのだ。わたしは彼が心からそう思っているのがわかるだけに、彼に怒ることはできなかった。

「きみのクラスに新しい生徒が入ることになったよ」とエドはいったが、顔にはそうわたしに告げることのためらいがはっきりと出ていた。

わたしはわけがわからず、彼の顔を長い間じっとみつめた。わたしはすでに州が許可する最大限の生徒を受け持っていたし、さらにもうひとり子どもが入ってくるなんて予想もしていなかった。「いま八人受け持っているのよ、エド」

「わかっているよ、トリイ。だがこれは特例なんだ。その子を入れる場所がどこにもないんだよ。きみのクラスしか考えられるところはないんだ」

「でもわたしはすでに八人の子を受け持っているのよ」わたしはばかみたいに同じことを繰り返した。「それ以上は無理だわ」

エドは苦しそうな顔をした。彼は熊のような大男で、背も高くフットボール選手のような筋肉がついていたが、さらにその上に中年特有の脂肪がついていた。頭はほとんど禿げあがり、わずかに残った髪をぴかぴか光る頭の上にていねいに櫛で撫でつけていた。だが、それより何より彼はやさしかった。わたしは彼がやさしい人間にはやっていきにくい教育界でこんな高い地位まで出世したことに驚いていた。だが、そこにこそ彼がここまで出世した秘訣があるのかもしれない。というのも彼がわたしに対してしなければならないことで彼自身が傷ついているのを見ると、わたしのほうがかえって気持ちがやさしくなってしまうからだった。

「その子のどこがそんなに特別なの？」わたしはためらいがちにきいてみた。

「十一月に幼い男の子を火傷させたあの女の子なんだよ。その子を学校から連れてきて、州の精神科病院に送る手続きはしたんだがね、小児病棟に空きがないんだよ。で、その子はこの一ヵ月家にいるんだが、ありとあらゆる問題を起こしている。それでソーシャル・ワーカーが我々にその子をなんとかしてくれないかといってきたんだよ」

「ホームバウンドにはできないの？」とわたしはきいた。ホームバウンドとは、なんらかの理由で学校にいけない子どものために、教師をその子どもの家まで派遣して家庭で教育するという用語だ。わたしの教え子の中にもホームバウンドで教育を受けてきた子が大勢いる。重度の情緒障害を持つ子どもには、適当な施設がみつかるまでこの方法で教育を受ける場合が多い。

エドは床を見ながら顔をしかめた。「その子を教えたいと思う者が誰もいないんだよ」

「その子、六歳でしょ」わたしはびっくりしていった。「六歳の子を怖がっているの？」

エドは肩をすくめた。彼が何もいわないことが、その子について言葉でいう以上のものを物語っていた。

「でも、わたしはもういまの子どもたちだけで手いっぱいなのよ」

「だれか一人よそに移せる子を選んでもらえないかな。その子をここに入れなければならないんだよ、トリィ。しばらくの間だけだ。州立病院に空きができるまででいいんだ。だが、とにかくその子をここに入れなければならないんだよ。その子にはここしかないんだ。その子向きの場所はここしかないんだよ」

「つまり、その子を引き受けるような愚か者はわたしくらいしかいないということなのね」

「よそに移す子を一人選んでもらっていいから」

「で、いつから来るの？」

「八日だ」

そのころにはもう子どもたちが到着しはじめていて、わたしは休暇明けの一日目の準備をしなければならなかった。わたしが仕事にもどらなければならないのを感じて、エドはうなずいてその場を去った。時間を与えれば、わたしが引き受けるだろうということをエドは知っていたのだ。わたしがどんなに虚勢をはったところで、わたしをいくるめるのは簡単だということがエドにはわかっていたのだ。

アントンに事情を説明してから、わたしは子どもたちを見渡した。一日を一緒に過ごしながら、誰にこのクラスから出ていってもらおうかと自問しつづけた。ギレアモーが一番に候補にあがった。わたしには彼を教える資格がなかったからだ。だが、そんなことをいえばフレディとスザンナ・ジョイはどうなのだ? 二人ともほとんど特筆すべき進歩はしていない。彼らをひっぱってきておむつを替えることなら誰にでもできるではないか。それともタイラーはどうだろう。タイラーはいまではそれほど自殺衝動に駆られることもなくなっていた。自殺してやると口走ることもほとんどなくなっていたし、絵を黒のクレヨンで描くこともしなくなっていた。おそらく教師が一人専任につけば彼女の面倒は見られるだろう。わたしは一人一人の子どもたちを見ながら、彼らをどこに移せばいいか、移ったとして彼らがどのようにやっていくだろうかと考えた。それから彼らがいなくなったらこのクラスはどうなるだろう、とも考えた。心の中ではここより保護の手薄なクラスでその厳しさに耐え抜いていける子は誰もいないということがよくわかっていた。そんな心の準備ができている子は誰もいない。わたしのほうでも誰か一人をあきらめる心の準備ができていなかったし、見切りをつける準備もできていなかった。

「エド？」わたしは汗で滑り落ちそうになる受話器をしっかり握っていった。「わたしはどの子も他のクラスに移したくないの。わたしたち、いまとてもうまくいっているのよ。誰か一人を選ぶなんてとてもできないわ」

「トリィ、前にもいったように、どうしてもその子をここに入れなきゃならないんだよ。ほんとうに申し訳ない。こんなことをきみにさせたくないんだが、他にどこもないんだよ」

わたしは電話の横にある掲示板を暗い気持ちでみつめていた。掲示板はわたしのクラスの子どもたちは決して参加できないような行事のお知らせでいっぱいだった。どっと疲れがでてきた。「九人受け持つというわけにはいかないのかしら？」

「九人面倒を見てくれるのかい？」

「でもそれでは違法になるわ。もうひとり助手をつけてもらえない？」

「考えてみよう」

「イエスということなの？」

「だといいんだがね」とエドは答えた。「とにかく様子をみなければわからない。机ももうひとついるかね？」

「わたしに必要なのはもう一人の教師よ。それとも別の部屋か」

「もうひとつ机は必要かね？」

「いいえ。机はひとつもないの。最初の八人のときでも場所がなかったのよ。それでわたしたちはカーペットの上かテーブルに向かって座っているのよ。いいえ、机なんかいらないわ。とにかくその子をよこして」

2

その子は一月八日にやってきた。わたしがその子を受け入れることを承知した日から、その子がやってきた朝までの間に、わたしには何の連絡もなかった。ファイルも受けとらなかったし、その子についての背景説明もなにもなかった。わたしが知っていたことといえば、一ヵ月半前に読んだ例の新聞の六面の漫画の下にあったたった数行の記事に書いてあったことだけだった。でもそんなことはあまり関係なかったと思う。わたしが引き受けたものに対して、適切な準備などどだいできるはずはなかったのだ。

エド・ソマーズが、その子の手首をしっかりとつかみ、自分の後ろからひきずるようにして連れてきた。コリンズ校長もエドと一緒に別館までやってきた。「この人がきみの新しい先生になる人だよ」とエドは説明した。「それから、ここがきみの新しい教室だ」

わたしたちはお互いの顔を見た。その子の名前はシーラ。もう少しで六歳半になるところだった。艶のない髪に敵意むきだしの目をしたちっぽけな子どもで、ひどい臭いがした。わたしは彼女があまりに小さいので驚いた。もう少し大きい子を想像していたのだ。これでは被害者の三歳の子と大したちがいはないはずだ。くたびれたデニムのオーバーオールと色あせた男の子用の縞のTシャツを着たその子は、児童救済基金の広告に出てくる子どもみたいに見えた。

「ハーイ、トリイよ、よろしく」わたしは最大限に親しみをこめた教師用の声でそういって、彼女に手を差し出した。だが彼女は何の反応も示さなかった。しかたなくわたしはエドの手からその子の力のない手をとった。

「この子はセーラ。うちのクラスの歓迎係なの。いろいろ教えてくれるわ」

セーラは手を差し出したが、シーラは相変わらず何の反応もしないまま、目だけをみんなの顔から顔へと走らせていた。「いらっしゃい」とセーラが彼女の手首をつかんだ。

「シーラって名前なのよ」とわたしはいった。だがシーラはこの親切な行為に怒って、手をひっこめると後ろへさがってしまった。踵を返して走り出そうとしたが、戸口にちょうどコリンズ校長が立っていたので、もろにぶつかる格好になってしまった。わたしは彼女の腕をつかんで、ひっぱって教室に連れもどした。

「じゃあ、まかせるよ」そうエドがいったとき、例の申し訳なさそうな表情が彼の顔に浮かんだ。「この子の記録を綴ったファイルをオフィスに置いておいたからね」

エドとコリンズ校長が出ていくと、アントンがドアを閉めて錠をかけた。わたしはシーラをひっぱって、いつも朝の会をすることになっている、わたしの椅子が置いてあるところまで連れていき、わたしの前の床に座らせた。他の子どもたちが警戒しながらわたしたちのそばに集まってきた。これで十二人になったわけだ。

毎朝〝話し合い〟から一日を始めることになっていた。我が校では授業を始める前に国旗への誓いの言葉を述べ、国歌を歌うことになっていた。基本的な欲求を伝えることさえできない子どもたちに愛国心をもちだしてもしようがないとわたしは感じていたが、学校の理事会は愛国主義の表明を拒否する者をこころよく思っていなかった。わたしとしては国に忠誠を誓うよりもずっと大事なことで戦わねばならないことがあまりにも多かった。そこでわたしは妥協をして、話し合いの時間を作ったのだった。子どもたちは全員、めちゃくちゃな崩壊しかかっている家庭から来ていたので、わたしたちには前日別れたあと、毎朝ひとつにまとまるための何かが必要だった。わたしはコミュニケーションを促進し、言葉で分かり合うことを発達させるようなものを何かやりたかった。まず最初に誓いの言葉をいうことになっていた。わたしはこれをうまく利用して、一人の子どもにこの言葉を先導させた。そのためには、先導する子はその言葉を覚えなければならない。このプロセスだけでも価値はあった。意味のある言葉を人前できちんという練習になるからだ。そのあとでわたしは〝話題〟をみつけて話し合うということを始めた。幸せな気持ちになることについてなど、〝話題〟ではいろいろな気持ちについて考えることにしていた。あるいは、誰かが自分自身を傷つけようとしているところを見たらどうしたらいいかなどと、問題を解決する円卓会議になることもあった。わたしたちは全員に参加するチャンスがあるのだということを確認しながら、その場を踏み台にして進んでいった。最初のころは〝話題〟はすべてわたしが準備していた。だが一ヵ月、二ヵ月と経つにつれて、子どもたちが自分から意見をいうようになり、このところずっと、わたしのほうから話し合いを始めなくてもよくなっていた。

〝話題〟のあと、わたしは子どもたちひとりずつに、前日あるいは先週の金曜に学校が終わってから何があったかをしゃべらせた。朝の話し合いのこの二つの場面は日を追って活発になっていき、スザンナまでもがときには意味のあることをいうようになっていた。子どもたちにはみんないいたいことがたくさんあり、活動を終わらせるのに苦労するような日もあるほどだった。そのあと、わたしはその日の予定を簡単に説明し、それから歌を歌って朝の会を終わりにしていた。わたしはうまく歌うよりも楽しく歌える動作つきの歌のレパートリーをいっぱい持っていて、ふつうは子どもたちの一人を操り人形のように動かして歌った。子どもたちはこれが大好きで、最初入ってきたときには楽しくないような日でも、最後にはみんな笑ってしまうのだった。

そんなわけで、その朝、わたしは子どもたちをわたしのまわりに集めた。「さあ、みんな。シーラよ。今日からこのクラスに仲間入りしたの」

「なんで？」ピーターがいぶかるような声できいた。「新しい女の子が入ってくるなんて聞いてないよ」

「いいえ、ちゃんといったわ、ピーター。先週の金曜に、仲間になってくれてうれしいってシーラにわかってもらうためにいろんなものを見せる練習をしたでしょ？　覚えてないの？」

「えー、この子が来たことべつにうれしくないもん」とピーターはいった。「いままでのままのほうがよかったよ」ピーターはわたしのいうことは聞きたくないと、耳を両手でふさぐと、身体をゆすりはじめた。

「慣れるまでに少し時間がかかるかもしれないわね。でも、うまくやっていけるようになるわ」わたしがシーラの肩を軽く叩くと、彼女は身体をかわした。「さあ、誰が話題を提供してくれるの？」

全員がわたしを囲むようにして床に座っていた。誰も話さなかった。

「誰も話すこと、ないの？　それじゃあ、わたしが話すわね。自分が新入りで、知ってる人が誰もいなかったら、それとも自分は仲間に入りたいのに誰も入れてくれなかったら、どんな気持ちがするかしら？　心の中でどんなふうに感じるかしら？」

「いやだ」ギレアモーがいった。「ぼく、前にそういうことがあったけど、いやだった」

「そのときのことを話してくれない？」とわたしはいった。

突然ピーターが飛び上がった。「この子臭いよ、先生」ピーターはシーラから遠ざかった。「この子すっごく臭いよ。こんなやつと一緒に座りたくないよ。臭くて死にそうだよ」

シーラは怒った目でピーターを見たが、何もしゃべりもしなければ動きもしなかった。彼女は両腕できつく膝をかかえこむような姿勢で、丸まっていた。

セーラも立ち上がって、ピーターが座り直した場所に移動した。「この子ほんとに臭いわ、トリイ。おしっこみたいな臭いがする」

この子たちに礼儀を守れというのは無理だった。ぶしつけな態度には驚かなかったが、いつものことながらわたしはうろたえてしまった。澄んだ目でこの世の中を見、見たままに反応する彼らを黙らせることは不可能だった。行儀作法を教える上で、わたしたちは一歩前進するごとに、二歩後退し、六歩は足踏みするという状態だった。

「ピーター、あなたが人から臭いっていわれたらどんな気がする？」

「だって、この子ほんとにすごい臭いんだもん」ピーターはいい返した。

「そういうことをきいているんじゃないわ。人からそういうことをいわれたらどういう気がするってきいてるのよ」

「おれはみんなをひどい臭いで教室から追い出したりしたくないもん。それだけはいえるよ」

「そういうことをきいているんじゃないでしょ」

「そんなことをいわれたら、心が傷つくわ」タイラーが勢いよく膝で立ち上がり、自分から意見をいった。タイラーはちょっとでも相手が怒ったり、反対したりすると極度に怖がり、なんとかその場を丸くおさめようと、八歳という年齢の割には極端に大人っぽい態度をとって、反対する子に母親のような態度で接するのだった。

「あなたはどう？　セーラ」とわたしはきいた。「あなただったらどんな気持ちがする？」

セーラはわたしの顔を見たくなくて、自分の指をみつめていた。「あんまりいい気持ちじゃないと思う」

「そうね。いい気持ちがする人は誰もいないと思うわ。じゃあこの問題を解決するのにもっといい方法って何かしら？」

「トリイが、誰もいないときに、臭いよってそっといってあげればいいんだよ」ウィリアムがいった。「そうすればあの子ははずかしい思いをしなくてすむよ」

「臭くないようにすればいいって教えてあげれば」とギレアモー。

「みんな鼻をつまめばいいんだ」とピーターがいった。彼はいまでも自分が不適切な指摘をしたということを認めたくはないようだった。

「そんなことしたってだめだよ、ピーター」ウィリアムがいった。「だって息ができなくなるもの」

「できるさ。口で息をすればいいんだよ」

わたしは笑ってしまった。「さあ、みんな。ピーターがいったようにやってみて。ピーター、あなたもやるのよ」シーラ以外のみんなが鼻をつまみ、口で息をした。わたしはシーラにもやってみるように勧めたが、彼女はどうしても膝にまきつけた手を放そうとしなかった。しばらくするとわたしたちはお互いのおかしな顔をみて笑ってしまった。フレディとマックスまでが笑っていた。シーラ以外のみんなが笑っていた。わたしは彼女がこれを自分をだしにした冗談だと思っているのではないかと恐れはじめ、あわててそうではないのだと説明した。彼女はわたしを無視し、こちらを見ようともしなかった。わたしたちはこういうふうにして問題を解決していくのだ、とわたしは彼女にいった。「こんなふうにされてどんな気持ちがする？」わたしはついに彼女にきいた。長い沈黙が流れた。みんなが彼女の答えをいまかいまかと待っている。他の子どもたちがいらいらしてきた。

「この子しゃべらないの？」ギレアモーがきいた。

「あたしも前はしゃべらなかった。覚えてるでしょ？」とセーラがいい出した。「あたし、あのころ頭がおかしかったから、誰ともぜったいにしゃべらなかったの」彼女はシーラを見た。「あたしもしゃべらなかったのよ、シーラ。だからどんな気持ちかよくわかるわ」

「そうね、シーラを困らせすぎたようね。もうちょっと時間をかけて慣れてもらいましょう。いいわね？」

わたしたちは朝の残りの時間、話し合いを続け、最後に《ユー・アー・マイ・サンシャイン》を合唱した。フレディは大喜びで手を叩き、ギレアモーは両手で指揮をし、ピーターは大声でがなりたてて歌った。わたしはタイラーをぬいぐるみ人形のようにあやつった。だがシーラは怒りの表情も露わに、みんなが踊る中でただひとり小さな身体を硬くしてうずくまっていた。

話し合いの時間が終わると、わたしたちは算数の勉強をするために分散した。アントンが他の子どもたちを指導してくれている間に、わたしはシーラに教室を案内してまわった。いや、実際には案内などというものではなかった。彼女をひっぱって立たせ、どうしても自分では動こうとしないので見せたい場所から場所へとひっぱっていかなくてはならなかった。身体の大きな思春期の子どもたちを教えているのではなくてほんとうによかった。わたしが望む場所にやっと連れてきても、彼女は両手で顔をおおって、どうしても見ようとしない。だが、とにかくわたしは彼女をあちこちひっぱりまわし、彼女がわたしたちの一員になったと心に決めた。彼女の引き出しとコート掛けを教え、イグアナのチャールズと、ヘビのベニー、それからあまりちょっかいを出すと噛むことのあるウサギのオニオンズを紹介した。クリスマスの前に育てはじめたので、休暇中もわたしが水をやりに出てこなければならなかった植物を見せ、毎日昼食の前に読むお話の本も見せた。水曜の午後に料理を作るときに使うお皿も見せた。それから水槽もおもちゃも見せた。彼女をかかえあげて、たったひとつしかない窓から見える景色も見せた。こんなふうに彼女を教室中ひっぱりまわし、その間ずっと彼女がわたしのいうことにすごく興味を持っているかのようにわたしはしゃべりつづけていた。だが、実際は、彼女は何の興味も示さなかった。少なくとも表面上は。彼女はわたしの腕の中でぐったりと重く、身体を硬く緊張させていた。その上、蒸し暑い七月の午後の屋外トイレのような臭いを放っていた。

最後にわたしはシーラをテーブルの前の椅子に座らせ、算数のプリントを用意した。このとき初めて彼女から反応があった。彼女はプリントをつかむと、くしゃくしゃに丸めてわたしに投げつけたのだ。わたしがもう一枚のプリントを出すと、彼女はまた同じことを繰り返した。もう一枚出す。また彼女がわたしの顔に投げつける。こういうことを続けていると、彼女のエネルギーがつきる前にプリントのほうがなくなってしまうことはわかっていた。それでわたしは彼女をひざの上に乗せて、彼女が両手を自由にできないようにその痩せた身体を片方の腕でおさえつけた。そうしておいて別の算数のプリントを前に置いた。簡単な足し算のプリントだった。二たす一、一たす四など、何ということもない問題ばかりだ。わたしは自由なほうの手でブロックがのっているトレイを引き寄せて、ブロックをテーブルの上にばらまいた。

「さあ、算数をするわよ」とわたしはいった。「問題一。二たす一は」わたしは彼女にブロックを二つ見せ、そこに三つ目のブロックを足した。「いくつになった？　さあ、数えてみましょう」彼女は頭をそらせ、硬くした身体をつっぱらせた。「数は数えられるの？　シーラ」返事はなかった。「さあ、助けてあげるから。一つ、二つ、三つ。二たす一は三よ」わたしは鉛筆をとりあげた。「さあ、答えを書きましょう」

すべてが戦いだった。わたしは彼女の身体から片手を苦労して引きはがし、今度はにぎりしめていた指を伸ばし、それからその中に鉛筆を握らせなくてはならなかった。突然いままでぎゅっと握り締められていた指が力を失い、鉛筆が指からすべり落ちて床に転がった。鉛筆を拾うためにわたしが身をかがめた瞬間に、彼女はブロックを二つつかみとりそれを部屋の向こう側に投げた。わたしは彼女の手をつかみ、鉛筆をもう一度押しつけると鉛筆を握るように指をふたたび曲げさせ、彼女がまた鉛筆を落としてしまわないうちにそれの上からわたしの手で押さえようとした。だが、わたしは不利だった。わたしは左利きなので、利き手のほうを膝の上で彼女を押さえつけるほうに使っていた。それでこういう器用さを要する動きを右手でしなくてはいけなかったのだが、やはり間に合わなかった。いや、左手を使っていたとしても同じことだったかもしれない。彼女はこのようなゲリラ戦が得意なようで、鉛筆はまたしても下に落ちた。もう一度同じことを試みたあとで、わたしはあきらめてしまった。

「どうやらまだ算数はやりたくないみたいね。わかったわ。じゃあ座っていなさい。ここではみんな自分の勉強をして、自分でできるだけのことをすることになっているの。でもそのことで喧嘩まではしたくないわ。座っていたいのなら、座っていなさい」わたしは彼女を部屋の隅までひっぱっていった。そこは子どもたちが興奮しすぎて、自制心を取りもどす必要があるときや、注意を引こうとして度が過ぎた振る舞いをしたときなどに、他の子どもたちから隔離するためのコーナーだった。わたしはそこまで椅子をひっぱっていって、シーラを座らせた。それから他の子どもたちのところへもどった。しばらくしてからわたしは彼女のほうを見ていった。「シーラ、仲間に入る気になったら、こっちに来ていいのよ」

彼女は壁に顔を向けて座ったまま、動かなかった。わたしは彼女をそのまま座らせておくことにした。またしばらくしてから、同じ言葉をかけた。それからもう少しあとにも。彼女にわたしがやらせたいと思うことは何一つする気がないことは明らかだった。わたしは彼女のところまでいき、椅子をコーナーから運んで部屋のまん中に置いた。そして他の子どもたちのところにもどった。彼女が座りたいのなら座っていてもいいが、クラスのみんなから孤立させたくなかったのだ。もし座るのなら、わたしたちみんなのまん中で座ればいい。

朝の日課はいつもどおり進んだ。シーラはどれにも加わらなかった。いったんその小さな木の椅子に座ると、どうしても動こうとはせず、両腕で抱きかかえた膝の上に顎をのせるようなかっこうをしたまま自分の世界にひきこもっていた。一度トイレにいくために椅子から立ち上がったが、また椅子にもどって同じうずくまった格好にもどった。休み時間の間も彼女は座ったままだった。もっともこのときは椅子ではなく凍えそうなセメントの上にだったが。こんな動きのない子どもは見たことがなかった。だが、彼女の目はずっとわたしのいくところいくところを追っていた。何かを考えているような、怒りにみちた厳しい目が、わたしの顔からそらされることはなかった。

昼食の時間になって、子どもたちが別館からカフェテリアまでいく準備にとりかかるのをアントンが手助けしていた。シーラも列にひっぱってこられていたが、わたしは近づいていって彼女のやせた手首をつかんで列からはずした。わたしたちは他の子どもたちがいってしまうまで待っていた。わたしが下を向いて彼女を見ると、シーラのほうもわたしを見上げた。一瞬、わたしはその目に憎しみではない何かがほの見えたような気がした。怒りではない何かが。恐れだろうか？

「こっちへいらっしゃい」わたしは彼女をテーブルのところまで連れてきて、わたしと向き合うかたちに椅子に座らせた。「あなたとわたしの間ではっきりさせておかなければならないことがあるわ」

彼女はわたしを睨んだ。色あせたTシャツの下で小さな肩をいからせている。

「この部屋にはそれほど規則はないの。たった二つだけよ。特別の場合に特別の規則が必要になる場合はべつだけど。でもふつうはたった二つだけなの。ひとつはここでは誰も傷つけてはいけないこと。他の人を誰もね。それから自分のことも。二つ目はいつも一生懸命するってことなの。この規則をあなたはまだ守ってないようね」

彼女はわずかに顔を下に向けたが、目はずっとわたしを見つづけていた。両脚をあげて彼女はふたたび膝をかかえこむ姿勢になった。

「いい？　あなたがここでまずしなければならないことは、しゃべるということよ。慣れないうちは難しいってことはわかっているわ。でもここではしゃべるの。それがあなたが一生懸命することのひとつなのよ。最初がいつもいちばん難しいのよ。泣いてしまうこともあるかもしれないわ。でも、ここでは泣いてもいいの。でもしゃべらないとだめ。いずれそのうちにしゃべるようになるでしょうけどね。早くしゃべるようになったほうが、ずっと楽になるわ」挑むようにわたしを見ている彼女に対抗するようにわたしはじっと彼女の目を見た。「わかった？」

怒りで彼女の顔が赤黒くなった。もしこの憎悪が解き放たれたらどういうことになるのだろうと考えると怖くなったが、それを顔に出さないでなんとかその恐怖感を抑えこもうとした。彼女は相手の目からすぐに心を察してしまうようだった。

わたしはいつも自分が担当する子どもたちに何を期待しているかをはっきりさせようと意識していた。同僚の中には子どもたちの自我の脆弱さを主張して、わたしの子どもたちへの率直さをいぶかる者もいた。だがわたしはそうは思わなかった。たしかにこの子たちはみんな悲しく、踏みにじられた自我を持っているけれど、誰一人として脆弱ではなかった。それどころか反対だった。彼らのほとんどがあれほどの苦境をくぐりぬけて、いまいるところまでやってこられたということこそ、彼らの強さの証明ではないか。そうはいっても、彼らはみんな混沌とした人生を歩んでおり、情緒障害という性質から他人にもその混沌を持ちこんでいた。わたしが彼らに何を期待しているかを彼らに考えさせようとして、これらの混乱の上にさらに混乱を持ちこむようなことをする権利はわたしにはないと思っていた。役割とルールをはっきりさせることは、どの子を相手にするときでも有効で生産的な方法だった。そうすることにより、わたしたちの関係のあいまいさを無くすことができるからだ。もともと手助けがなければ子どもたちが自分たちの行動をコントロールできないのは、はっきりしていた。そうでなければ、そもそもわたしのクラスへなど来るわけはないのだ。子どもたちが自分でコントロールできるようになるとすぐに、わたしは彼らに自分でいろんなことをさせるようにしていた。だがともかく最初は、わたしは彼らがわたしに期待する役割、つまり指示を与える者としてそこにいたかった。

シーラとわたしは、わたしがいったことを彼女がのみこむまでの間、押し黙ったまま座っていた。わたしにシーラをじっとみつめつづけている忍耐力はなかったし、またそうする必要があるとも思わなかった。しばらくしてからわたしは椅子から立ち上がり、採点用バスケットに入れてあった算数のプリントを集めにいった。

「あたしをしゃべらせることなんかできないから」シーラがいった。

わたしは赤ペンを捜しながら、プリントを繰りつづけていた。いい教師である四分の三はタイミングにかかっている。

「あたしをしゃべらせることなんかできないっていったんだよ。どうやってもそんなことできないからね」

わたしは彼女のほうを見た。

「あんたにそんなことできないからね」

「そうね、できないわね」とわたしは微笑んだ。「でもあなたが自分からしゃべればいいのよ。それがここでのあなたの仕事なのよ」

「あんたなんかきらいだ」

「べつに好きじゃなくてもいいのよ」

「だいきらい」

わたしは答えなかった。この言葉に対しては答えないでおくのが最良だと思っていたからだ。それで、今度は誰がペンを持っていってしまったのだろうと考えながらペンを捜しつづけた。

「ここであたしに何かさせようとしてもだめだからね。しゃべらせようとしてもだめだからね」

「だめかもしれないわね」わたしはプリントをバスケットにもどし、彼女のそばにいった。「お昼ごはんにいきましょうか？」わたしは片手を彼女に差し出した。彼女の顔から怒りがいくぶん消え、代わりにもっと読み取りにくい表情が現われた。それから次の催促をしなくても、シーラは椅子から立ち上がり、わたしについてきた。わたしに触れないように気をつけながら。

3

シーラをランチルームまで連れていってから、わたしはオフィスにもどって彼女のファイルを見た。この不可解な子どもに他の人達がどういう対処の仕方をしてきたのかを知りたかったのだ。見たところ、彼女には身体に不自由なところもないし、マックスやスザンナが示しているような説明不可能な情緒障害もなさそうだった。それどころか、彼女は驚くほど自分の行動を抑えている。わたしのクラスに通ってきているほとんどの子どもよりもずっと抑制がきいている。あの憎悪に満ちた目の向こう側には、理解力のある、いやもっといえば知的な女の子がいるように思えた。あのような意識的な努力で自分の世界を操っていくためにはそうでなくてはならないはずだった。だが、わたしは以前にどのような試みがなされたのかを知りたかったのだ。

ファイルはわたしのところにまわってくるもののわりには驚くほど薄かった。ほとんどの子どもたちのファイルは分厚く書類がぎっしりとはさみこまれていて、何十人という医師、セラピスト、裁判官、ソーシャル・ワーカーらの意見が満載されていた。これらのファイルを読むたびにわたしが思うことは、このファイルに記録を書いた彼らは、当事者の子どもと毎日何時間も一緒に過ごさなくてもよかった人ばかりなのだということだった。紙に書かれた言葉は学識豊かな論文ではあっても、必死になっている教師や恐怖にかられている親を助けるようなことは何も語っていなかった。いったいどんな人がこんな言葉を書けるのだろうと思うほどだった。実際は一人一人の子どもはみんなちがうし、予期せぬような成長の仕方をするので、一日程度の経験では次の段階を計画する上のちょっとした手がかりにしかならないのだった。マックスやウィリアムやピーターのことを特別に教えてくれる教科書もなければ大学のコースもないのだ。

だが、シーラのファイルは薄かった。家族歴、テストの結果、スペシャル・サービスからの標準的なデータといった書類が少し綴じられているだけだった。わたしはソーシャル・ワーカーからのこの子の家族についての報告をぱらぱらと繰ってみた。わたしの教室にいる大勢の子と同じように、こういう仕事についているにもかかわらずわたしの中産階級的頭ではどうしても理解できないような、ぞっとするようなことが細かく書かれていた。シーラは季節労働者用キャンプの一部屋だけの小屋で、父親と二人で暮らしていた。家には暖房も水道も電気もなかった。母親は二年前に彼女を捨て、下の息子だけを連れて家を出ていた。書類によると母親は現在カリフォルニアに住んでいることになっていたが、彼女の実際の所在を知るものは誰もいなかった。シーラが生まれたとき、父親は三十歳だったが、母親はまだ十四歳で、無理やり結婚させられた二カ月後にシーラを産んだのだった。気の重い驚きにわたしは頭を振った。母親はいまでもやっと二十歳ではないか。彼女自身まだ子どもといってもいいくらいだ。

父親はシーラが小さい頃のほとんどを暴行のかどで刑務所で過ごしていた。二年半前に出所してからも、アルコールと薬物の依存症のために州立病院に何回か入院している。シーラは主に母方の親戚や友人の間をたらいまわしされたあげくに、ついに路上に捨てられたのだった。発見されたとき、彼女は高速道路の対向車線を隔てる金網にしがみついていたという。当時四歳だったシーラは児童保護センターに収容されたが、すべて虐待の跡とみられる多数の擦過傷と骨折の跡がみつかった。彼女は父親の保護の下に置かれることになり、児童保護ワーカーがこのケースを担当することになった。

ファイルに付いていた裁判所の声明には、裁判官はこの子を生家に置くのが最良だと判断したとあった。郡指定の医師は書類の下のほうに、彼女が小柄なのはおそらく栄養不良によるものだろうが、それ以外では彼女は健康な白人の女児で、傷も骨折も完治しているとなぐり書きをするように記していた。これら二つの査定の後に、郡の顧問精神科医が〝慢性的幼児期不適応〟と一言メモをつけていた。これには思わず笑ってしまった。なんともずるい結論を出したものだ。この結論がわたしたちみんなのどんな役に立ってくれるというのか。シーラの過ごしてきたような幼児期に対する唯一正常な反応といえば、慢性的な不適応しかないではないか。こんなめちゃくちゃな人生にもし適応できたとしたら、それこそその子が異常であることの証拠ではないか。

テストの結果はさらにあいまいなものだった。バッテリー・テスト（知能・適性能力などの総合テスト）の各項目の横に、いらいらしたような書体で〝拒否〟と書かれていた。書類の下のまとめの欄にはただテスト不可能とだけ書いてあり、その下に二本もアンダーラインが引かれていた。

スペシャル・サービスの質問表には家族歴が記されているだけだった。父親が質問表に答えていたが、父親は彼女が酷い目にあっていた年月の間ずっと刑務所にいた。彼女は地元の病院でこれとわかる合併症もなく生まれていた。初期の成育記録は何も明らかになっていない。短い教育歴の中で、いまのクラス以前に彼女は三つも学校を替わっていた。転校の原因はすべて彼女のコントロール不可能な行動にあった。家庭では正常な範囲内で食べ、眠っていると報告されている。だが毎晩おねしょをし、親指を吸うくせがあった。キャンプ内の季節労働者の子どもたちの間に友達はいなかったし、なんらかの強い絆のある大人もいないようだった。彼女はひとりでいたがり、父親に対してさえも敵愾心を持ち、心を開かないと父親は書いていた。家では話したり話さなかったりで、ふつうは怒ったときにしか口をきかなかった。決して泣かない。わたしはこの箇所で目を止め、もう一度読み返した。一度も泣いたことがない？　まったく泣かない六歳児など考えられなかった。父親はめったに泣かないというつもりでこう書いたにちがいない。これはまちがいにちがいない。

わたしは先を読みつづけた。父親は彼女のことを強情な子どもだと思っており、頻繁に罰を与えてしつけていた。たいていはお尻を叩くか、楽しみを奪うというものだった。彼女の生活に奪われるだけのどんな楽しみがあるというのだろう。幼児を火傷させたという事件の他に、季節労働者のキャンプ内に放火したことと、バス・ステーションのトイレ内に便をなすりつけて汚したことで叱責されたことがあった。六歳半になるまでに、シーラは三回も警察の厄介になっていた。

わたしはファイルとそこに書かれているばらばらの情報をじっと見つめた。この子を愛するのは容易なことではなさそうだ。この子はかわいくないことばかりしている。この子に教えるのも容易ではなさそうだった。だが手がつけられないというわけではなかった。一見とてもたいへんそうではあるが、シーラはおそらくスザンナ・ジョイやフレディより手のほどこしようがあるはずだった。彼女には知能が遅れているとか、神経の損傷があるとか、脳にその他の問題があるという記述はなかったからだ。わたしが得た情報から判断すると、シーラはその点に関しては正常な子どもだった。だがそのために、わたしの行く手で待ち構えている戦いはいっそう厳しいものになるはずだった。なぜならその戦いは彼女の外の世界で、ひとえにわたしたちが引き受けなければならない戦いだったからだ。わたしたちにはシーラを扱うのに失敗したときに隠れ蓑（みの）にできる気の利いた言葉、たとえば自閉症とか脳の損傷などというわけも何もなかった。わたしたちには逃げ場所がなかったのだ。あの敵意に満ちた目の奥には、人生など誰にとってもおもしろいものではないということ、そしてこれ以上拒否されない最良の方法は、自分自身をできるだけ人から嫌がられるようにすることだということをすでに学んでしまった小さな女の子がいた。こうしていれば、自分が愛されないとわかっても驚くことはない。単なる事実というわけだった。

わたしがファイルのページを繰っていると、アントンが入ってきた。彼はわたしの横の椅子を引き寄せ、わたしが読みおわると書類を手に取った。当初こそぎごちなかったが、アントンとわたしは実にいいチームになっていた。アントンは子どもたち相手に実に機転の利く働き者だった。今年まではずっと畑で働いてきて、いまも妻と二人の息子と共に季節労働者用キャンプにある小屋で暮らしているアントンは、わたしの担任の子どもたちの生まれ育った世界をわたしよりずっと本能的に知っていた。わたしは訓練も受けているし、経験も知識もある。だがアントンには天性の勘と知恵が備わっていた。暖かい家に住み、暴力にも飢えにもゴキブリにも縁のないわたしの暮らしぶりのせいで、子どもたちの生活の中にわたしには決して理解できない面があるということは、わたしが負うべきハンディで、それはもうしかたのないことだった。大人になったいまでは、自分とはちがう生活をする人々もいるということがわかっているし、この自分とはちがう生活もまた、彼らにとってはやはりごくふつうのものなのだということがわかっていた。わたしはその事実を受け入れることはできたが、理解することはできなかった。その人にとってそれが生活上の現実でないのに理解できるなどという人をわたしは信じることができない。自分とはかけはなれているものを理解できると主張する人は、自分に嘘をついているか、大ぼらふきかのどっちかだ。だがアントンがわたしの埋め合わせをしてくれ、二人一緒にわたしたちはお互い支え合う関係をなんとか築きあげてきたのだった。彼はいつ、どのようにして誰を助けるかを、いわれなくても自然にわかるようになってきていた。さらにいいことに、アントンはわたしが話せないスペイン語を話せた。おかげで、ギレアモーが英語で話しきれないときに、数え切れないほどわたしを助けてくれた。いま、アントンはわたしの横に座って静かにシーラのファイルを読んでいた。

「あの子、昼食のときはどうだった？」

アントンは書類に目を落としたまま頷いた。「だいじょうぶだよ。いままで食い物を見たことがないような勢いで食べてるよ。ひょっとしたらほんとうにそうなのかもしれないな。それに、ものすごい行儀の悪さだ。だがとにかく子どもたちと一緒に座って、おとなしくしているよ」

「あなた、あの子の父親を知ってる？　キャンプにいるんだけど」

「いや。キャンプといっても反対側だからな。あっちには白人ばかりが住んでいるんだ。ヤク中だらけさ。おれたちはあっちには絶対いかないんだ」

ウィットニーがやってきてカウンターの上にもたれた。彼女は目立たないがかわいい女の子で、背が高く、ほっそりしていて、はしばみ色の目に、長くてまっすぐな淡いブロンドの髪の持ち主だった。ウィットニーは中学校で優等だったし、地元でも最も有名な名家の一つの子女だったのだが、気の毒なほど恥ずかしがり屋だった。秋にやってきた頃には、どの仕事もずっと押し黙ったままやり、決してわたしと目を合わせようとしなかった。物事がうまくいっていないときでさえ、いつも神経質そうな微笑みを浮かべていた。唯一彼女が何かをいうのは、自分の仕事の出来を酷評するときや、自分をけなすとき、あるいはすべてまちがっていたと謝るときだけだった。残念ながら、最初のうちはほんとうにそのとおりといってもいいような状態だった。ウィットニーはありとあらゆるまちがいをしてくれた。新しく混ぜたばかりのグリーンのテンペラ絵の具半ガロンを体育館の床に落とす。フレディを青空市のトイレに忘れてくる。ある放課後、わたしたちの教室のドアを彼女が開けっ放しにしたため、クラスで飼っている大蛇のベニーが部屋から抜け出し、一年生の担任のミセス・アンダーソンのところにいってしまったこともあった。わたしにしてみれば、ウィットニーはもうひとり子どもを預かっているようなものだった。もし最初の何カ月か、あれほど第三の人手を必要としていなかったら、ウィットニーに対してあれほどの忍耐心は持てなかったかもしれない。あの最初の数週間、わたしは常に説明しなおし、何かを掃除し、内心気にしてほしいと思いながら、「気にしなくていいのよ」と、いいつづけていた。ウィットニーはいつも泣いていた。

だがアントンと同じく、ウィットニーにはそれだけトラブルが続いてもいてもらうだけの価値があった。彼女は子どもが大好きだった。ウィットニーは気の毒なほどわたしたちとの活動に打ちこんだ。わたしは彼女がわたしたちとより長く過ごすために、ときどき授業をサボっていることを知っていた。それから昼休みや放課後にもよくわたしの手助けにきてくれた。家から古いおもちゃを持ってきて子どもたちにくれたりもした。

暇なときに読んだ教師用の雑誌に載っていたといって、わたしにアイデアを提供してくれることもあった。そしていつもあの必死に何かを訴えかけるような顔つきをしていて、好感が持てた。ウィットニーがわたしの教室以外での彼女の生活についてしゃべることはまずなかった。それでも、裕福な名家の子女であるにもかかわらず、ウィットニーがこのクラスの子どもたちより幸せというわけではないことがわたしにはわかっていた。だからこそ、わたしは彼女の不器用さや愚かしさを我慢しつづけ、彼女がわたしたちのチームの価値ある一員であると感じられるように努力してきたのだ。実際、彼女はそのとおりだった。

「新しい女の子、来たの？」カウンターの上に乗り出すようにしてウィットニーがきいた。そのために彼女の髪が、わたしが読んでいた書類の上におおいかぶさった。

「ええ、来たわよ」わたしはそういって、午前中の出来事を短く説明した。そのとき、叫び声が聞こえた。

その声がわたしの生徒のものであることはわかっていた。ふつうの子どもだったら、叫ぶにしてもあんなに高く震えるような声は出さないからだ。わたしはアントンの顔を見て、無言のうちにいったい何が起きたのだろうと尋ねた。ウィットニーはオフィスのドアから外を見にいった。

タイラーが泣きながら体を傾けて走りこんできた。ドアのほうを指さすが、泣きじゃくっているために説明がうまくできない。やがて彼女はまた向きを変えて走っていってしまった。

わたしたち三人全員ははじかれたように彼女のあとを追って、別館につながるドアに向かって走った。ふつう昼食時間の間は、昼食補助員たちが子どもたちの面倒をみてくれることになっている。寒い季節の間は、子どもたちは全員教室で遊ぶので、昼食補助員たちは廊下をいったり来たりしながら子どもたちを監督している。わたしの担任の子どもたちからは片時も目を離さないでほしいといいつづけていたが、補助員たちはわたしの教室を監督するのをきらい、部屋に近寄るのを避けて、別館のドアの外に集まって何か騒ぎが起こっていないか耳をそばだてているにとどまっていた。わたしの生徒たちは一番遅い昼食時間帯をあてがわれていたので、補助員たちはたった二十分監督すればいいだけだった。だがそれでも補助員たちは抵抗を示し、子どもたちと同じ部屋にいることを拒否していた。わたしは補助員たちを無視することにしていた。というのもわたしは子どもたちがわたしの姿が見えなくてもきちんとやっていけるようにと、少しずつ少しずつわからせるように一生懸命やってきていたからだ。昼休みはこれがうまくいくかどうかを毎日テストする時間だった。その上、アントンにもわたしにもこの三十分の休憩が是が非とも必要だった。それでも時々思いもかけないことが起こることがあった。わたしたちが走っていくと、タイラーが泣きながら何かをいっていた。目がどうしたとか新しい女の子がどうしたとかいっている。わたしは騒然としている教室に飛びこんでいった。

シーラが水槽のそばの椅子の上に挑みかかるように立っていた。どうやら金魚を一匹ずつつかまえては鉛筆でその目をくりぬいているようだ。七、八匹の金魚が椅子のまわりの床で、目をつぶされてのたうちまわっていた。シーラは右手に金魚を一匹しっかりと握りしめ、もう片方の手に鉛筆を持って威嚇するように立っていた。昼食補助員が一人シーラのそばにいて、ぴりぴりと動きまわっていたが、すっかり怖じ気づいてシーラから鉛筆をとりあげようとすることもできないでいた。セーラは大泣きしており、マックスは悲鳴をあげながら両腕をばたばたさせて部屋じゅうを飛び回っていた。

「それを離しなさい！」わたしは最も権威ある声で叫んだ。シーラはわたしを睨みつけ、鉛筆を威嚇するように振った。刺激しすぎたら彼女が襲いかかってくることはまちがいなかった。彼女の目は危機に直面した動物のように荒々しくぎらぎら光っていた。床の金魚は絶望的にばたばたとのたうち、えぐられた目のところが当たった床に小さな血の染みができていた。マックスが部屋を走り回っている最中に金魚を踏みつぶした。

突然耳をつんざくような金切り声が空気を切り裂いた。わたしたちの後ろからスザンナが入ってきていたのだ。スザンナは病的に血を、いや赤い液体なら何でも怖がっていて、自分が血を見たと思ったら、たとえそれが幻覚でも、逆上して狂ったような悲鳴をあげ、やみくもに飛び出していく子だった。いま、金魚を見て、彼女は部屋から飛び出していったのだった。アントンが彼女のあとを追った。この驚きの一瞬を利用して、わたしはシーラの鉛筆をとりあげようとした。が、彼女はわたしが思っていたほど気をぬいてはいなかった。シーラはものすごい勢いで鉛筆をわたしの腕に突き立てたのだ。鉛筆はわたしの腕に刺さり、一瞬ぶるんとゆれてから、床に落ちた。わたしの頭はあまりにいろいろなことで混乱していて、実際の痛みはほとんど感じなかった。フレディもマックスと一緒に部屋じゅうをぐるぐる走り回っていた。タイラーは大声で泣いているし、ギレアモーはテーブルの下に隠れている。ウィリアムは部屋の片隅に立って泣いていた。ウィットニーは、叫び声をあげながら部屋をぐるぐる回っているマックスとフレディをつかまえようとしていた。騒音のすさまじさは耐えられないほどだった。

「トリイ！」ウィリアムが叫んだ。「ピーターが発作を起こした！」わたしが振り返るとピーターが床に倒れていた。シーラをウィットニーに預けて、わたしはピーターのそばに駆けつけ、彼が倒れたまわりの椅子を片づけた。

シーラは音が聞こえるほど激しくウィットニーの向こう脛を蹴飛ばして、自由を獲得した。あっという間に、シーラはドアから飛び出していった。まだ発作にあえいでいるピーターのかたわらの床にすわりこみながら、わたしは自分の上にのしかかってきつつある圧力を感じていた。すべてはあっという間の出来事だった。あれほど一生懸命に維持しようとがんばってきたわずかながらのコントロールを、みんなが失ってしまっていた。ピーター以外の子どもたち全員が泣いていた。セーラとタイラーとウィリアムはこの惨事を目のあたりにして、離れたところで体を寄せ合って泣いていた。ギレアモーは逃げこんだテーブルの下で泣きじゃくっている。身を守るように両手で頭を押さえ、スペイン語で母親を呼び求めていた。スザンナはアントンの腕の中で狂ったように体をばたばたさせていた。マックスとフレディはまだひどく興奮して部屋じゅうを飛び回り、家具や他の子どもたちにぶつかり、そのためにますます他の子どもたちの恐怖が高まっていった。ピーターはわけもわからないままわたしの腕に抱かれていた。わたしはあたりを見回した。ウィットニーはシーラを追って姿を消していた。昼食補助員はとっくの昔にいなくなっていた。混乱の極みだった。何カ月も何カ月も注意深い努力を重ねてきたのに、すべてが崩れ去ってしまったのだ。

コリンズ校長と秘書が戸口に姿を現わした。ふつうなら校長にわたしの教室がこんなひどい状態にあるのを見られたら、恐慌をきたすはずだった。だが完全に常軌を逸した状態だったので、わたしには助けが必要だった。それを認めないわけにはいかなかった。この校長とは何年も一緒に仕事をしてきたが、わたしはずっと頭のおかしな子どもたちとうまくやってきていて、いままで一度も大きな失敗をしたことはなかった。だが、いまついに大失敗をやらかしてしまったのだ。まさに校長がいつも予言していたように。ついにわたしのおかしな子どもたちが逃げ出したのだ。校長はわたしたちを誰の目にも触れない別館に押しこんだことを、ほんとうによかったと思っているにちがいなかった。

秘書がピーターを家に送っていくために保健室に連れていった。いつも大きな発作のあとにはゆっくり眠る必要があったからだ。コリンズ校長はフレディとマックスを追いかけ、二人を椅子に座らせるのを手伝ってくれた。わたしはかわいそうなギレアモーをテーブルの下からひっぱりだして、抱きしめた。目の見えないギレアモーにとって、この騒ぎがどんなに恐ろしかったことか……。アントンはまだスザンナ・ジョイをなだめようとしていた。一応の平静をとりもどしたようになると、タイラーとセーラは自分たちから話し合いのコーナーにいって座り、お互いを慰め合った。だが、ウィリアムはその場に釘づけになったまま、がたがた震えて泣きじゃくっていた。コリンズ校長はウィリアムをなんとかなだめようとしていたが、ウィリアムを抱きしめてやれるほど近づくことはできないでいた。わたしたちは絶えず死んだ金魚を踏みつぶしたり、その上で足を滑らせたり、靴の裏にはりついた金色の鱗をカーペットになすりつけたりしつづけていた。靴が金魚を踏みつけるたびに、くぐもったきしむような音が聞こえた。ようやくわたしは子どもたち全員をひと所に集め、泣き声はおさまった。ウィットニーとシーラはまだもどってきていなかったが、そのときのわたしにはそのことを考える余裕はなかった。

コリンズ校長にはいったい何が起こったのかを尋ねないだけの分別があった。校長は何を考えているのかわからない顔のまま、ただわたしが頼んだことだけをやってくれた。子どもたち全員をおちつかせることができてから、わたしは戸口のところで校長に手伝ってもらったお礼をいい、去年わたしの非常に優秀な助手となってくれた、常勤補助員のメアリーをよこしてもらうように頼んだ。まだ一人逃げ出したままになっていて、午後はたいへんなことになりそうだから、とわたしは説明した。あともう一人大人がいれば、子どもたち一人一人にもっと手をかけることができ、事態を収拾できると思う、と。

メアリーが来てくれると、子どもたちは彼女と一緒に自分たちが好きなお話を選びだしたので、わたしはシーラを捜しにいった。飛び出したときに、シーラはわたしたちと本館をつないでいる迷路のようなドアや廊下に出会ってわけがわからなくなった。シーラがみつける前にウィットニーが外側のドアの留め金をかけることができたので、シーラは成り行きで体育館に閉じこめられたかたちになっていた。巨大な洞窟のような部屋の入口のところにウィットニーが立ちはだかり、はるか向こうの端にシーラがいた。

自分の持ち場を守りながら、ウィットニーの頰にはとめどなく涙が流れていた。そんな彼女の姿を見て、わたしは胸が痛んだ。これは十四歳の子どもには重すぎる任務だった。彼女にこんなことを任せるべきではなかったのだ。でも、わたしの奇跡は底をついていた。大人二人だけでは、これだけ大勢の障害児たちを扱いきれなかった。いままではなんとか幸運に恵まれてやってきていたが、いまついにそれも終わりになってしまったのだ。

わたしは体育館に入り、ウィットニーの肩を軽く叩いてから、シーラに近づいていった。シーラの方では明らかにつかまるつもりはなかった。目をぎらぎらさせ、顔は恐怖で紅潮している。わたしが一歩近づくたびに、彼女は他の方向にあわてて移動した。わたしはやさしく、なだめるような口調で、そっと話しかけた。だが、その声はわたし自身の恐怖のために震えていた。ゆっくり、じりじりと近づいていった。だが、どうにもならなかった。シーラは巨大な体育館の中で、いつまでもわたしをかわしつづけることができた。

立ち止まり、あたりを見回しながら、わたしの頭の中ではいくつもの考えが駆けめぐっていた。彼女をつかまえなくては。シーラの目には自分でもどうすることもできないパニックが映し出されていた。彼女は自分で状況を把握できる限界をとうに超えてしまっていて、いまはただ動物的な本能だけで行動していた。いまの彼女は、教室で金魚騒ぎを起こしたときよりも、はるかに自分自身と他人を傷つける危険があった。

どうしていいのかわからなかった。頭が脈打ちはじめた。鉛筆を突き立てられた腕がずきずきする。シャツの袖を通して血が染み出てきていた。もし大勢で彼女に近づいていったら、彼女をますます怖がらせることは明らかだった。もしわたしが彼女をここに閉じこめたら、これもまた彼女をますます理不尽な行動においたてることになるだろう。とにかくこの子をリラックスさせ、自制心を回復させなければならなかった。このままの状態では危険すぎる。こんなに小柄で幼い子どもではあるが、この状態においておけば彼女が、わたしに対してでなければ、自分自身に対して非常に危険なことをしかねないことが、わたしには経験上わかっていた。

わたしはウィットニーのところにもどり、彼女に教室にもどってアントンにメアリーと協力してなんとかやっていてくれと伝えるようにいった。それから体育館のドアを閉めた。次に体育館全体を二つに仕切る、重い間仕切りをひっぱってきて閉めた。この間仕切りには鍵のかかるドアがついていることを思い出したからだ。シーラをふたたび逃げ出させるわけにはいかなかった。そして、半分になった体育館で二人だけになると、わたしはできるだけ彼女に近づき、床に腰を下ろした。

わたしたちはお互い見つめ合った。彼女の目は狂ったような恐怖にぎらぎら光っていた。身体が震えているのがわかった。

「あなたを傷つけるようなことはしないわ、シーラ。痛い目になんかあわせないから。あなたが怖くなくなるまで、ここで待っているだけよ。それから一緒に教室にもどりましょう。わたしは怒っているのではないのよ。あなたを傷つけたりもしないから」

何分かが過ぎた。わたしは座ったままでさっと腰を前に動かした。彼女はわたしをじっとみつめている。彼女の身体全体におののきが走り、やせた肩が震えるのが見えた。それでも彼女は動かなかった。

わたしは彼女のことを怒っていた。すごく怒っていた。わたしたちがかわいがっていた金魚が、目をえぐられて床でのたうちまわっているのを見て激怒した。動物に残酷な仕打ちをすることには我慢ならなかった。だが、いまでは怒りは薄れ、彼女を見ているうちに憐れでたまらなくなってきていた。この子はすごく勇敢だった。怖がり、疲れ果て、不快な状態にあるのに、それでも降参しない。彼女をとりまく世界は非常に信頼のおけない世界だった。その世界に彼女は唯一自分が知っている方法で立ち向かっているのだ。わたしたちはお互いのことを知らなかった。だからわたしが彼女を傷つけないかどうか確かめる方法はないのだ。彼女がわたしを信頼しなければならない理由などないから、彼女はそうしないのだ。自分よりずっと大きく、力も強く、権力も持っているわたしたち全員に、ひるむことなく、言葉を発することもなく涙も見せずに立ち向かうとは、なんと勇気のある子どもだろう。

わたしはじりじりと近づいていった。わたしたちはこんなふうにして少なくとも三十分そこにいた。わたしは彼女から三メートル以内のところまで近づいていて、彼女はわたしが近づいてくるのを訝しげに眺めはじめていた。わたしは動きをとめた。その間ずっとわたしはやさしい口調で、彼女を傷つけるつもりはないこと、一緒に教室に帰ること、何も起こらないことを話しつづけていた。教室で子どもたちがどんなことをやりたがるか、わたしたちが一緒に楽しんでやることにはどんなことがあるか、彼女もわたしたちと一緒にどんなことができるかなど、他のこともしゃべった。

計り知れないほどの時間が過ぎた。わたしはじっとしすぎて身体が痛くなってきた。彼女のほうも姿勢を変えずにじっと同じ場所に立っているので、脚が震えてきた。我慢大会のようになってきていた。三メートルの距離をはさんで永遠とも思える時が流れた。

わたしたちは待った。彼女の目から凶暴さが薄れ、疲労がそれにとってかわった。わたしはいま何時だろうかと思ったが、時計を見るために腕を動かすことを恐れた。そのまま、またわたしたちは待った。

彼女のオーバーオールの前の色が濃くなり、足元におしっこの水溜まりができた。彼女は初めてわたしから目を離して、足元をみつめた。そして下唇を嚙んだ。ふたたびわたしの方を見た彼女の目には、いま起こったことに対する恐れがありありと浮かんでいた。

「しかたないわ。トイレにいく機会がなかったんですもの。あなたが悪いんじゃないわ」とわたしはいった。教室であれだけの大騒ぎをやらかしたあとだというのに、彼女が後悔しているのはこの失禁のほうだということが、わたしには驚きだった。

「あとをきれいにすればいいのよ」と、わたしはいった。「こういうことが起こったときのために、教室に雑巾があるの」

彼女はふたたび下を見てから、わたしに視線をもどした。わたしは黙ったままでいた。彼女は状況がよりよく見えるように、用心深く一歩下がった。「あたしをぶつ?」彼女はしゃがれ声で聞いた。

「いいえ。わたしは子どもをぶつようなことはしないわ」

彼女は眉をひそめた。

「掃除するのを手伝うわ。他の誰にもいわなくていいからね。わたしたちだけの秘密ってことにしておきましょ。だって、しかたなかったんですものね」

「こんなことやる気はなかった」

「わかっているわよ」

「あたしを、ぶつ？」

わたしはおおげさに肩を落とした。「いいえ、シーラ。わたしは子どもをぶったりしないわ。さっき一度いったでしょ」

彼女は自分のオーバーオールを見た。「おとうちゃんは、あたしがこんなことをしたのを見ると、ひどくぶつよ」

こういうやりとりの間、わたしはこのもろい関係が壊れるのを恐れて、じっとその場から動かずにいた。

「オーバーオールの始末もしましょ。心配しなくてもだいじょうぶよ。学校が終わるまでにまだ少し時間があるわ。そのころまでには乾くわよ」

彼女は鼻をこすり、水溜まりを見てからもう一度わたしを見た。学校に来て以来初めて、彼女が心もとなく思えた。ゆっくり、ゆっくり、わたしは立ち上がった。彼女は一歩退いた。わたしは彼女に腕を差し伸べた。「さあ、お掃除するものを取りにいきましょう。心配しなくていいから」

長い間、彼女はわたしをじっと見ていた。それから用心深く近づいてきた。彼女はわたしと手をつなぐことは拒否したが、わたしの横について教室まで歩いてきた。

教室は静かにおちついていた。アントンと子どもたちは歌を歌っていた。ウィットニーはスザンナを抱いており、メアリーはマックスをゆすっていた。死んだ金魚はすべて片づけられていた。みんなが一斉にわたしたちのほうを向いたが、わたしはアントンに身振りでそのまま続けてと伝えた。シーラは雑巾とバケツをわたしから受け取り、わたしたちは体育館にもどってだまったまま床をきれいに拭いた。それから彼女はわたしに従って教室にもどった。

驚いたことに、その午後の残りは静かに過ぎていった。子どもたちはなんとかとりもどした自制心がまたひっくり返ることを恐れて、みなおとなしかった。シーラは午前中ずっと過ごした椅子にもどり、丸く縮こまって親指を吸っていた。午後中ずっと動かなかった。だがずっとわたしたちの動きを見つづけていた。彼女の目から何を考えているのかは推し量れなかった。わたしは子どもたち一人一人のそばにいって、彼らを抱きしめ、彼らの言葉に出せない気持ちをなぐさめようとしながらおしゃべりをした。最後にわたしはシーラのところにいった。彼女の椅子のそばの床に腰を下ろし、わたしは彼女を見上げた。シーラは親指をくわえたまま、真面目な目でわたしを見ていた。午後の出来事の影響がありありと表われていた。わたしは彼女の身体に触れようとはしなかった。アントンが一日の最後をしめくくる帰りの会をしきっていて、誰もわたしたちを見ていなかった。なれなれしくしすぎて彼女を怖がらせたくなかったが、わたしが彼女のことを気にかけていることはわかってほしかった。

「たいへんな午後だったわね」とわたしはいった。シーラは何の反応も見せず、ただわたしをみつめている。この場所にいると彼女の臭いがもろにわたしに襲いかかってきた。「明日はもっとよくなるわ。いつも最初の日がいちばんきついものよ」彼女が頭の中で何を考えているのかを少しでもわかろうと、わたしは彼女の目の表情を読もうとした。一時的にせよ、あからさまな敵意はなくなっていた。だがその他に何の表情も読み取ることはできなかった。「オーバーオールは乾いた?」

シーラは丸めていた身体を伸ばして立ち上がり、ズボンを点検した。濡れていた部分の輪郭がわずかにわかる程度で、ほとんど乾いていた。シーラはかすかにうなずいた。

「だいじょうぶ? 困ったことにならない?」

ふたたび、わかるかわからないか程度にうなずいた。

「だといいけど。誰にでも予期しないことは起こるわ。あれはあなたが悪かったんじゃないもの。トイレにいく時間がなかったんだからしかたないわよ」このようなことはうちのクラスではしょっちゅう起こるので、わたしは予備の服を用意していた。だが、あまりになれなれしくして彼女を怖がらせるといけないので、そのことはいわなかった。それでも、わたしは彼女にこういう問題はここでは許されるのだということをわかってほしかった。

口の中で親指をぐるぐる回してから、シーラはわたしから目をそらせてアントンのほうを見た。解散の時間までわたしは彼女のそばにいた。

子どもたちが帰ってから、アントンとわたしは黙って教室の掃除をしていた。二人とも今日の事件のことは口にしなかった。二人ともあまりしゃべらなかった。今日があまりいい日でなかったことだけは確かだった。仕事が終わって家に帰ってから、わたしは鉛筆で刺された傷を洗い、バンドエイドを貼った。それからベッドに横になって泣いた。

4

わたしが認めようが認めまいが、わたしのクラスでの生活は戦いの連続だった。子どもたち相手の戦いというだけではなく、自分自身との戦いの日々でもあった。毎日毎日ああいう子どもたちとつきあっていくために、わたしは自分自身の感情をさまざまな方法で封じこめていた。そうでもしないと、勇気がくじけ、ショックが大きすぎ、幻滅しすぎて、ものごとがうまく運べなくなってしまうからだ。毎日毎日、わたしは自分の恐怖を絶えず片隅に追い払い、そこにくすぶらせていた。この方法はわたしには効き目があったが、たまに子どもがそばにやってきてわたしの砦にゆさぶりをかけることがあった。そんなときには、わたしがそれまでなんとか無視しようと努めてきた不安や、いらいら、疑いなどがすべてばらばらとこぼれ出てしまい、わたしは敗北感に打ちのめされてしまうのだった。

だが、基本的にはわたしは夢見る人間だった。子どもたちの理解できない行動とわたしの傷つきやすさの向こうに、落胆や、自信喪失の向こうに、正直いって気づくこともめったにないのだが、ある夢があった。事態は変わりうるのではないかという夢が。夢見る人間であるだけに、わたしはその夢を容易なことではあきらめなかった。

今回も例外ではなかった。涙は長くは続かず、いつのまにかわたしは眠ってしまった。目が覚めてから、ツナ・サンドを作り、《スター・トレック》を見ながら食べた。わたしはあまりテレビを見るほうではなかったし、《スター・トレック》が最初放送された頃には一度も見たことがなかった。だが、それから何年もたったいま、《スター・トレック》は毎夕六時から再放送されていた。クラスの調整がなかなかうまくいかず、幻滅にみまわれることが多かった学年の初めに、わたしはこの番組を夕食を食べながら見るようになり、それが儀式のようになっていった。この番組がわたしの仕事と残りの部分との区切りになり、この時間の間にその日学校であった問題やいらいらをすべてわきに押しやり、自分を取りもどすようになっていたのだった。びっくりするほど感情のないミスター・スポックは、わたしが勤務後にひっかけるマティーニとなった。

そんなわけで、七時にチャドが来た頃には、わたしは元気を回復していた。チャドとわたしはここ一年半ほどずっとつきあっていた。最初はいつもいつも夕食、映画、ダンスと内容のない会話が続くという典型的な恋愛期間が続いた。だが、二人とも、そういうつきあい方は向いていなかった。それでわたしたちはもっと温かく、居心地のいい関係へと変わっていった。チャドはダウンタウンの法律事務所のメンバーで、留置所に放りこまれた浮浪者などの国選弁護人としてほとんどの時間を過ごしていた。従って、彼が裁判に勝つことはあまりなかった。そんなわけでわたしたちは、わたしの生徒や彼の依頼人に同情しながら一緒に夜を過ごすことにしていた。一度か二度結婚の話も出たが、その程度のものだった。二人とも独り者とはいえ友達も多かったし、現状で満足していた。

チャドが一クォート入りのバスキン・ロビンスのチョコレート・ファッジ・アイスクリームをかかえてやってきたので、わたしはサンデーを作りながらシーラのことを話した。戦う相手に会ったわ、とわたしは断固とした口調で宣言した。あの子は野蛮だったが、わたしがあの子を文明化させなければならないなどとは思っていなかった。病院の空きが早くできればできるほど、ありがたかった。

チャドは愉快そうに笑いながら、彼女の前の先生に電話をしてみたらどうかといった。アイスクリーム・パーティーが終わって、気持ちよくお腹もいっぱいになり、物事に対して多少はゆったりと構えられるようになったわたしは、電話帳でミセス・バーサリーの番号を探した。

「まあ、なんてことでしょう」ミセス・バーサリーは、わたしが誰で何のために電話をしたかを告げるとこう叫んだ。「あの子は永遠に放校になったと思っていたのに」

わたしは州立病院に空きがなかったことを説明し、シーラが彼女のクラスにいたときにどのような指導をしたかを尋ねた。彼女が敗北を意味する小さな舌打ちをする音が聞こえた。

「あんな子どもは見たことがなかったわ。すごく破壊的で。ああ、わたしがちょっとでも目を離すと、あの子は何かを壊してしまうの。自分の作品、他の子の作品、掲示板、飾ってある図画工作の作品、なんでもかんでも。あるときなんか、他の子全員のコートをもっていって、女子トイレに流してしまったこともあったわ。地下室全体に水があふれてしまって」彼女は溜め息をついた。「あの子にそんなことをやめさせようとできるかぎりのことをやったわ。あの子はこっちが見る前に、いつも自分のテスト用紙をめちゃくちゃにしてしまうの。だから破り捨てられないように、テスト用紙にラミネート・コーティングをすることにしたの。そうしたら、あの子どうしたと思う？　それを冷房装置の中に押しこんで、エアコンを壊してしまったの。三十五度近くもあるときに、三日も冷房なしで過ごさなければならなかったのよ」

ミセス・バーサリーは、学年の最初の三カ月に彼女を襲った混乱についていままで話す機会がなかったかのように、最初ものすごい勢いでしゃべっていた。だが、話し方は次第に弱々しくなっていった。それだけのことがあったというのに、それでも彼女はシーラが好きだったのだ。わたしを引きつけているのと同じ、あの不思議な力に引きつけられていたのだ。あの子はすごく傷つきやすいように思えるのに、それでも非常に勇敢だった。彼女はシーラのために正しいことをしてやりたかったのだ。だが、何も助けになるようなことはできなかった。シーラは彼女に決して話さなかった。触られることも、援助されることも、好かれることも拒否した。最初のころ、ミセス・バーサリーは親切にしようと努力した。このかわいくない子に愛情を示そうとし、彼女を特別活動に引き入れようとし、彼女に特別の配慮をしようと試みた。校内心理学者はシーラが行儀よくすれば報酬を与えるような行動管理プログラムを作り上げた。だがシーラは教師たちがよしとすることを決してしないことに喜びを感じているようだった。前にはうまくできたことでも、それがプログラムに組みこまれてからは、やるのをやめてしまったことから考えても、シーラがわざとプログラムが失敗するように行動していると、ミセス・バーサリーは確信するようになった。

次に、ミセス・バーサリーはシーラの異様な行動を否定的にコントロールしようとしだした。彼女の楽しみを奪い、一時中止（タイムアウト）コーナーに彼女を追いやり、そしてついには叩く罰を受けさせるためにシーラを校長室にいかせたのだった。それでもシーラは教室のみんなを恐れさせることをやめず、他の子どもたちに攻撃を加え、ものを壊し、勉強することを拒否しつづけた。ついにミセス・バーサリーはあきらめた。この子にかかりきりになっていると、他の子どもたちのための時間がなくなってしまう。それでシーラは一人放っておかれることになり、初めて一見平和に見えるようなときが教室に訪れた。自分の好きにしていいとなると、シーラは一日の大半を教室をぶらぶら歩きまわったり、雑誌をぱらぱらめくったりして過ごした。自分のすることに反対されると、叫び声をあげ、復讐に荒れ狂い、自分の行く手にあるものは何でも壊してしまう。だが、まったく一人で放っておかれると、まあまあの状態で、他の子どもたちが彼女を無視したら、彼女のほうでも子どもたちを無視するというふうだった。依然、彼女はまったくしゃべらず、勉強をせず、教室でのどんな活動にも参加しなかった。やがて、例の十一月の事件が起こり、他の子どもたちの親が恐れたために、彼女はすぐに学校をやめさせられたのだった。

電話の向こう側の声は、悲しく、悲観的だった。ミセス・バーサリーはほとんど何もできなかったことを悔やんでいた。シーラが最も基礎的な読み書きや計算ができるのかどうかも誰も知らなかった。シーラの学習の状態や気持ちはまったくわかっていなかった。自分がいままで出会った中でも、シーラほど教えることが難しい子どもはなかったと、ミセス・バーサリーは認めた。シーラのために何かしてやろうと思っても、そのどれもがミセス・バーサリーの忍耐と能力と時間の限界を超えていた。彼女はわたしにがんばってといってから、州立病院にすぐに空きができることを祈っているといい換えた。そして、電話を切った。

電話で聞いたことがさらにわたしの絶望を新たにした。彼女が試してみなかったことで、わたしに何ができるというのだろうか。大勢の子どもをかかえているわたしに、ミセス・バーサリー以上にシーラに一対一で注意を払うだけの機会があるはずもなかった。わたしはこのことをチャドと話し合い、とにかくしばらく様子を見る以外わたしにできることはないと心に決めた。

翌朝、クラスが始まる前に、アントンとわたしは座って一日の予定を立てていた。昨日起こったようなことを繰り返させるわけにはいかない。他の子どもたちがあのような経験をまたするなんてとても耐えられないことだった。多少の混乱はうちのクラスではむしろ健全なことだった。そんな中で、子どもたちは物事がうまくいかなくなったときに、自分たちをサポートしてくれる環境の中でどのように反応したらいいかを学んでいくことができるのだから。だが何日もずっと混乱が続くことに耐えていける余裕はとてもなかった。

授業が始まる十五分前に、ソーシャル・ワーカーがシーラをひっぱって連れてきた。ソーシャル・ワーカーは、シーラの家とここを結ぶ唯一のバスは、高校のスクールバスなのだと説明した。それで、毎日ここに三十分早く着き、帰りも授業が終わってから二時間後の夕方にしか家に帰ることができない、と。わたしはぞっとした。まず、シーラが大勢の高校生と一緒にバスに乗るなんてことができるわけがないという気がした。あの子を安心して乗せることのできるバスなんてない、とわたしは本気で思った。次に、放課後の二時間をこの子とどうしろというのだろうか、ということが頭をよぎった。そのことを考えただけで、わたしの胃は冷たい鉄のように重く固まってしまった。

ソーシャル・ワーカーは、むなしく微笑んだ。いまあるバスが使えるかぎり、学区は特別の交通手段を用意してくれないので、わたしたちとしてはそうするしかない。高校のバスが来るまで彼女が学校に残っているという方法以外ないのだ。郊外のほうにいくバスもやはり遅くにしか来ず、それに乗る子どもたちはそれまで学校に残っている。だから、シーラはその子たちと一緒に残っていればいい。そう説明しおえると、ソーシャル・ワーカーはシーラの弱々しい手首をわたしに預け、踵を返して去っていった。

わたしはシーラを見下ろした。とたんに昨日からの心配が一度にどっと押し寄せてきた。彼女は、目を見開いて警戒してわたしを見ていた。昨日ほど敵意をむきだしにはしていない。わたしは弱々しく微笑んだ。「おはよう、シーラ。今日も来てくれてうれしいわ」

他の生徒たちがみんなそろうまでのわずかな時間を利用して、わたしはシーラをテーブルのひとつに連れていき、彼女のために椅子を引いた。シーラは抵抗もせずにドアのところからわたしについてきて、椅子に腰かけた。「いい？」わたしは彼女のとなりに座りながらいった。「今日ここで何をするのかということを頭に入れておきましょうね。昨日みたいなことにならないように。あんなことわたしだってあまりうれしくないし、あなただっていやでしょ？」

シーラはわたしがやっていることが理解できないとでもいうように、いぶかるように眉をひそめた。

「あなたがいままでいっていた学校でどうだったかは知らないけど、ここではものごとがどう行なわれるのかをあなたに知っていてもらいたいの。昨日は、わたしたち、あなたを少しこわがらせてしまったかもしれないわね。だって、あなたはわたしたちの誰も知らなかったわけだし、何をどうしたらいいのかもはっきりしなかったかもしれないものね。だから、いまからいうわね」

シーラは椅子の上で身体を丸め、また両膝を抱きかかえる姿勢をとった。彼女がまだ昨日と同じすり切れたデニムのオーバーオールとTシャツを身につけているのにわたしは気づいた。両方とも昨日から洗ってなくて、ひどい臭いがした。

「あなたを傷つけるようなことはしないから。わたしはここでは子どもを傷つけるようなことはしないの。アントンもウィットニーも、他の誰もそんなことはしないわ。わたしたちを怖がることはないのよ」

シーラは親指を口に入れていた。わたしのことを怖がっているようで、シーラはとても小さく、傷つきやすく見えた。昨日の彼女を思い出すのが難しいくらいだった。虚勢はどこかへいってしまっていた。少なくともいまだけは。だが、わたしをじっとみつめる彼女のまなざしにはやはり挑みかかるようなところがあった。

「わたしの膝の上で話を聞いてもいいわよ」

彼女はほとんどそれとわからないほどかすかに首を横に振った。

「わかったわ。さてと、今日はこういう予定なの。わたしたちが何かをするときにはあなたにも仲間に入ってほしいのよ。あなたにしてもらうことは、わたしたちと一緒に座っていることだけよ。あなたが慣れるまでは、アントンかウィットニーかわたしが、いま何をしているのかがわかるように助けるから」わたしは先を続けて、その日の予定を説明した。いまはまだ、もししたくなかったら、無理に参加しなくてもいい。だけど、とにかく仲間にだけは入らなければならない。そのことに関しては選択の余地はない、とわたしはいった。彼女が自分から仲間に入ってくるか、わたしたちのだれかが助けるかどちらかだ、と。

「それから」とわたしは話をしめくくった。「物事の収拾がつかなくなったときには、あなたには静かにするコーナーにいってもらうこともあるから、そのつもりでね」わたしはそのコーナーに置いてある椅子を指で示した。「あそこにいって、わたしたち二人ともがあなたがものごとをもう一度コントロールできる状態になったと思えるまで、あそこで座っていてもらうから。ただ、座っている。それだけよ。わかった?」

たとえわかったとしても、彼女はそれを表に出さなかった。その頃にはもう他の生徒たちがやってきていた。わたしは立ち上がって彼女の背中を軽く叩いてから、他の子どもたちに挨拶をしにいった。シーラはわたしが身体に触れても避けなかったが、なんの反応も示さなかった。

朝の話し合いの時間になっても、シーラはまだその椅子に座っていた。わたしはわたしの横の床を指差した。「シーラ、こっちにいらっしゃい。話し合いを始めるから」

彼女は動かなかった。わたしは同じことを繰り返した。それでもまだ彼女は椅子の上で身体を丸めたままだ。いやな予感に胃がぎゅっとよじれるのがわかった。彼女は目を大きく見開いて、親指を口に入れたまま、わたしを見ている。わたしはフレディを所定の場所におちつかせているアントンを見た。「アントン、シーラを連れてきてくれる?」

アントンが向きを変えて彼女に近づこうとしたとき、シーラはびくっとして椅子から飛び下りた。狂ったようにドアに向かって走り、かけがねが開かなかったので激しくドアにぶつかって転んだ。

「トリイ、やめさせてよ」ピーターが心配そうにいった。他の子どもたちはアントンがシーラをつかまえようとぐるぐる回っているのをみつめていた。シーラはまた例の罠にかかった動物のような目をして、なんとか逃げようとやみくもに動き回っていた。だが、教室はとても狭かったため、いくら逃げようとしても無駄だった。シーラはカウンターにあった本を次々にはたき落として、アントンに思いとどまらせようとしたが、すぐにアントンは彼女をテーブルの向こう側においつめていった。ちょっとの間二人は前に後ろにと動きまわっていたが、アントンがふいにそのテーブルを彼女のほうに押したため、シーラは壁との間にはさまれるかたちになり、そのすきにアントンがそばにいって彼女の腕をつかんだ。

初めてシーラが声を出した。その悲鳴にわたしたち全員がびっくりした。スザンナは泣き出したが、他の子どもたちは、アントンがもがくシーラをみんなのほうに連れてくる間、恐ろしさに黙ったまま座っていた。わたしは座った姿勢のまま、先ほど示した場所を指差した。そして、アントンに代わって彼女の腕をつかむと、彼女を座らせた。シーラは喉からふりしぼるような、涙も出さない叫び声を出しつづけていたが、抵抗もせずに座った。

「さあ」とわたしはわざとらしい明るい声を出した。「誰が話題を提供してくれるのかしら？」

「ぼく」とウィリアムがいった。シーラの叫び声ごしにみんなに聞こえる声をださなければ、と緊張している。「これからいつもこういうふうになるの？」彼の黒い目は恐怖でいっぱいだった。「この子いつもこんなふうなの？」

他の子どもたちもわたしを心配そうにみつめている。わたしは、これが初めてのことではないけれど、なんと因果な商売だろうと思っていた。正直いって、わたしだって彼らと同じくらい怖じ気づいていたのだから。わたしたちは四ヵ月一緒にいて、それぞれの特徴や問題がわかっていた。だから、シーラがたとえおとなしく、協調性のある子だとしても、新入りであり、わたしたちが細々と頼りなく秩序を維持しているところを試されるというだけでも、むずかしいということがわたしにはわかっていた。だが、それどころか、彼女はどう考えてもたやすく受け入れられるような生徒ではなく、わたしたち全員に根っこからゆさぶりをかけてきたのだった。

そんなわけでその日の話題はシーラになった。わたしは懸命に、シーラはいま慣れようとしているところで、みんなもそうだったようにいまたいへんな思いをしているのだと説明しようとした。だから、もう少し我慢して、理解してあげなくては、と。

わたしたちが彼女のことで話し合っている間、シーラはまったく無関心というわけではなかった。叫び声はおさまっていたが、わたしたちの話がしばらくとぎれたり、誰かが彼女を見て目が合ったりすると、散発的にウーウーとうなり声を出した。そうでないときは、静かにしていた。わたしは子どもたちに自由に疑問を出させ、彼らが感じている恐れや不満を表に出させた。そして、それらについて正直に答えようとした。ピーター以外の子どもたちはみんな、シーラのいる前であまりにひどいことはいわないだけの分別を持ち合わせていた。だが、ピーターはそうはいかなかった。前の日に彼女が臭いと文句をいったときのように、彼はぷりぷりしながら、この子にこのクラスから出ていってほしいと宣言した。この子はすべてをめちゃくちゃにしてしまう、と。わたしはピーターのいったことからシーラをかばうようなことはしなかった。いずれにしてもあとでピーターが直接彼女にそういうことがわかっていたからだ。そこがピーターのかかえている問題であり、わたしは彼がしゃべっているときにその問題が出てくるほうがいいと思っていた。

それで、代わりにわたしたちは、シーラが慣れるまでの間、どうやって不都合を乗り切ったらいいかその方法をさがそうということで話し合った。タイラーは、わたしたちの耳を守るために、シーラを静かにするコーナーにいかせればいいと提案した。セーラは、シーラが騒ぎだすたびに自由時間にすればいいといった。特別寛大な気持ちを持っているように思えるギレアモーは、シーラが騒ぎだしたら、子どもたちが順番にシーラのそばに一緒に座ってやって仲間になってやれば、シーラが寂しがらずにすむと考えた。ギレアモーはシーラの気持ちを考えてというより、自分の気持ちを反映していたのだろう。

最後にわたしたちは、シーラが叫んだり、アントンかわたしが注意しなければならないようなことをしでかして授業が中断されたりした場合、他の子どもたちは自分の勉強に専念し、中でも責任感の強い者がマックス、フレディ、スザンナの様子を注意して見ているということに決めた。もしみんなが協力してくれたら、週の終わりに何かご褒美をあげるとわたしはいった。ちょっと話し合ったあと、もしすべてがうまくいったら、金曜日にアイスクリームを作ろうということになった。子どもたちは次から次へといろんなアイデアを出した。「もし先生がシーラのことで忙しいときにフレディが泣き出したら、あたし、お話を読んであげる」とタイラーがいった。

「ぼくたちで歌を歌ってもいいよ」とギレアモー。

「あたし、スザンナ・ジョイの手を握っててあげる。そうしたら、スザンナが走ってって、怪我をすることもないでしょ」

わたしはにっこりした。「みんないいことを思いついたわね。きっとうまくいくわ。だから、金曜にアイスクリームの上に何をトッピングしたいかを考えておいてね」わたしはまだ怒ってうなり声を出しているシーラのほうを見た。わたしはずっと彼女のオーバーオールの肩紐に手をかけていたが、彼女はおとなしく座っていた。「アイスクリームは好き？」

シーラは目をせばめた。

「あなたもほしいでしょ？　アイスクリームは好き？」

用心深くシーラはうなずいた。

算数の時間、シーラはこれまでよりも協力的でいわれたとおり椅子のところまでやってきた。彼女は椅子の上に乗って身体を丸めると、わたしが子どもから子どもへと動いていく様子をいぶかしげに眺めていた。午前中は何ごともなく過ぎていった。

何が何でも昼食時に昨日のようなことを起こすわけにはいかなかった。わたしが昨日のようなひどい午後を繰り返したくなかっただけではなく、昼食補助員から、シーラが何をしでかすかわからない態度を改めるまでは、絶対に彼女の監視役は引き受けないとはっきりといわれていたからでもあった。そんなわけで、わたしは昼食を子どもたちと一緒にとることになった。

わたしがシーラの隣に座ると、彼女はカフェテリアのベンチで少し身体を離した。アントンがやってきてシーラをはさむようにして座ったので、彼女はまた少しわたしのほうに寄ってきた。シーラは噛むのももどかしそうに、がつがつと昼食をかきこみ、あっというまに食べてしまった。行儀はひどいものだったが、とにかく何人かの子どもたちよりはましなやり方でフォークは使えた。

昼食後、わたしはシーラを教室まで連れて帰り、テーブルのところに座って、子どもたちが遊んでいる間にテストの採点をした。シーラはもとの椅子に座って、親指をしゃぶりながらわたしをじっと見ていた。

午後はずっと、シーラはいわれたとおりに動いたが、自分で選べるときにはいつでももとのテーブルのそばの椅子にもどり、その上で身体を丸めていた。前日と比べると比較的いうことをよくきき、元気がないといってもいいくらいだったが、彼女にきいてみることはしなかった。なぜそうなのか理解できなかったのだが、彼女は不当にわたしのことを怖がっているようで、それだけに無理に彼女のほうに注意を向けて、彼女のそんな気持ちをさらに強めるようなことをしたくなかったのだ。他の子どもたちは何も起こらないのでがっかりしているようで、帰りの会のあとピーターがわたしのところにきて、もしシーラが何も騒ぎをおこさなくても、アイスクリームをもらえるのかと聞いてきた。わたしはにやっとしながら、金曜日になるまで何も問題が起こらなくても、必ずアイスクリームは食べられると保証した。

他の子どもたちが帰ってしまったあと、シーラとアントンとわたしだけになった。ふつうこの放課後の二時間は、翌日の準備のための時間だった。だが、少なくとも最初の何日かは、この時間をシーラをもっと知るための時間として使おうとわたしは思っていた。シーラはずっと自分の椅子に座ったままで、他の子どもたちがスノースーツを着こみ、帰る準備をしている間も立ち上がりもしなかった。

わたしはテーブルのところにいって、彼女と向かい合う位置に座った。シーラは用心深い目でわたしを見た。「今日はいい子だったわね。すごくよかったわ」

彼女は顔をそむけた。

わたしはシーラの顔を見た。汚れた顔、もつれた髪の下から整った子どもの顔がのぞいていた。手足はまっすぐで、いい形をしていた。わたしは彼女に手をさしのべ、膝の上に乗せ、ぎゅっと抱きしめたかった。彼女の目にはっきりと表われている苦痛を取り去ってあげたかった。だが、わたしたちは宇宙のように果てしなく広がるように思えるテーブルを隔てて座っていた。わたしが近寄りすぎたために、シーラはわたしの目を見ようともしなかった。

「わたしが怖いの、シーラ?」わたしはやさしく尋ねた。「もし怖がらせているのなら、そんなつもりはまったくないのよ。新しい学校に来て、全然知らないわたしたちとずっといなくてはならないなんて、あなたにしてみたら怖いことにちがいないわね。それが怖いことだって、よくわかるわ。わたしだって怖くなると思うわ」

シーラは両手を顔の両側に当てて、わたしが完全に見えなくなるようにした。

「バスを待っている間、お話でも読んであげようか?」

彼女は首を横に振った。

「わかったわ。じゃあ、わたしはあっちのテーブルにいって明日の準備をしているから。

もし気が変わったら、いつでもお話を読んであげますからね。それとも、おもちゃで遊んでもいいし、なんでも好きなことをしていいのよ」そういってわたしはテーブルのところから立ち上がった。

わたしが自分の仕事にとりかかるとすぐに、シーラは手を下ろしてわたしのほうに向きを変え、わたしが書き物をしているのをじっと見た。わたしは何度か顔を上げたが、その凝視には何の反応も見られなかった。

5

翌日、わたしはそろそろシーラにも参加してもらう時期だと考えた。シーラを運んでくるバスは二ブロック離れた高校で彼女を降ろすので、アントンが彼女を迎えにいって、学校まで一緒に歩いてきた。二人が着くと、シーラはジャケットを脱ぎ、まっすぐに自分の席にいった。わたしは彼女のそばまでいって座り、今日は何かやってもらうからそのつもりでいるようにと説明した。わたしはその日の予定を彼女に説明し、昨日と同じようにみんながやることにはすべて仲間入りしてもらうこと、そして算数の時間には算数の問題を少しやってもらうといった。それから水曜日の午後にはいつも料理をすることになっているので、彼女にもチョコレート・バナナを作るのを手伝ってもらいたいといった。この二つのことをやってもらうから、と。

わたしがしゃべっている間、シーラはわたしを見ていたが、その目は前日と同じように不信感で曇っていた。わたしが何をしてほしいと思っているのかわかったのかとわたしはきいた。が、何の反応もなかった。

朝の話し合いの時間、こっちに来るようにといったあとで、わたしが怖い顔で睨んだので、シーラはみんなのほうにやってきた。わたしの足元に座り、何もしなかった。だが、算数はそうはいかなかった。わたしは道具を使って簡単な計算をする予定でいた。それで、ブロックをだしてきて、シーラにわたしのそばに来るようにいった。彼女は朝の話し合いの時間にいた場所に座ったままだった。

「シーラ、こっちに来てちょうだい」とわたしは椅子を指差した。彼女が大好きな椅子だ。「いらっしゃい」

シーラは動かなかった。わたしが近づいていったときにもし彼女が飛びだそうとしたらつかまえられるようにと、アントンが注意深く動きはじめた。そのとたんに彼女はわたしたちの意向を理解し、パニックに陥った。この子は追いかけられることを異常に恐れているようだ。悲鳴をあげながら、シーラは飛び出し、他の子どもたちにぶつかり、子どもたちの勉強道具をひっくり返して逃げまわった。だが、アントンがすぐそばにいたので、たちまち彼女をつかまえてしまった。わたしがそばにいって、彼女を引き受けた。

「シーラ、あなたのそばにいったからといって、わたしたち、何もしないわよ。それがわからないの？」もがくシーラをしっかりと抱きしめて、恐怖にあえいで荒い息をしている彼女の息遣いを聞きながら、わたしは彼女と一緒に座った。「おちつくのよ」

「おい、みんな」とピーターがうれしそうに大声を出した。「みんないい子でいろよ」

小さな頭が熱心にそれぞれの勉強に専念し、タイラーが気遣うように立ち上がってスザンナとマックスの様子をチェックした。

シーラはふたたび叫びだし、顔を真っ赤にしていた。だが、泣いてはいなかった。彼女を膝に抱いたまま、わたしは計算用のブロックをばらまいた。わたしは彼女がおちつくのを待ちながら、ブロックをずらりと並べていった。「さあ、わたしのためにブロックを数えてちょうだい」

シーラはさらに大きな声で叫んだ。

「さあ、わたしのために、三つ数えて」シーラはわたしの腕から逃れようともがいている。「わたしも手伝うわ」そういって、わたしは苦労して手をブロックのほうにもっていった。「一、二、三。ほら。さあ、今度は自分でやってみて」

突然、シーラはブロックをひとつつかむと、部屋の向こうに投げた。そして、すぐに二つ目も投げ、それがまともにタイラーの額に当たった。タイラーは大声で泣き出した。わたしはシーラの腕を彼女の身体の横に押さえつけ、例の静かにするコーナーにひっぱっていった。「ここではそういうことをしてはいけないの。ここでは誰も傷つけてはいけないのよ。気持ちがおちついて、席にもどってお勉強ができるようになるまで、この椅子に座っていなさい」それからアントンにこっちへ来るようにと手で示した。「もし必要なら彼女がここに座っていられるように手伝って」

わたしは他の子どもたちのところにもどり、タイラーの腫れている額を撫で、一生懸命自分の勉強をしていた子どもたちを褒めた。金曜日のアイスクリームへ一歩近づいた印に黒板に印をつけ、それからフレディの横に座って、彼がブロックを積み上げるのを手伝った。部屋の片隅では、大騒ぎが起こっていた。シーラが荒っぽい叫び声をあげ、テニスシューズで壁を蹴り、椅子をひっくり返したのだ。アントンがしかめっ面をしたまま黙ってシーラを押さえつけて座らせていた。

算数の時間の間じゅう、シーラは騒いでいた。三十分後に自由遊びの時間になったころには、シーラは蹴ったり戦ったりするのに疲れてきていた。わたしは彼女のそばにいった。

「わたしと算数をする気になった?」とわたしはきいた。シーラはわたしを見上げ、怒って何もいわずに叫び声をあげた。アントンはもう彼女の身体は押さえずに、椅子を押さえていた。わたしは手振りで、彼にあっちにいって他の子どもたちを見ていてくれと頼んだ。「算数をする心の準備ができたら、いらっしゃい。それまではそこに座っていなさい」そういって、わたしは踵を返すとその場を離れた。

たった一人で置いておかれたのに一瞬驚いたのか、シーラは叫ぶのをやめた。アントンもわたしも彼女を椅子に座らせておくためにその場についていないということがはっきりわかると、シーラは立ち上がった。

「算数をする気になったの？」ピーターがブロックでハイウェイを作るのを手伝っていたわたしは、部屋の反対側からきいた。

わたしの質問を聞いて、彼女の顔が黒ずんだ。「ちがう！　ちがう！　ちがう！　ちがう！」

「じゃあ、もどって座っていなさい」

シーラは怒って金切り声を出した。突然の大声に、みんなが動きを止めた。だが、彼女は椅子のそばにじっとしていた。

「座りなさいといったのよ、シーラ。算数をする気になるまでは立ち上がってはだめよ」

永遠とも思われるほど長い間、彼女は大声で荒れ狂っていて、わたしは頭がずきずきしてきた。やがて突然、驚くべきことにすべてが静かになり、シーラがわたしを睨みつけた。これほどあからさまに憎悪を見せつけられて、自分がしていることにわずかながら残っていた自信が萎えていった。

「その椅子に座りなさい、シーラ」

彼女は座った。わたしが見えるように椅子の向きを変えはしたが、それでも座ることは座った。それからまた叫びはじめた。わたしは深い安堵の溜め息をついた。

ピーターがわたしの顔を見た。「ねえ、トリイ、いまのことでは二つ印をつけるのがいいんじゃないかと思うんだけど。あの子を無視するのはなかなかたいへんだよ」

わたしはにやっと笑った。「そうね、ピーター。あなたのいうとおりだと思うわ。印ふたつぶんの値打ちがあるわね」

シーラは遊び時間の間じゅう、悲鳴をあげたり叫んだりしていた。この大騒ぎはすでに一時間半も続いていた。足を踏み鳴らし、椅子から飛び上がり、椅子をゆする。洋服をひっぱり、拳を振り回す。それでも一応椅子には座りつづけていた。

おやつの時間の頃には、彼女の声もかれてきて、例のコーナーから聞こえてくる声は小さな押し殺したようなしゃがれ声になっていた。それでも彼女の怒りは衰えてはいず、しゃがれ声ながらも怒りの爆発は続いていた。アントンが休み時間に他の子どもたちを外に連れ出している間も、わたしは部屋の中にとどまっていた。このせいでシーラの興奮はいっときさらに増し、あえぐような声で何度か叫ぶと、椅子を蹴飛ばした。だが、彼女は疲れていた。休み時間の終わり頃になると、コーナーからは何の声も聞こえてこなくなった。わたしは頭ががんがんしていた。

わたしはコーナーを離れてもいい条件をふたたび口にすることはしなかった。そのころにはもうわかってくれるくらいの理解力はあるだろうとシーラを信じていたし、彼女にこれ以上注意を向けたくもなかったからだ。すっかり冷えきり、頬を赤くして、他の子どもたちが部屋に入ってきた。雪の中でアントンと「キツネとガチョウ」ごっこをして、アントンがいつもつかまってしまったことを口々にしゃべっている。何ごともなく読み方の時間が始まった。わたしたちは全員、まるで部屋の隅にある椅子の上の小さな塊など存在しないかのように、それぞれの勉強をしはじめた。

勉強時間も終わりに近づいたころ、マックスと一緒に勉強しているわたしの肩に、何かふわっと軽いものが触れたような気がした。振り返るとシーラが後ろに立っていた。不安のために肌がまだらになり、目に警戒の色を浮かべて顔をしかめている。

「算数をする気になったの？」

シーラは唇を一瞬すぼめてから、ゆっくりとうなずいた。

「いいわ。じゃあセーラにマックスの手伝いをするようにいうから。あなたは向こうにいって、自分が投げたブロックを拾ってきなさい。それから他のブロックを流しの横の戸棚から出してちょうだい」わたしはまるで当然彼女がいうとおりにしてくれると思っているかのように何気ない、無造作な口調でいったが、内心は不安に胸が苦しいほどしめつけられていた。シーラは用心深くわたしを見ていたが、やがて向こうにいってわたしにいわれたとおりのことをした。

わたしたちは一緒に床に座り、わたしはブロックをばらまいた。「わたしにブロックを三つ見せて」

注意深くシーラは三つ拾い上げた。

「じゃあ、十見せて」ふたたび、わたしの前のカーペット上に十個のブロックが並べられた。「よくできたわね。数はよくわかっているみたいね」

シーラは不安そうにわたしを見上げた。

「もっとむずかしくするわよ。じゃあ、二十七数えてちょうだい」あっというまに二十七個のブロックが現われた。

「足し算はできる？」

シーラは答えなかった。

「じゃあ、二たす二がいくつになるか、ブロックで示してみて」ためらいもなく四個のブロックが差し出された。わたしはしばらくシーラの顔をじっと見た。「三たす五は？」彼女は八個のブロックを並べた。

彼女が実際に答えを知っていたのか、それともやりながら数えていたのかはわからなかった。だが、彼女が足し算の仕組みを理解していることは明らかだった。彼女が用紙を破いてしまうことがわかっていたので、紙と鉛筆を出すのは気がすすまなかった。もろいが、ようやく勝ち取ったわたしたちの新しい関係を壊すようなことはしたくなかったのだ。だが、彼女がどうやって問題を解いていくかも是非とも知りたかった。それで、引き算に切り替えることにした。これでもっと様子がわかるだろう。「三から一を引くといくつ？」

シーラはブロックを二個転がした。わたしはにっこりした。三個のブロックを置いてから一個を取るなどということをしなくても、この問題を彼女は明らかに知っていた。

「六引く四は？」

ふたたび二個のブロックが出された。

「まあ、あなたとてもお利口さんじゃない。じゃあ、これはどうかしら。今度はむずかしいわよ。十二引く七はいくつかしら？」

シーラはわたしの顔を見上げた。そのとき彼女の目にごくわずかな微笑みがほの見えた。もっとも唇にまでは笑みは浮かばなかったが。シーラは一、二、三、四、五とブロックを順に積み重ねていった。彼女はこの動作をブロックを見もせずにやっていた。この小悪魔、とわたしは思った。この何年間どこにいたにせよ、また何をやっていたにせよ、この子はちゃんと学んでもいたのだ。シーラの能力は同じ年齢の子どもの平均を上まわっていた。彼女は何のためらいもなしに、ブロックを並べていった。あれだけの抵抗を示し、垢（あか）にまみれた子どもが実は聡明な子どもだという可能性がでてきて、わたしの胸は高鳴った。

シーラはわたしがもういいというまで、あといくつかの問題をやり、それからブロックを片づけた。いまは読み方の時間だったが、朝シーラにはこの活動には参加しなくてもいいといってあった。わたしが他の子どもたちの様子を見るために立ち上がると、シーラも一緒に立ち上がった。まだブロックの箱をしっかり持ったまま、わたしのあとをついてきた。

「ねえ」とわたしはシーラのほうを向いていった。「ブロックはあっちへ置いてきていいのよ。ずっと持ち歩くことはないわ」

シーラには別の考えがあった。次にわたしが顔をあげると、彼女はテーブルの端の自分のお気に入りの椅子に座り、自分の前にブロックをばらまいていた。彼女は忙しそうにブロックで何かをやっていたが、わたしにはそれが何かはわからなかった。昼食もおとなしく食べ、シーラはふたたび椅子の上に退いて身体を丸くしていた。だが、料理の時間になって、スティックにつきさしたバナナを見せると、すぐにこっちへやってきた。

毎週水曜日には何か食べるものを作ることになっていたが、それにはいくつかの理由があった。かなり自分をコントロールできる子どもたちにとっては、これは算数や読み方のいい練習になった。また、どんな子にとっても、料理をすることは社会活動をしたり、みんなと何かを分かち合ったり、おしゃべりをしたり、共同作業をする格好の機会となった。それよりなにより、料理は楽しかった。一月に一度、わたしたちは子どもたちが選んだお気に入りのレシピをもう一度やることになっていて、今日はチョコレート・バナナだった。スティックにつきさしたバナナをチョコレートに浸し、それをトッピング材料の上で転がしてから凍らせるという作業を伴う、まわりがめちゃくちゃに汚れる料理だった。シーラが初めて参加する日には、いろいろ簡単なほうがいいので、新しいレシピに挑戦するのはやめようと思っていた。それにチョコレート・バナナは人気のあるお菓子だった。ほとんど全員の子どもが、自分たちだけで全部の作業をすることができた。スザンナでさえほとんどのことができ、マックスとフレディだけを注意深く監督すればよかった。当然のことながら、そこいらじゅうがチョコレートだらけになり、トッピングの材料のかなりの量が、それをくっつけるバナナが登場する以前に食べられてしまったが、それでもわたしたちはすばらしいひとときを過ごした。

シーラは仲間入りするのをためらい、自分のバナナをしっかりと握ったまま、他の子どもたちが楽しそうにぺちゃくちゃやっているのを脇から見ていた。だが、抵抗を示すというわけでもなかった。他のみんなが終わってからウィットニーが彼女をチョコレート・ソースのところに誘った。一度始めると、シーラはすっかり夢中になり、べたべたのバナナに四種類のトッピングすべてをつけようとしはじめた。わたしはテーブルの離れた場所からそれを見ていた。シーラはまったくしゃべらなかったが、トッピングの上を転がすたびに新たにチョコレートにバナナを浸して、トッピングをすべてバナナにくっつけようというしっかりした考えがあることがはっきりわかった。一人、また一人と他の子どもたちは動きを止め、シーラが自分のアイデアを実験していくのを見守りだした。みんなの好奇心がふくらむにつれて、声がしなくなっていった。最後のトッピングのお皿の中で巨大なべたべたする塊を転がしてから、シーラは注意深くそれを持ち上げた。顔を上げた彼女の目がわたしの目と合った。彼女の顔にゆっくりと笑みが広がり、ついには顔いっぱいの笑顔になった。下の前歯が抜けているのが見えた。

一日の最後には、いつも帰りの会をすることにしていた。これは朝の話題と同じように、わたしたちを結びつけ、お別れの時間に備えるということを目的にして作られていた。その活動のひとつに「コーボルトの箱」というのがあった。わたしは子どもたちにお話を作って聞かせるのが大好きで、学年の初めのころに、コーボルトというのは妖精のようなものだけれど、人間の家に住んでいて、人々が眠っている間物事が平和にいくようにと見守ってくれているのだという話をしたことがあった。それを聞いたピーターが、この教室にもコーボルトが住んでいて、わたしたちの持ち物の番をしたり、夜の間、ヘビのベニーやイグアナのチャールズや機嫌の悪いウサギのオニオンズたちの仲間になったりしてくれているかもしれない、といったのだった。これがきっかけになって、わたしたちのコーボルトの話が次々に生まれた。そこである日、わたしは大きな木の箱を持ってきて、コーボルトにここにお手紙を入れてもらおうと子どもたちにいった。コーボルトは勉強中のわたしたちのことをずっと見ていて、この教室のみんながどんなに親切で思いやりがあるかを知ってすごく喜んでいるはずだ。だから、親切なことをしたのをコーボルトが見るたびに、この箱にお手紙を入れておいてもらおう、と。それで毎日の帰りの会のときに、わたしは「コーボルトの箱」から手紙を読むことにした。わたしが話をしてから数日たって、コーボルトは書痙にかかり、助けが必要になった。たくさんの人が親切な行ないをしたので手紙をいっぱい書かなければならなかったからだ。わたしは子どもたちに、誰かが親切な行ないをしているかどうか注意して見ていて、メモに書き、箱の中に入れてくれるように頼んだ。もし自分で書けない場合は、わたしのところに来てくれればわたしが代わりに書くから、と。このようにして、わたしたちの中でいちばん人気のある、かつ効果的な日課ができあがった。毎夕、互いの親切を教え合う子どもたちからのおよそ三十通のメモが入っていた。これは子どもたちが仲間のいい行動を観察する励みになるだけではなく、一日の終わりに自分の名前が箱の中に入っているのではないかという希望のもとに、子どもたちがお互い親切にするという効果もあった。メモの中には従来からあるようなものもあったが、わたし自身も見落としてしまうような、小さいけれど大事なことに注目して子どもをほめる、すぐれた洞察力を示しているものもあった。たとえば、ある日のいい争いのときに、とっておきの悪い言葉を使わなかったとしてセーラがほめられていたし、フレディは鼻水を袖で拭かずにクリネックスをちゃんと探してきたといってほめられていた。みんなが少なくとも一つメモを入れているかを確認する以外、わたし自身がメモを書いて入れるということはめったにしなかったので、わたしは毎夕この箱を開けるのが楽しみだった。子どもたちがどんなことを感じているかを目にするスリルにわたしはひどく興奮した。それから正直にいうと、わたし自身のことが書いてある紙切れをみつけるのも嬉しかった。

そんなわけで、水曜日の料理のあとの帰りの会は、ことのほか楽しいものになった。わたしのではない誰かの手書きのメモに、初めてシーラの名前が出たからだ。子どもたちが彼女の名前を聞いて拍手したとき、わたしたちから離れて座っていたシーラはずっと頭を垂れたままだった。だが、わたしがメモを手渡したとき、彼女はそれを待っていたといわんばかりに受け取った。

アントンは放課後、他の子どもたちをバスに乗せるために外に連れていった。わたしはテーブルの前に座って採点をしたり、今日までずっとつけている二人の子どもの行動記録を持ってきたりしていた。シーラは顔についたチョコレート・バナナを洗い落とすために洗面所にいっていた。なかなかもどってこなかったが、わたしは自分の仕事に熱中していた。トイレの水を流す音が聞こえ、シーラが出てきた。マーカーでグラフを書いている最中で、失敗したくなかったので、わたしは顔を上げなかった。シーラはテーブルのそばにやって来て、わたしをしばらく見ていた。それからさらに近づいてきて、テーブルに肘をつき、身体を前に乗り出した。わたしたちの間はほんの十センチほどしか離れていなかった。わたしは目を上げて彼女を見た。シーラは考えこむようにわたしの顔をじっと見た。

「なんで他の子たち、トイレにいかないの？」

「はあ？」わたしはびっくりして座り直した。

「だから、どうして他の子たち、大きいのに、トイレにいかないでズボンの中でおしっこしちゃうの？」

「そうね、それはあの子たちにはまだそういうことができないからなのよ」

「なんで？　あの子たちもう大きいよ。あたしよりか大きいよ」

「そうね、でもあの子たちにはまだできないのよ。でも、いま練習してるの。みんな一生懸命なのよ」

シーラはわたしが書いているグラフを見た。「あの子たち、もうできていいはずだよ。あたしがあんなことしたら、おとうちゃんにうんとひどくぶたれるよ」

「みんな一人一人ちがうのよ。それにここでは誰もぶったりしないの」

シーラは長い間考えこんでいた。それから指先でテーブルに小さな円を描いた。「ここって、頭のおかしい子のクラス？」

「そんなことないわよ、シーラ」

「おとうちゃんはそういってるよ。おとうちゃんはあたしの頭がおかしいって。だからおかしい子ばっかりのこの教室に入れられたんだって。ここは頭のおかしい子ばっかりのクラスだって」

「そういうわけじゃないわ」

シーラは一瞬顔をしかめた。「べつに気にしてないから。ここは前にいるとこと同じくらいいいよ。全然悪くないよ。頭のおかしな子のクラスでも、そんなことどうでもいいよ」

わたしは明らかなことをどう否定していいかわからず、言葉につまってしまった。自分の教え子とこんな話をすることになるなど予想もしていなかったのだ。ほとんどの子がそんなことに気がついていないか、そんなことを口に出せるほどませていないかのどちらかだったから。

シーラは頭をかき、考えにふけるようにわたしを見た。

「あんたも頭、おかしいの？」

わたしは笑ってしまった。「そうじゃないといいけど」

「なんでこんなことしてるの？」

「何のこと？　ここで働いていること？　それはわたしが子どもたちが大好きで、教えることが楽しいからよ」

「なんで頭のおかしい子と一緒にいるの？」

「好きだからよ。頭がおかしいのは悪いことじゃないわ。ちょっと人とちがうっていうだけ。それだけのことよ」

シーラはにこりともせずに頭を振り、立ち上がった。「あんたもやっぱり頭がおかしいんだね」

6

「シーラ、こっちへ来てちょうだい」わたしは自分の隣の椅子を示しながらいった。「あなたにやってもらいたいことがあるの」シーラは部屋の向こう側のお気に入りの椅子に座っていた。それまでのところ、午前中はスムーズに事が運んでいた。前日、前々日に続いて、わたしは始業前にその日何をやるかを彼女に話しておいた。シーラは協力的で、こちらからいわなくても朝の話し合いにも参加したし、算数の時間にも参加した。まだしゃべりはしなかったが、教室でかなりくつろいでいるように見えた。今、シーラは椅子に座ってわたしを見ている。

「こっちへいらっしゃい、いい子だから。わたしと一緒にやってもらいたいことがあるのよ」わたしは手招きした。シーラはためらいながら、いつもの丸まった姿勢を伸ばした。わたしは校内心理学者から〈ピーボディ・ピクチャー・ボキャブラリー・テスト〉、通称PPVTを借りてきていた。このテストはあまり好きではなかったが、これを使えば子どもの機能的な言語ＩＱをすぐに、また子どもにしゃべらせなくても出すことができた。前日の算数のブロックの一件があってから、わたしはこの子の知能レベルを知りたくてたまらなくなった。シーラが示しているような重度の情緒障害がある場合、学習面でも遅れているのがふつうだった。ひどい情緒障害がある子どもには、学習に当てるだけのエネルギーが残っていないのだ。だから、彼女に正常な算数の能力があるとわかったとき、わたしの好奇心ががぜん頭をもたげてきたのだ。彼女は平均以上の知能をもっているかもしれないと思うと、そのことでも興奮した。わたしはすでに彼女が自分の教室にいることを喜びはじめていて、なんとか州の精神科病院に入れずにすますことはできないか、と考えはじめていた。シーラに今すぐ何が必要だとしても、州立病院に入れることがその答えだとはとても思えなかったのだ。

「二人で一緒にするのよ」わたしは立ち上がり、彼女をわたしのテーブルのほうに連れてこなければならなかった。「さあ、座って。これからわたしが絵をいくつか見せて、言葉をひとつ言うから、そうしたらその言葉が示すものにいちばんふさわしい絵を指で差してほしいの。いい？　わかった？」

シーラはうなずいた。わたしは最初の組の四つの絵を見せてから、「鞭（むち）」を差すようにいった。最初からなんという絵だろう、と内心後悔した。シーラは四つの線画をじっと見てから、わたしの顔を見上げ、それから用心深くひとつを指差した。「よくできました」わたしは彼女に微笑みかけた。「そのとおりよ。じゃあ、〝網〟を差して」

わたしが言葉を読み上げていくと、シーラは絵を指差した。最初はためらいがちに、四つの選択肢を注意深くみつめていたが、しだいにもっと気楽に答えるようになっていった。六枚か七枚のカードが終わったころには、彼女は顔に小さな笑みを浮かべ、目を上げた。「こんなの簡単だよ」シーラは他の子どもたちに聞こえないように、しゃがれた声で囁（ささや）いた。

シーラは一度まちがえた。「魔法瓶（びん）」という言葉だったのだが、おそらく彼女の短い貧しい人生の中では見たことがなかったのだろう。だが、次の問題は正しくできた。八問中六問まちがえば、このテストを止めることになっているのだが、シーラはそこまでまちがえるようなことはなく、わたしたちはテストを続けた。言葉はだんだんむずかしくなっていき、絵を見ながら考える時間がだんだん長くなっていった。ときどき一つまちがい、二つまちがうこともあった。わたしは目を見ていて、彼女が気にしているのがわかった。わたしが何もいわなくても、彼女は自分がまちがえたことがわかっていた。

わたしはある時点からコメントを入れるのをやめていた。シーラが知能の点で平均以上だ、聡明とさえいえるかもしれないとは思っていた。だが実際の彼女はわたしの想像をはるかに超えていた。わたしたちはわたしが一度もやったことのないテストの領域に移っていた。わたしの生徒でここまで程度の高い子はいままでいなかったからだ。「照明（イルミネーション）」とか「同一中心の（コンセントリック）」という言葉が出てきていた。シーラがその言葉を知らないということが続いたが、だが八問中六つまちがうというところまではいかなかった。わたしたちのまわりで緊張が高まっていった。シーラがまちがいをしないようにとすごい努力をしているのは明らかで、わたしは彼女の集中力に心を動かされた。わたしたちはテストの最後の段階の、思春期の子どもたちのレベルにまでいっていた。当然ふつうの六歳児なら知っているはずもない言葉が出てきた。それでもシーラは唇を噛みながら、努力を続けた。膝の上で、彼女が両手をもみしだいているのが見えた。

「シーラ、すごいできだわ」とわたしはいった。わたしは彼女がこんなに真剣にテストを受け、ここまで夢中になり、ここまでがんばって長く続けるとは思ってもいなかった。彼女がこんな言葉まで知っているなんて、ほんとうに信じられなかった。

シーラはわたしを見上げた。目は大きく見開かれ、喉もとの柔らかな皮膚が神経質そうにまだらになっている。「うまくできない」

「まあ、いいのよ、シーラ。全部わからなくていいのよ。こういう言葉はうんと大きな子用の言葉だから、あなたには全部わからなくてもいいのよ。このテストはただあなたがどの言葉を知ってるかを知るためだけのものなのだから。だから、もしまちがえても、べつにいいの。こんなに一生懸命やってくれて、すごくうれしいわ」

シーラは困ったような顔をし、いまにも涙をこぼしそうだった。「すっごくむずかしい言葉がでてきたんだもん」彼女は目を落として自分の両手を見た。「はじめはやさしいけど、このへんの言葉はあたしにはすっごくむずかしい。全部はわからない」

シーラの小さな声、おちつきをなくしている様子、色あせたTシャツの下でがっくり落とした小さな肩――すべてが一緒になってわたしの胸ははりさけそうだった。ここにいる子どもたちの中でも最悪といわれているこの子の中にも、こんな純真なところがあるのだ。みなただの小さな子どもなのだ。

わたしは片腕を伸ばした。「こっちへいらっしゃい、シーラ」彼女は顔を上げてわたしを見た。わたしは身を乗り出して彼女を膝の上に引き寄せた。わたしの両手の下でシーラは身体を硬くしていた。古いおしっこの臭いがまわりに立ちこめた。「シーラ、あなたはできるだけの努力をしてがんばったわ。それが大事なことなのよ。あなたがどれを正しくできて、どれをまちがったかなんか、どうでもいいことなの。そんなことどうでもいいのよ。それに、ほんとうにむずかしい言葉だもの。あなたよりできる子なんて、この中にはいないわよ」

わたしはシーラを抱き、もつれた髪を顔からかきあげた。彼女がリラックスするのを待ちながら、わたしはテストの採点表を見て、心の中でまちがった分を減点していった。どうやら彼女はテストの最高点に非常に近い得点をとったようだった。一度に三個や四個まちがったこともあった。だがそれでも、彼女はわたしがいままでにテストしたどの子をもはるかに超えていた。

「どうやってこういう言葉を覚えたの？」好奇心に負けてわたしは尋ねた。

シーラは肩をすくめた。「わかんない」

「大きな子用の言葉もあるから、いったいどこでこういう言葉を聞いたのかと思ったのよ」

「あたしの前の先生が、雑誌をかしてくれた。その雑誌でこういう言葉を読んだ」

わたしは彼女を見下ろした。わたしと触れ合った彼女の身体はまだ緊張しており、小鳥のように軽かった。「あなた、字が読めるの、シーラ？」

シーラはうなずいた。

「どこで習ったの？」

「わかんない。ずっと前から読めるよ」

わたしはびっくりして頭を振った。いったいなんという子をわたしたちは預かってしまったのだろう？　最初わたしは賢い子だと思って興をそそられた。というのも、他の子どもたちはみんなかわいいことはかわいいが、大部分が精神遅滞で、いつ情緒障害がおさまり精神遅滞が始まったのかわからないという状況だったからだ。セーラやピーターなど、何人か平均的な知能の子もいたが、平均以上の知能の子を持つことはめったになかった。だから、最初はそう考えただけで興奮した。だが、シーラが単に平均以上というだけではないのは明らかだった。楽に学習して習得するという段階などはるかに超えている。それどころか、彼女はめったにいない、生まれながらにすごい才能に恵まれている天才の国の住人だったのだ。このことがわかって、わたしの仕事は簡単になるどころではないとわたしはおそろしくなった。

ＰＰＶＴのシーラの得点を評価する物差しはなかった。彼女の年齢だと得点表は九九が最高だったのだが、これはＩＱ一七〇に相当する。シーラの得点は一〇二だった。わたしはテスト用紙を凝視した。こういう種類の聡明さをなんと呼んでいいのか。統計によるとこれほどの高い知能を持つ割合は一万人に一人以下だという。だが、それはどういう意味なのだろうか？　これは常軌を逸した得点で、みなが同じことをよしとする社会においては異常と考えられる。この異常に高い知能が、情緒障害と同じように彼女を一般社会からかけ離れたものにしてしまうことは明らかだった。

わたしは部屋の向こう側に座っているシーラを見た。遊び時間になったので、彼女はお気に入りの椅子にもどっていたのだ。わたしは親指を口に入れ、自分を守るように両膝を抱きかかえて丸くなっている彼女を見た。シーラは家事コーナーで人形で遊んでいるタイラーとセーラを見ていた。あの長い艶のない髪の下に、あの油断のない目の奥に、いったいどんな子どもがいるのだろうか。わたしは以前にも増して彼女のことが気がかりになってきた。事態はより複雑なものになってきたわけだから。

昼食後わたしはテストの結果をアントンに見せた。彼は信じられないというふうに頭を振った。「なにかのまちがいだよ」と彼はつぶやいた。「あの子がどこでそんな言葉を覚えたっていうんだい。ただのまぐれだよ、トリイ。季節労働者キャンプにいる子が、そんな言葉を知ってるわけがない」

わたしだって信じられなかった。それで校内心理学者のアランに電話をかけた。彼はオフィスにいなかったが、わたしは秘書にテストしてほしい子どもがいるからとメッセージを残しておいた。

テストのこと以外に気になっていることがあった。シーラがわたしに話すようになるにつれて、彼女が非常に風変わりな話し方をすることがはっきりしてきたのだ。どこがどうふつうでないかはっきり指摘できるほど長い間彼女と話してはいなかったが、文法がおかしかった。季節労働者キャンプの子どもの大半は、スペイン語を話す家庭の子なので、彼らの英語のボキャブラリーのレベルがその年齢で達しているべき水準以下だということはよくあったが、文法的にはだいたい正常の範囲内にいるのがふつうだった。この地域にはその他には主な言語的特徴はなかった。だがシーラはスペイン語を話す家庭の子ではなかったし、彼女のボキャブラリーにまったく問題がないことはIQテストが示していた。彼女がなぜこんなへんな話し方をするのか、わたしにはわからなかった。わたしには彼女の話し方は、わたしがクリーヴランドで一緒に仕事をしたことのある都市部に住む黒人の話し方に似ているように思えた。だが、シーラは黒人ではないし、ここアイオワの小さな農業地域はクリーヴランドの都市部とは似ても似つかない。おそらく家族がみなこういう話し方をするのだろう。このことが気になってしかたがないので、そのうち調べなくては、とわたしは心に決めた。

その日の残りの時間は無事に過ぎた。まだシーラには最低限のことしか要求していなかった。他の子どもに負担をかけすぎずに、シーラがわたしたちに順応してくれるよう、たっぷりと時間をかけたかったのだ。最初の大騒ぎ続きの何日かのあとだけに、この平穏さにはほっとする思いだった。シーラは自分から進んでわたしたちのほうにやってきたが、実際に活動に参加することはまれで、それもこちらからなだめすかしてやっとという感じだった。彼女は他の子どもたちやウィットニーとはしゃべらなかった。わたしやアントンとも二人っきりにならないと、めったにしゃべらなかった。それでも、シーラは機会さえあれば自分の椅子に座って、注意深くわたしたちのほうをみつめながら、平穏無事に過ごしていた。

シーラのことで次にとりくまなければならない大きな問題は、衛生問題だった。毎日彼女は同じデニムのオーバーオールと男の子用のTシャツ姿でやってきた。初日この格好でやって来て、おもらしをしてから一度も洗ってないのは明らかだった。きっとベッドでおねしょをして、毎朝それを洗いもせずに着てくるのだろう。その結果、彼女のそばにいるとほんのいっときでもたまらなく不快な思いをさせられる。マックス、フレディ、スザンナはまだトイレット・トレーニングができていないので、アントンとわたしはおもらししたパンツのひどい臭いには慣れっこになっていた。それでもシーラの臭いはわたしたちが慣れている以上に強烈なものだった。さらに、彼女の顔と腕には日々の垢やよごれがこびりついていた。前日、料理のときについたチョコレートを洗い落とさせたとき、シーラの二の腕にははっきり線がついていて、どこまで洗ったかがわかるほどだった。その同じ線は今日もあった。あちこちもつれた長い髪が背中の半ばまで垂れていた。初日にシラミやダニがいないかは調べておいた。すでにシラミでは二度ほど大騒ぎしたことがあったので、もうあんな思いはしたくなかったからだ。二度目のときなど、わたし自身にもシラミが見つかり、ぞっとさせられた。シーラにはシラミもダニもいないようだったが、口のまわりにはとびひができていた。これが他の子どもたちにうつらなければいいのだが。

一週間に一度、午後だけ学校に看護師がやってきていた。わたしは子どもたちを看護師のところにいかせるように努力してきた。ほとんどの子どもたちがとびひやネズミに嚙まれた跡やその他貧困から来る何かをかかえていた。看護師から軟膏とシラミとりシャンプーをもらって、わたし自身で子どもたちの世話をし、なんとか問題を解決したのだった。わたしが世話をしたのは、単に木曜の午後だけではすべての問題を解決するには充分ではなかったからだ。

わたしは他の子ども全員が帰るのを待って、シーラの衛生上の問題にとりくむつもりでいた。他の子どもたちが帰り支度をしている間、シーラは自分の椅子に座ってじっとしていた。わたしが戸棚のところにいって、そこに置いている櫛とブラシを出したときも、彼女はまだ座っていた。前夜、わたしはドラッグストアに寄って、ヘア・クリップの小さな包みを買っておいた。

「シーラ、こっちにいらっしゃい」とわたしはいった。「あなたにあげるものがあるの」

シーラは立ち上がってこっちにやってきた。何ごとかと心配そうに眉をひそめている。わたしは彼女に袋を渡した。しばらくの間、彼女はただそれを手にしたまま、いぶかしげにわたしの顔を見ていた。だが、わたしに開けるように促されて、ようやく袋を開けた。中からクリップを出して、それを見てからまたわたしの顔を見た。額にはまだ困惑のしわが寄っている。

「あなたのよ、シーラ。あなたの髪をきれいにとかして、クリップでとめようと思ったのよ。わたしがやってるみたいにね」そういってわたしの髪を見せた。

シーラはビニールの包みごしにクリップをそっと指でなぞった。顔をしかめたまま、彼女はわたしを見た。「なんでこんなことする?」

「こんなことって何のこと?」

「あたしにやさしくする?」

わたしは信じられない思いで彼女の顔を見た。「あなたが好きだからよ」

「なんで？　あたしは頭のいかれた子だよ。あんたの金魚もめちゃくちゃにする。なんであたしにやさしくする？」

わたしは困惑しながらも微笑んだ。「ただそうしたかったからよ、シーラ。それだけ。あなたが髪になにかすてきなものをほしがってるんじゃないかなと思っただけよ」

シーラは指先でプラスチックの形をなぞるように、ビニールごしにクリップを撫でつづけた。「いままで誰からも何ももらったことなかった。あたしにやさしくしてくれた人なんか誰もいない」

わたしは当惑して立ったまま彼女をみつめていた。いままでこんな思いをさせられたことは一度もなかった。「そう、でもここではちがうのよ」そう答えるのが精いっぱいだった。

わたしは注意深く彼女のもつれた髪をほぐしながらブラシをかけていった。思っていたよりずっと長い時間がかかった。少しでも彼女に痛い思いをさせたくなかったからだ。わたしたちが築きつつあるこのもろい関係が壊れることを、ちょっとしたことでそれを傷つけてしまうことを恐れていたのだ。わたしたちはまったく違う世界の住人だったから。シーラは手にクリップを握りしめて、辛抱強く座っていたが、決してクリップを包みから出そうとはしなかった。何度も何度も指でなぞりはするが、包みを開けようとはしないのだ。彼女の髪は細く、しなやかで、信じられないくらいまっすぐだった。そのため幸いにもあまりひどくはもつれていなかった。ブラシできれいにとかすと、髪は厚いカーテンのようになって肩甲骨の下のあたりまで垂れた。前に回って前髪を櫛でとかした。長すぎて、目にかかった。彼女は目鼻立ちのはっきりしたかわいい女の子だった。石鹸と水できれいに洗ったら、もっとかわいくなるだろう。

「さあ、これでいいわ。はい、クリップをちょうだい。髪にとめてあげるから」

彼女はクリップを胸に押しつけるようにかかえこんだ。

「さあ、髪をそれでとめようよ」

シーラは首を横に振った。

「髪につけたくないの？」

「おとうちゃんに取りあげられる」

「そんなことはしないでしょ？　わたしからもらったっていえばいいじゃない」

「あたしが盗んだっていうにきまってる。いままで人から何かもらったことないもん」

彼女はクリップをぎゅっとつかみ、ビニールの包装ごしにプラスチックの青い鳥とアヒルをじっと見ていた。

「いまだけつけるっていうのはどうかしら。学校に置いておけばいいわ。わたしがお父さんに会ってわたしがあげたんですってお話しするまでの間。それでどう？」

「またあたしの髪をきれいにしてくれるの？」

わたしはうなずいた。「明日の朝、学校に来たときにきれいにしてあげるわ」

彼女は長い間クリップを見ていたが、やがてためらいがちにそれをわたしに渡した。

「はい。ちゃんとあずかっといてよ」

クリップを受けとりながら、わたしは胸がずきんと痛んだ。これを返すのが彼女にとってどれほど辛かったことか。そのとき、アントンがコピーしていた書類を腕にかかえて教室に入ってきた。そろそろ彼がシーラをバスに乗せるために高校まで送っていく時間だった。もうこんなに時間がたってしまっていたことにわたしは驚いた。身体を洗う時間もなかったので、シーラは実にひどい臭いを放っていた。

「シーラ、家で身体を洗うことはあるの？」わたしはきいた。

彼女は首を横に振った。「風呂がない」

「流しは使えないの？」

「流しもない。おとうちゃんがガソリン・スタンドからバケツで水を運んでくるんだ」

彼女は言葉を切って、じっと床をみつめた。「だけどそれは飲むためだけの水。もしあたしがその水をよごしたりしたら、おとうちゃん、ものすごく怒る」

「他にも服は持ってるの？」

シーラは首を振った。

「そう、じゃあそのことについて明日考えましょう。いい？」

うなずいてから、シーラはコートかけのところにいって、薄い木綿のジャケットをとった。彼女を見ていて溜め息がでてきた。やらなければならないことが多すぎた。変えなければならないことが多すぎた。「さよなら、シーラ。じゃあまた明日ね」

アントンが彼女の手を引き、ドアを開けると、吹きっさらしの一月の暗闇が待ち構えていた。アントンがドアを閉めようとしたとき、シーラが立ち止まり、アントンの腕の下からのぞくようにわたしの方を見た。かすかに笑みを浮かべている。「さよなら、先生」

7

翌朝、わたしは準備を整えてやってきた。バスタオル三枚、石鹼、シャンプー、ベビー・ローションの瓶を携えて、学校に到着した。まず、オフィスにある教会からの寄付を入れた箱を調べにいった。わたしが教えている学校は裕福な家庭の多い地域にあったが、わたしのクラスの子どもたちのようにバスで通ってくる子も多かったので、そんな子どもたちに与えてもいい着替えの服を入れた箱が置いてあった。わたしは自分専用の箱を教室にも置いていたが、主としてそれには下着が入っていた。箱にあるのは小さなシーラには大きすぎるものばかりだった。コーデュロイのズボンとTシャツをみつけて、わたしは教室にもどった。

そんなわけで、シーラが入ってきたときには、わたしは教室の後ろにある流しにお湯を入れているところだった。流しは広々としていて、台所用の流しの大きさがあったので、シーラの身体を入れることができると考えたのだ。わたしたちのところにはシャワーの設備はなかった。シーラはわたしを見るなり、ジャケットを脱ぎ捨てて走り寄ってきた。彼女が学校に来るようになって以来、こんなに速くわたしのほうにやってくるのを見たのは初めてだった。彼女は興味津々で目を大きくして、わたしが何をやっているのか見ようと身を乗り出した。「あたしの髪にクリップつけてくれる？」

「もちろんよ。でもまず美容院のコースを全部やるのよ。あなたの身体を頭の先から足の先まで洗うの。どう？」

「それ、痛い？」

わたしは笑ってしまった。「痛くないわ、おばかさんね。痛いはずないじゃないの」

シーラはバケツからベビー・ローションの瓶をとりだして、ふたをとった。「これ、なに？　食べるの？」

わたしはびっくりして彼女の顔を見た。「いいえ、ローションよ。身体につけるものよ」

突然彼女の顔にうれしそうな表情が広がった。「いい匂いがするよ、先生。嗅いでごらん。いい匂い。これをつけたらいい匂いになるね」目がいきいきと輝いている。「あの子も、もうあたしが臭いなんていわなくなるよね？」

わたしは彼女に微笑みかけた。「ええ、いわなくなるでしょうね。これを見て。あなたのために服をみつけてきたのよ。これを着たら、ウィットニーが午後来たときに、あなたのオーバーオールをコインランドリーで洗ってきてもらいましょう」

シーラはコーデュロイのズボンを慎重につまみあげて、じっと眺めていた。「おとうちゃんは、あたしにこれを着させてくれない。うちじゃあ施しは受けないことになってるんだ」

「そう、わかったわ。じゃあ、あなたの服が乾くまでの間だけ着ていればいいわ。それでいいでしょ？」

わたしはシーラを流しの横のカウンターの上に乗せ、靴とソックスを脱がせた。わたしが服を脱がせていく間、彼女はわたしを注意深く見ていたが、自分から脱ごうという気はないようだった。あと三十分もしないうちに他の子どもたちがやってくるので、わたしは気持ちがせいていた。子どもたちは流しで身体を洗ってもらうのも他の子どもが洗ってもらうのを見るのも慣れていたが、この時点で見られるとシーラがあまりにも無防備に感じるのではないかと気になっていたのだ。シーラにそのことをきいてみたが、彼女は別に気にしないという。だが、それでも他の子どもたちが来る前に終えているほうがいいような気がした。

彼女はほんとうに小さな子どもで、あばら骨が全部浮き出ていた。身体に多数の傷跡があった。「ここ、どうしたの？」片方の腕を洗っているときに、わたしはきいた。腕の内側に長さ四センチもの傷跡があったのだ。

「それは腕の骨を折ったときの跡だよ」

「なんでそんなことになったの？」

「遊んでて転んだ。お医者さんがギプスをはめたよ」

「遊んでて転んだの？」

彼女は淡々とした表情でうなずき、傷跡を調べるように見た。「歩道で転んだんだ。おとうちゃんは、あたしのこと、ほんとうに不器用な子どもだっていってる。よく自分で怪我をするから」

わたしの心の中で、子どもたちと接しているうちに身についた質問が頭をもたげてきた。その、最も恐れている質問を思い切って口に出してみた。「お父さんにこんな傷が残るようなことをされたことがあるの？　強くお尻をぶたれるとか？」

彼女はわたしの顔を見たが、その目は曇っていた。黙ったままあまりに長い間わたしを見ているので、こんなことをきかなければよかったと思ったほどだ。こんな個人的な質問ができるほど、わたしたちの関係はまだ強固なものになっていなかったのかもしれない。「おとうちゃんはそんなことしないよ。おとうちゃんはあたしをひどく痛い目にあわせたりしない。あたしのこと大好きだもん。あたしをいい子にしようと思って、少しくらい叩くことはあるけど。子どもにはそういうことをしないといけないんだって。でも、おとうちゃんはあたしのこと大好きなんだよ。あたしはただ不器用だから、しょっちゅう傷をつくっているだけだよ」挑みかかるような口調だった。

わたしはうなずいて、彼女の身体を拭くために流しから出した。しばらくの間、シーラはしゃべらなかった。わたしが彼女を膝の上に乗せて彼女の脚を拭いていたとき、彼女が身体をひねってわたしの目を見た。「でも、おかあちゃんが何をしたか知ってる？」

「いいえ」

「ほら、見せてあげる」そういって彼女はもういっぽうの脚をあげて、傷跡を指差した。「おかあちゃんはあたしを道路に放り出して、置き去りにしたんだよ。車から突きとばしたんだ。あたしは転んで、石で脚のここを切ったんだよ。ほら」彼女は白い線を指で示した。「おとうちゃんはあたしのこと大好きだよ。あたしを道に置き去りになんかしない。小さな子にそんなことしちゃいけないんだよ」

「そうよ。そんなことしたらいけないわ」

「おかあちゃんは、あたしのことそんなに好きじゃないんだ」

黙ったままわたしはシーラの髪を櫛でとかしはじめた。これ以上彼女の話はあまり聞きたくなかった。聞くに耐えないような話だったから。彼女の声があまりにおちついていて淡々としているので、彼女が自分のことをしゃべっているのを聞いているのではないような気持ちになってきた。まるで誰かの日記を読んでいるような声で、その冷静さゆえに余計に言葉の内容がいたたまれないものに感じられた。

「おかあちゃんはジミーを連れてカリフォルニアにいく。そこにいま二人は住んでいるんだよ。ジミーって、あたしの弟だけど、四歳。けど、おかあちゃんがいっちゃったときにはまだ二歳。もう丸二年もジミーに会ってないんだ」シーラは考えこんでいるように、言葉を切った。「ジミーに会いたいな。もう一度会えればいいんだけどな。ほんとにいい子なんだよ」もう一度シーラはわたしの膝の上で身体をねじり、わたしの顔を見た。「あんたもジミーが好きになるよ。いい子で、大声出したり悪いことしたりしないし。ここの頭のおかしい子のクラスにいてもいい子だよ。あの子はあたしみたいに頭はおかしくないけど。きっとジミーのこと好きになるよ。おかあちゃんみたいに。おかあちゃんはあたしよりジミーのほうが好きなんだ。だから、ジミーを連れていってあたしを置いていったんだよ。ジミーをここのクラスに入れればいいのに。あの子はあたしみたいに悪いことはしないから」

わたしはシーラを抱き寄せた。「シーラ、わたしがほしいのはあなたなのよ。ジミーじゃないわ。彼にもいつか先生が現われるわ。わたしは子どもがなにをしたかなんて気にしないの。ただ子どもが好きなのよ。それだけよ」

シーラは座り直してわたしの顔を見た。困惑したような表情が浮かんでいた。「先生のくせにへんな人。あんたも子どもたちと同じくらい頭がおかしいんだと思うよ」

五日目の金曜日、シーラはまだ他の子どもたちとは誰ともしゃべらなかったが、直接質問をされると大人とは誰とでもしゃべるようになっていた。みんなでアイスクリームを食べ、帰りの会も終えてからの一日の終わりに、わたしたちは他の子どもたちを乗せて帰るバスを待ちながら列を作って立っていた。ちょっと早めに終わったので、みんなでスノースーツを着て立っていたのだが、少し暑くなってきた。そこでわたしは歌を歌おうともちかけた。マックスが《幸せなら手をたたこう》を歌いたいと叫んだ。彼が他の子どもたちと一緒に歌える数少ない曲のひとつだ。子どもたちに手を叩き、それから足踏みをさせ、最後にうなずくようにと要求する、簡単な動作入りの歌だ。わたしはシーラが列の端に立って、歌ってはいないがいっしょうけんめい注意を払っているのを見ていた。すべての動作が終わっても、バスはまだ来なかったので、わたしは新しい動作を思いついたらいってといった。タイラーが「幸せなら、飛び上がろう」といった。それでわたしたちはタイラーがいった動作を使って歌った。もう一度、わたしは新しい動作をきいてみた。すみっこからシーラが恥ずかしそうに手をあげた。いつもいろんな問題があるし、人数も少ないので、放っておくとめちゃくちゃになってしまいそうなとき以外には、こういうことをわたしが生徒に要求することはまずなかった。だから、この小さな子が——それまで他の子と一言もしゃべらず、あれだけ協調性がないという折り紙付きだった子が——手を上げて立っている姿を見て、心臓が止まるかと思ったほどだった。

「シーラ、なにかいい考えがある？」

「ぐるっとまわるっていうのはどう？」彼女はおずおずといった。

そこでわたしたちはぐるっとまわって歌った。第一週は大成功のうちに終わった。

続く何週間かの間にシーラは教室で活発になっていった。彼女はしゃべりはじめた。最初は遠慮がちに、それから心おきなく。シーラはいろんなことをよく考えていて、機会を与えられるといちばんはっきりと自分の意見をいえた。教室にはっきり言葉で表現できる子どもがいることがうれしかった。他の子どもたちも彼女がいることを楽しみ、彼女がすごくたくさんのことをわたしに話してくれるので、わたしも満足だった。

シーラは例の幼児を火傷させた話は決して持ち出さなかった。わたしたちの関係が出来上がった最初のころも、あとになってからも、一度もその話をしたことはなかった。わたしのクラスのある程度理解力のある子どものほとんどは、なぜ自分がこのクラスにいるのか、多少ともその理由に気づいていた。わたしたちはその理由についてよく話した。一週間の、あるいはもっと長期の目標を設定する時間や、朝の話題の時間、またはもっと気軽な時間に話し合うこともあった。運動場の建物のわきの風の吹きすさぶところに震えながら立って、話に夢中になって中に入りそびれることもあったし、昼食を食べながら、また、図工の授業や料理をしながらしゃべることもあった。他の子どもたちからはなれて動物の檻のあるコーナーで、クッションにもたれながらその子どもと二人だけで話すこともあった。ほとんどの子どもたちがこうしたことをどうしても話さなければならないと思っているようだった。

この種の会話は感情を抑えて、気軽に交わされた。長年の経験から、わたしは自殺を図ったこととか猫を生きたまま焼いたというような話を、何かのリストを作ったとか野球の得点を聞くといったことと同じような気軽さで話し合えるようになっていた。そのような行ないがまちがっているとか、子どもたちが怖い思いをしたとか、他の人たちに嫌な思いをさせたというようなことを子どもたちが知る必要はなかった。そんなことはもうわかっていたからだ。そうでなければそもそも彼らはわたしの教室にはいないはずだ。そうではなくて、それらの行動の幅や深さをさぐり、そういうことをしたときにどんな気持ちがしたか、どういう気持ちがすると思っていたのか、その他さして意味もないと思われがちな付随する細かなことなどを探り出す必要があった。たいていの場合、わたしは聞いているだけで、話がはっきりしないときだけ二、三質問する程度にとどめていた。わたしが聞いているということを知らせるために、ふんふんと相槌はたくさん打っていたが。それから、お互いの顔を見ないで話ができ、いま話しているんだということをあまり意識させないために、ぬり絵をしたり、紙粘土で何か作るなどの、集中しなくてもできる作業で忙しくなるように工夫をした。

シーラはなぜ自分がここにいるのかを知っていた。二日目からずっと、彼女はわたしたちのことを愛情をこめて〝頭のおかしなクラス〟といいつづけていた。そして自分は悪いことをした頭のおかしな子どもなのだった。彼女が会話に加わることもよくあった。だが、一度として例の傷害事件のことを持ち出すことはなかった。子どもたちにそのことを話すこともなかったし、わたしや他の大人相手にも話すこともなかった。わたしのほうからもその話題に触れることはしなかった。わたしが何かを避けるということはめったにないことだったが、そしてただ勘でそう思った以外他に理由はないのだが、この問題だけは本能的にそっとしておいたほうがいいと感じたのだ。だから、わたしたちがその問題について話し合ったことは一度もなかった。だからあの寒い十一月の夕方に、いったいシーラの心に何が去来したのか、わたしにはまったくわからなかった。

シーラの話し方についてわたしはあいかわらず当惑していた。彼女が話せば話すほど、彼女の話し方と、わたしたちみんなの話し方とのちがいが明らかになっていった。彼女の父親がなんらかの方言を話すという報告はなかった。父親はこの地方の出で、わたしたちと同じような話し方をしているはずだった。主に目につくのは、言葉の間に挿入が多いことで、特に do や be が目立つ点と、過去形を使わないというところだった。do という言葉が補助動詞として使われ、シーラの話す文のいたるところに挿入される。be は、am や is や are の代わりに使われていた。シーラにとって、ごく少数の例外をのぞいて、過去形というものは存在しなかった。すべてのことが現在か未来のことのように話されるのだった。わたしにはこの点がわからなかった。なぜならシーラは should や would を使う条件法のような非常に難しい時制を使いこなすことができたし、ほとんどの六歳児にはとても無理と思われるような複雑な文章をつなぎあわせることもできたからだ。わたしは彼女が話したサンプルをテープに録音し、専門家に送って分析してもらうことにした。そしてしばらくの間は、彼女の好きなように話させておくことにした。

校内心理学者のアランは、シーラにＩＱテストと読み方のテストを行なった。ＩＱテストでシーラは最高得点をとって、ずばぬけたところを見せた。アランはびっくり仰天し、自分の小さなオフィスから頭を振りながら出てきた。彼が使っているテストで子どもがこんな結果を出したことは一度もなかったし、ましてわたしのクラスのようなところにいる子がこんな結果を出すなど思ってもいなかった。シーラは五年生のレベルの読み物を読み、内容を理解することができた。いままでだれも彼女に読み方を教えなかったのに、だ。アランはその日、シーラのＩＱを測ることのできるテストをさがしてみせると宣言して、帰ってしまった。

毎朝学校が始まる前に、シーラとわたしは衛生問題にとりくんだ。わたしはディスカウント・ストアでプラスチックのバケツを買ってきて、そこに櫛、ブラシ、ウォッシュクロス、タオル、石鹸、ローション、歯ブラシを入れておいた。わたしが彼女の髪をきれいにしてやれば、シーラはたいてい自分から進んで身体を洗い、歯をみがいた。彼女はヘア・クリップをつけてうれしそうだった。わたしは自分がつけているのと同じようなヘア・クリップをもう一組買ってあげたが、シーラはそれらをまるで王様の宝物のように大事にした。毎朝ヘア・クリップがちゃんとあるか調べ、数を数え、どれをつけるかを決めた。毎夕、髪からクリップをはずすと、タオルをたたんだ間に注意深く並べる。そして、だれかが持っていってしまわなかったかを確かめるために、もう一度数を数えるのだった。シーラの服のことではまだ問題があった。わたしは学校に清潔な下着を置いていたので、彼女に毎朝替えるようにといっておいた。初日の出来事以来、このことは微妙な領域だという気がしていたので、わたしたちはこのことで一度も話し合ったことはなかった。だが、理由はいわないままに、替えたかどうかだけは確認していた。月曜になると、ウィットニーがシーラのオーバーオールとTシャツを持って、学校からすぐのところにあるコインランドリーに走った。万全の解決策とはいえなかったが、それでも少なくともシーラはもうあまり臭わなくなった。大体のところ、シーラは清潔なかわいい子どもといえた。たっぷりした長いブロンドの髪を持ち、きらきらした目をしていた。わたしたち全員が何よりうれしかったのは、彼女がよく笑うようになったことだった。笑うと下の前歯が三本抜けて大人の歯が生えてくるのを待っているところだということがわかった。

ずっと気にしていたわりに実際には問題にならなかったのでほっとしたことに、シーラが季節労働者用キャンプから通ってくる際に乗るバスの問題があった。あれだけ手のつけられない行動をする前科のあるシーラが、監督する者もなしにバスに乗ると考えただけで、わたしにはとてもうまくいくとは思えなかった。だが、わたしの恐れは杞憂だった。おそらく四十人もの高校生の中に一人で座らされるというだけで、さすがのシーラもおじけづいてしまったのだろう。

アントンかわたしがバスへの送り迎えをしていたが、いったんバスに乗りこむと、彼女は後ろのほうの座席におとなしく座った。唯一の事件といえるものが起こったのは、一月の後半、彼女がこのバスを使いはじめてしばらくしてからのことだった。わたしたちはその夕方彼女をバスまで送って、バスに乗せた。だが、バスが季節労働者用キャンプに着き、高校生が降りたときにはシーラの姿はなかった。バスの運転手は運転席から立ち上がり後ろを見たが、バスはからっぽだった。キャンプに着くまでにバスは二つの停留所にしか止まっていないし、そのどちらでもシーラが降りるのを見ていなかったので運転手はびっくりし、確かにバスに乗ったかどうか確かめるためにわたしの自宅に電話をしてきた。確かに乗ったとわたしはいった。大騒ぎをしていると運転手からまた電話がかかってきた。どうやらシーラは後ろのタイヤ近くの温風が吹き出てくる場所の床に横になっているうちに眠ってしまったようだった。この暖かく、ガタガタとゆれる場所をみつけてからというもの、シーラはいつも座席の下の床に丸くなり、行きも帰りも一時間ほどバスに乗っている間じゅう眠るようになった。この事件以来運転手はいつも、シーラがちゃんと起きて降りたかどうかをチェックするようになった。最初のうちはただ彼女がいることを我慢していただけの高校生たちも、彼女のためにヒーターに近い席をとっておいてくれたり、枕がわりに余分な本やセーターをかしてくれたり、またシーラがあまりに眠そうで頼りない夜などには彼女がちゃんと家まで歩いて帰るかをみてくれたりするようになった。

ほうっておいて解決しない問題はシーラの父親のことだった。わたしは彼に会って話してみようと、しつこく努力を続けていた。何の返事もなかった。電話がないので、学校へ来てくださいという手紙をシーラに持って帰らせた。何の返事もなかった。二度目の手紙を託した。やはり返事はない。そこでこちらのほうからうかがいますという三度目の手紙を書いた。その夜が来てアントンとわたしはでかけていったが、家には誰もいなかった。彼はわたしに会いたくないのだという印象がしだいにはっきりしてきた。ついにわたしはシーラのソーシャル・ワーカーに連絡した。ワーカーとわたしたちは一緒に出かけていったが、ドアのところで出迎えてくれたのはシーラだけだった。父親は出かけてしまったという。わたしはどうしても父親に会いたかった。まずシーラにまともな服を着せるために何とかしたかった。わたしはこのことをソーシャル・ワーカーにも話していた。シーラは一組しか服を持っていなかったが、わたしが心配していたのはそれより上着のことだった。彼女は野球のウィンドブレーカーのような、男の子用の薄い木綿のジャケットしか持っていなかった。手袋も、帽子も、ブーツも持っていなかった。いまはなんといっても一月なのだ。ほとんどの日、気温は氷点下六、七度を示し、ときには氷点下十八度というような日もあった。二ブロック離れた高校から歩いてくるシーラは、学校に着いたときには蒼い顔をしているようなこともあった。あまりにかわいそうなので、天気のひどい日にはわたしが車で迎えにいくことにした。休み時間にはさらに上に着るものを与えていたが、あるとき家までその服を持って帰らせたら、翌日紙袋に入れてつき返されてきた。〝施し〟を平気で受けたといってお尻を叩かれた、とシーラはきまり悪そうにいった。ソーシャル・ワーカーは父親には何度もこのことはいってきているし、一度など父親の福祉の手当からシーラの服を買うようにと彼をダウンタウンまで連れていったこともあったといった。それでもどうやら父親はあとから服を返してしまったようだった。あの男に無理にさせようと思ってもだめなのよ、とソーシャル・ワーカーは肩をすくめてみせた。彼女としてはこのことを無理強いして、シーラを危険な目にあわせたくなかったのだ。父親が自分の怒りをシーラに八つ当たりすることが、よく知られていたからだった。それって児童虐待になるんじゃないの？　とわたしは尋ねた。法律上はそうはならないのよ。彼女にそれとわかる痕跡がないでしょ、とソーシャル・ワーカーはいった。ソーシャル・ワーカーが帰ったあと、わたしはいらだちのあまりドアをばたんと閉めた。彼女にそれとわかる痕跡がない、ですって？　じゃあ、いったいどうして彼女がわたしのクラスにいるのよ？　それがその痕跡じゃなかったとしたら、いったい何だというのだろうか。

学校のある間じゅう、わたしはシーラにいままで情緒が安定しなかったせいや環境のせいで彼女ができなかったことをできるだけ経験させてあげようとした。シーラは生きとしてきた。毎日毎日見るもの、やることすべてが珍しく、彼女は歓声をあげた。最初の何週間か、シーラは一日じゅうわたしにくっついて歩いていた。どこにいっても、振り返るとそこには胸にぎゅっと本か算数のブロックの箱を押しつけたシーラがいた。わたしと目が合うと、彼女の唇全体に無邪気な笑みが広がった。そして、わたしと一緒に何かをしようと駆け寄ってくるのだった。もちろん、わたしは自分の時間を他の子どもたちにも公平に分け与えなければならなかったが、そんなことで彼女は思い止まったりなどしなかった。わたしの用事が済むまで、じっと後ろで我慢強く待っているのだった。シーラがより大胆になり、身体で触れ合いたがっているときには、ときどきわたしのベルトに彼女の手がかけられているのを感じることもあった。アントンは教師用ラウンジで、わたしのことを地下鉄みたいだと笑ってからかった。わたしが他の子どもたちの手助けをしながら部屋を歩きまわっていると、シーラも片手を手慣れた様子で吊り革にぶらさがる人のようにわたしのベルトにつかまってついてくるからだった。

集中的愛着の時期といえる最初の何週間かの間、わたしたちが放課後二人っきりになることはありがたくもあり、困ったことでもあった。わたしの準備時間がとんでしまったからだ。チャドには気の毒だったが、わたしは仕事を家に持ち帰って、夜になってから準備をしなければならなくなった。アントンは二人そろって朝の七時半に出勤してこないかぎりは、いろいろな打ち合わせができなくなったとこぼした。だが、シーラにとっては理想的なことだった。彼女には自分だけに注意を払ってもらうことが必要だった。生まれてから六年間、彼女はずっと疎んじられ、無視され、拒否されてきた。車から放り出され、人々の生活からも放り出されてきた。そしていまになってようやく彼女を抱き、話しかけ、しっかりと抱きしめてやる人間が現われたのだ。シーラはわたしが示す親愛の情をひとつ残らず吸収した。準備時間の二時間を失うことは不便ではあったが、おかげで一日じゅうベルトにつかまってついてくるシーラを他の子どもたちの世話をしていて無視せざるをえなくても、わたしはあまり気にしなくてすんだ。放課後になれば彼女はわたしを独占できるのだから。

シーラが生き生きしてくるのを見て、他の子どもたちもアントンやわたしと同じように喜んだ。「コーボルトの箱」には子どもらしい字で書いたメモがいっぱい入った。ほとんどの子どもたちはシーラがあまり臭わなくなってほっとし、さっそくそのことを書いてきた。だが、彼らはシーラが人に親切にしようと思いはじめていることをも感じとっていた。

シーラにはいかに他人をおもいやるかとか、どのように親切にするかなどを学ぶ機会があまりなかったのは明らかだ。生きのびるのに忙しく、他人のことを思いやっている余裕などなかったのだ。その結果、自分がほしいものを手に入れるためには戦わなければならないということを身につけていた。順番に並んでいるときに、彼女が自分で決めた場所に誰かが入ってきたら、シーラはその相手をひどく殴ってでもその場所を取りもどした。もし誰か他の子どもが彼女のほしいおもちゃを持っていたら、彼女はそれをつかみ取り、相手の子どもの手からむりに引きはなして安全な場所まで持って走り、それを彼女から奪おうとする相手は誰でも怒って追い立てるのだった。シーラは思ったことを直接行動に移してしまうという点で、ピーターよりもはるかに粗暴で不快なところが多かった。だが、彼女の場合は、悪意はなく動物のような攻撃性によるものだった。

六年間このように過ごしてきたシーラに、ものごとには違うやり方もあるのだということを納得させるのが容易なことでないのはよくわかっていた。わたしが叱っても、警告しても、静かにするコーナーにいきなさいといっても、彼女の行動に目に見えた変化はなかった。だが、「コーボルトの箱」は効いた。

毎夕、わたしが箱の中のメモを読み、話題になった子どもたちのことをほめるのを、シーラは熱心に聞いていた。シーラは毎回自分のことを書いたメモの数を貪欲に数えるようになり、機会があれば他の子どもの回数も数え、彼らの回数が自分と比べて多いか少ないかを見ようとした。わたしはそんなことはやめさせようとした。他の子どもたちは人と競争しようなどと思っていないし、自分の価値を自分が受けとったメモの数で量る必要があるなどとは感じていなかった。わたしはそんな子どもたちに一緒になって競争してほしくなかったのだ。だがシーラはどうしてもやめられなかった。彼女のちっぽけなうぬぼれがそうせざるを得なくさせていたのだ。何度も何度も彼女は自分がクラスで一番優秀な子どもで、一番頭がよく、一番一生懸命勉強をする、一番の先生のお気に入りだということを証明したがった。わたしがそれを認めることを断固として拒否すると、彼女は「コーボルトの箱」の中のメモの数で、自らそれを証明しようとしだした。だが、どうやって点数をかせいでいいのか、シーラにはわからなかった。どれだけじょうずに本が読めるかを見せることはできた。これは簡単だ。ただ本を持ってくればいいのだから。算数がどんなにできるかも見せることができた。これも簡単だ。だが、自分の名前をもっとメモに書いてもらうために、どうやって人に親切にしたり、丁寧にしたり、おもいやりのある態度をとっていいかはわからなかった。

ある日の放課後、シーラはわたしが理科の実験道具を片付けているテーブルのそばに座っていた。「なんでタイラーはあんなにたくさんメモに書いてもらえるの？」シーラがきいた。「あの子は他のだれよりもたくさんもらってるよ。トリイが書いてるの？」

「いいえ、あなたも知ってるでしょ。メモはみんなが書いているのよ」

「なんであの子はたくさんもらえるの？」とシーラは首をかしげた。「あの子が何をするっていうんだろ？　なんでみんなあの子のことがそんなに好きなのかな？」

「そうね」とわたしはこの問題についてしばらく考えた。「まずいえることは、タイラーはお行儀がいいわ。何かがほしいときには、ちゃんと頼むでしょ。ほとんどいつも、どうぞっていうわ。それからありがとうも。そういわれると、みんな彼女のことを助けてあげようとか、彼女と一緒にいたい気持ちになるでしょ。彼女はみんなをいい気分にさせてくれるから」

シーラは顔をしかめ、自分の手をみつめていた。かなりたってから、彼女は責めるような目でわたしを見た。「なんであたしに〝どうぞ〟とか〝ありがとう〟っていってほしいって一度もいってくれなかったの？　そう思ってるなんて知らなかったよ。なんでタイラーにはいって、あたしにはいわなかった？」「わたしはタイラーにそんなことといってないわ、シーラ。そんなことはみんなが自分からすることよ。みんなが他の人には行儀よくしたいと思っているのよ」

「そんなこと知らないよ。誰もいってくれなかったもの」シーラは非難するようにいった。「トリイがあたしにそんなふうにしてほしいと思ってたなんて全然知らなかったよ」

考えてみると、シーラのいうとおりだった。おそらくこのことを彼女にいったことは一度もなかったと思う。そんなことは子どもが、まして彼女のように頭のいい子なら知っていて当然のことだと考えていた。だから、当然彼女にもわかっていると思っていたのだ。だが、そんな仮定をしたことがひどいことだったと徐々にわたしは気づきはじめた。シーラの育ってきた環境では、〝どうぞ〟や〝ありがとう〟などという言葉は聞いたこともないかもしれないのだ。こういう言葉が彼女にとって意味があったことなどなかったかもしれないのだ。

「ごめんなさい、シーラ。わかってると思っていたのよ」

「わかんないよ。トリイがあたしにそうしてほしいとわかってたら、あたしだっていえるよ」

わたしはうなずいた。「そうしてほしいと思ってるわ。いい言葉だものね。そういう言葉を使うと、他の人の気持ちがよくなるわ。そこが大事なところなの。そうすればみんなもっとあなたのことを好きになるわ」

「あたしのこといい子だっていう？」

「そう思うようになるでしょうね」

それから徐々に、シーラは他の子どもたちが親切、あるいは思いやりがあると考えているようなことをしはじめた。わからないときには、きいてきた。わたしから見てわかってないなと思ったときには、二人だけの時間にそっと教えた。

8

残念ながら、すべてのエデンの園がそうであるように、やはりヘビが二、三匹いた。最初の一月の間、わたしたちにはどうしようもないと思われた問題が二つあった。

最初の問題は思っているほどには大したことではなかったのかもしれない。あれだけいろんなことで進歩を見せたというのに、シーラは筆記問題を断固として拒否した。プリントが与えられたとたんに、彼女はそのプリントをめちゃくちゃにしてしまう。ときどき、わたしやアントンがひどく脅すと、すぐには破ってしまわずにその問題にとりくんでいるように見えることもあった。だが、そのプリントが採点用バスケットにまでたどりつくことは決してなかった。途中のどこかで、プリントをびりびりに破ってしまうか、紙の上にめちゃくちゃになぐり書きをするか、丸めて固い塊にしてラジエーターの下につめてしまうか、ウサギの檻に入れて餌にしてしまうかだった。

そういうことをやめさせようと、いろいろやってみた。シーラがとりあげることができないように、プリントをテーブルにテープでとめつけた。すると彼女は、紙が破れるまでその上になぐり書きをした。次に、プラスチックのフォルダーにプリントを入れてみた。彼女はその前に座りはしたが、クレヨンを手にすることを拒んだ。あるときなど、クレヨンを食べてしまうことまでした。そこで今度はワークブックを使ってみることにした。だがプリントに比べて高価なワークブックが、たった一回でめちゃくちゃになるのを見て、わたしはいつもよりもっと腹が立った。次にわたしはミセス・バーサリーがいっていたラミネート・コーティングをするという方法を試みた。わたしたちのところにはエアコンはなかったからだ。これは、費用も時間もかかるやり方だったのに、それが目の前に出されると、シーラはただ座っているばかりで、何をすることも拒否した。問題を黒板に書くと、わたしが目を離したすきに消してしまう。シーラに裏をかかれない方法をもう何も思いつかなかった。

シーラのこういう態度は首尾一貫したものだった。答えを書くことを要求されると、彼女はそれに触れようともしなかった。この態度はぬり絵から絵をかくことにいたるまですべての教科に及んだ。口で答えるぶんには、いや自分に代わってアントンやウィットニーやわたしに答えを書かせることにも何の反対もしなかった。だが自分では絶対に書こうとしないのだった。

いうまでもないことだが、このことはわたしたちの間に少なからぬ軋轢を生じさせた。わたしはすべての方策を試してみた。静かにするコーナーにいかせもした。だがシーラが長い時間、じっと動きもせず、音もたてずに座っているので、わたしはこれでは問題は解決しないという気になった。彼女をただ椅子に座らせて、授業の大部分を受けられなくするようなことはしたくなかった。静かにするコーナーが、自制心を取りもどすという意味をもっていた最初の週とちがって、いまではその機能を果たしていなかった。静かにするコーナーは罰のために作られたものではなかった。だから、子どもたちがそこに座って泣いたり、あばれたりしているかぎり、わたしは気にはしていなかった。彼らは自分がコントロールできない状態で、その場所でそれを取りもどそうとしているのだから。だが、子どもがただそこにいって座っているだけだと、それは罰になってしまう。ときには何分間かの罰が認められることもあるだろう。だが何時間もそんなことをさせるわけにはいかない。だから、もしシーラを静かにするコーナーにいかせて、彼女がそこにいって二十分も座っていてもまだ筆記問題をやる気にならない場合には、わたしはもういいことにした。権力争いでわたしが勝つことなんて、彼女を活動的にさせ、クラスに参加させることに比べればそれほど大事なことではないのだから。さらにいえば、彼女が筆記問題を拒否することの裏には何かあるのではないかと気になってもいた。

怒っているのでないかぎり、シーラがすぐに拒否するようなことはあまりなかった。教室の中では誰がボスなのかはもうずっと前にはっきりさせていたので、彼女がわたしを試しているとも思えなかった。他のことでは非常にわたしを喜ばせてくれていたので、彼女がただわたしをいらだたせるためにのみこんなことをしているとは考えられなかった。

だが、そういうシーラの態度がわたしを実際いらだたせていたことは認めざるをえなかった。それも並大抵のいらいらではなかった。三週目が終わるころにはわたしはこのことで頭がいっぱいになり、教師用ラウンジにぷりぷりして入っていっては、放課後他の教師に当たったりした。夜はチャドに欲求不満の矛先が向けられた。ついにある日、わたしはやけになってあるプリントを五百枚もコピーした。わたしはシーラをうまくテーブルにさそって、算数の問題の前に座らせた。もしここにバレンタインデーまで座っていなければならないとしても、五百枚のコピーを全部使うことになるとしても、それならそれでいい、そうしようとわたしは心に決めていた。

「今日はこの算数の問題をやるのよ、シーラ。わたしがやってもらいたいのは、このプリント一枚だけ。ここにあるのはみんなやさしい問題ばっかりよ」

シーラは疑い深い目でわたしを見た。「あたし、こんなのやりたくない」

「今日はやりたいとかやりたくないとかいえないの」わたしは動揺しながらテーブルの上のプリントを指で叩いた。「さあ、始めましょう」

彼女は座ったままわたしをじっとみつめている。彼女がこの状況を警戒していることは明らかだった。いままでこんなに面と向かってシーラに何かを強制したことはなかったので、彼女としてはわたしがどういうつもりなのかわからないようすだった。内心わたしはいらいらのあまり内臓がねじれそうだった。胃がぎゅっと縮み上がり、心臓は早鐘のように打っていた。一瞬こんなことはやめたいと思ったが、この三週間拒否されてきたことへの怒りのほうが強かった。

「やりなさい」思っていたより大きく、鋭い自分の声が聞こえてきた。わたしは身を乗り出して鉛筆をつかみ、彼女の手に押しつけた。「問題をやりなさいといったのよ。さあ、やるのよ、シーラ」

彼女は一枚目のプリントをくしゃくしゃにした。わたしは注意深くそれを伸ばして、テーブルにテープでとめつけた。とめつけたプリントをシーラは鉛筆でえぐるように破った。わたしが新しいコピーを広げると、シーラがそれをめちゃくちゃにするというふうに、わたしたちは争いつづけた。算数の時間が終わり、わたしたちの椅子のまわりにはめちゃくちゃにされたコピーの山ができていた。他の子どもたちは自由時間がきたので立ち上がった。シーラは心配そうにあたりを見回した。自由時間は彼女のいちばん好きな時間で、すでにタイラーが自分が遊びたいと思っていた人形を出していることに気がついていた。

「このプリントを終えなさい。そうしたらいってもいいから」新しいプリントをテープでとめつけて、わたしは宣言した。わたしの怒りはかなりおさまっていたが、それでもいくぶんかはまだ残っており、脈は依然として速く打ちつづけていた。

シーラはわたしに我慢できなくなってきていた。彼女の重い息づかいに混じって、怒りの唸り声が聞こえてきた。また六枚ほどのコピーが無駄になった。わたしは自分の椅子を彼女の椅子に近づけ、彼女を椅子とテーブルの間に押しつけた。それからまた新しいプリントをテープでとめつけた。彼女の空いているほうの手を押さえつけてから、わたしはもういっぽうの手をとった。「あなた一人でできないというならわたしも手伝うわ、シーラ」わたしは執拗にいった。汗がシャツににじんできていた。

シーラは堪忍袋の緒が切れたのか、耳をつんざくような悲鳴をあげはじめた。ありがたいことに彼女もわたしと同じ左利きだったので、わたしはにぎったまま彼女の手を動かすことができた。わたしは彼女に最初の問題の答えをきいた。最初、彼女は答えることを拒んでいたが、やがて怒りながらも答えを叫んだ。わたしは彼女の手をプリントに押しつけ、3と書かせた。シーラは椅子を押さえているわたしの手を離そうと、あばれまくり、わたしの手に噛みつこうとした。次は二番目の問題だ。ふたたびわたしは彼女から答えを引きだし、無理にそれを書かせた。

わたしたちは自由時間の間じゅうこんなふうにもみあい、彼女は悲鳴をあげて抵抗し、わたしは無理に彼女の手を押さえつけながら、プリントを最後まで書ききった。だが、わたしが手を離したとたんに、シーラはテープでとめたプリントを引きはがしてこまかくちぎってしまった。わたしが手を押さえるひまもなかった。怒り狂ってシーラは紙をわたしの顔に投げつけ、わたしの手を振りほどき、椅子を押し倒した。そして教室の反対側まで走っていくと、振り返ってわたしを睨みつけた。

「だいっきらい！」シーラはあらんかぎりの大声で叫んだ。他の子どもたちはおやつを食べおえ、休み時間に入る準備をしていたが、みんな動きを止めてわたしたちを見ていた。「きらい！　きらい！　だいっきらい！」やがてわたしへの欲求不満に圧倒されたように、彼女は動物の檻の後ろ側にある彼女のコーナーから意味のわからない叫び声を上げて立ちつくした。

アントンは休み時間に他の子どもたちを外に連れだしたが、わたしはテーブルのところにずっと座っていた。シーラが怒りのあまり荒れ狂うことを予想して、わたしは彼女をつかまえられるよう身構えた。だが、そうはならなかった。しばらくすると彼女は平静を取りもどし、悲鳴をあげるのをやめた。それでも部屋の向こう側から動かず、非難がましい目でわたしを見ていた。いまにも泣きそうで、口がへの字に曲がり、顎がぶるぶる震えている。わたしは自分がどうしようもなくいやな人間のように感じはじめていた。わたしがあれほど敵意むき出しの態度に出たことへの失望が、彼女の目にはありありと浮かんでいた。彼女を見ているうちに、わたしはまちがったことをしてしまったのだということがわかった。わたしはやけになっていて、成果を紙の上に残さなければという教師の本能が良識を打ち負かしてしまっていた。だが、あんなことをしてはいけなかったのだ。わたしがまちがっていた。そんなどうでもいいことに自分が支配されてしまったことで、わたしは自己嫌悪に陥った。

わたしは彼女をじっとみつめた。反感、自信喪失、さまざまな嫌な気分が身体を駆け抜けた。わたしはわたしたちの関係をぶちこわしてしまったのだろうか？　彼女が来て以来、三週間の間あんなにうまくやってこられたのに。それをたった半日でめちゃくちゃにしてしまったのだろうか？　シーラはわたしをみつめていた。長い間、永遠とも思える長い間、わたしたちは黙ってみつめ合っていた。

ゆっくりとシーラがわたしのほうにやってきた。その間もずっとシーラの目はわたしに注がれていた。大きく見開いた、用心深い、責めるような目だ。彼女はテーブルの端のところまで来た。テーブルのなめらかな表面を何か描いてあるかのように指でなぞり、しばらくそこを見てからわたしの顔に視線をもどした。「あたしにあんまりやさしくない」彼女の声は気持ちを反映するように重かった。

「ええ、やさしくなかったわね」ふたたび沈黙が流れた。「悪かったわ、シーラ。あんなことをするべきではなかったわ」

「あたしにあんな意地悪しちゃいけなかったんだよ。あたしだって生徒なんだから」

「ごめんなさい。あなたがどうしても書く問題をやってくれないから、かっとなってしまったのよ。あなたにもみんなのように書く問題をやってもらいたかっただけなの。あなたにやってもらうってことが、わたしには大事だから、どうしてもやろうとしないあなたを見ていると腹が立つのよ。だから、怒ってしまったの」

彼女は警戒しながらわたしの顔をじっと見ていた。下唇を突き出し、傷ついたような目をしていたが、それでももっとそばににじり寄ってきた。

「いまでもあたしのこと好き？」

「決まってるじゃない。いまでも好きよ」

「でもあたしのこと怒って、怒鳴ったよ」

「誰でもかっとなることはあるわ。大好きな人にでもね。だからといって、その人がきらいになったわけじゃないのよ。ただかっとなっただけなの。で、しばらくしたら怒りはどこかへいってしまって、お互いやっぱり相手のことが好きなんだってわかるの。前と同じようにあなたのことが好きよ」

シーラは唇をぎゅっとかみしめた。「ほんとにあんたがだいきらいってわけじゃないんだ」

「わかってるわ。あなたもわたしみたいに怒ってただけなのよ」

「だってあたしに怒鳴るんだもん。あたしにあんなふうに怒鳴るあんたは好きじゃないよ。耳が痛くなっちゃう」

「ねえ、シーラ。わたしがまちがっていたわ。ごめんなさい。でももう起こってしまったんだから、なかったことにはできないわ。悪かったわ。いまはもう書く問題のことを心配するのはやめましょう。あなたがその気になったときに、またいつかやればいいんだから」

「その気になんてぜったいならない」

わたしはがっかりして肩を落とした。「そう、じゃあ、もうやらなくてもいいわ」

シーラはいぶかしげにわたしを見た。「書く問題、やるんでしょ」

どっと疲れてわたしは溜め息をついた。「やらないと思うわ。もっと大事なことがあるのよ。それに、ひょっとしたらいつかその気になるかもしれないじゃない。そのときにやればいいわ」

そんなわけでわたしは筆記問題戦争に降参した。というか少なくとも戦うのは止めた。どうして人は細かいことにこだわり、もし物事が自分の思っているようにならないと世界が壊れてしまうと考えるのだろうか。一度この苦闘から逃れてしまえば、そのことがどうしてあれほど大事だったのかわたしにはわからなかった。だが、最初の数週間の間は、わたしはそのことにとらわれていた。

シーラについての二番目の問題は、もっと深刻で解決するのもはるかに困難だった。彼女には限度を知らない復讐癖があった。自分のやりたいことを妨害されたり自分がだしぬかれたりすると、シーラはものすごい勢いで仕返しをした。頭がいいだけにその仕返しはより恐ろしいものとなった。というのも彼女はその人が何を大事にしているかをいちはやく感じとり、自分が不当な扱いをされた仕返しにその点に攻撃を加えるからだった。休み時間にセーラから雪を蹴ってかけられたとき、シーラは教室にあったセーラの図画工作の作品を順々に全部壊してしまった。図工が大好きなセーラにとって、この仕打ちはたまらないものだった。ある日昼食にいくときにシーラが廊下を走ったのでアントンが怒ったことがあった。シーラはあとになってから、その朝アントンが息子から借りて学校にもってきたスナネズミの赤ちゃんを全部絞め殺してしまった。相手の最も痛いところを見極めるシーラの冷徹な目に、わたしはぞっとした。

彼女の復讐は紙を破り捨てたり、スナネズミを絞め殺す以上のことにも及んだ。この復讐はきちんと計算され、長い間待って行なわれるのだった。それも、わざとやったのではない物事に対しても行なわれることが多かった。いっときたりともシーラから目を離せなかった。わたしたちが注意して見ているときでさえ、シーラはわたしたちの目をすりぬけていった。

一日のうちでも昼休みはいちばん危険な時間だった。アントンもわたしも、一日じゅうシーラを見張っていなければならないので、この唯一の休憩時間をあきらめたくはなかった。昼食補助員たちはもう一度シーラの監督をやってくれてはいたが、いまでも彼女のことを恐れていた。

ある日、アントンとわたしが教師用ラウンジでサンドウィッチを食べていると、補助員の一人が悲鳴をあげて飛びこんできた。わけがわからないがシーラの名前を口にしている。初日の悪夢が繰り返されたのか、とわたしたちはその補助員のあとから飛び出した。

シーラは他の教師が担任している教室にいた。わずか十分か十五分という短い時間に、彼女はその教室を完全にめちゃくちゃにしてしまっていた。生徒用の机はすべてなぎ倒され、個人の持ち物が散乱していた。窓のブラインドはひきずりおろされ、本が本箱から投げ出されている。ティーチング・マシーンの一つはスクリーンが粉々に割れていた。よくもこの短時間にこれだけめちゃくちゃにできたものだというありさまだった。

わたしはぐいと力いっぱいドアを開けた。「シーラ！」彼女はぎょっとしてこちらを振り向いた。陰険な暗い目をしていた。手には指示棒がしっかり握り締められている。

「それを離しなさい！」

シーラは長い間わたしをじっと見ていたが、指示棒は手から離した。彼女がここにきて三週間。そのころにはわたしが本気でいっているのかどうかぐらいわかるようになっていた。彼女がいまやっていることをやめさせて、わたしのそばまで来させることができれば、彼女をおちつかせて連れていくことができるはずだ。わたしは彼女を怯(おび)えさせて逃げ出させてしまうほどばかではなかった。もし彼女がここを飛び出して、恐怖のあまり我を忘れてしまったら、もっと危険なことをするだろう。すでに例の野生動物のような、獰猛(どうもう)な目をしているシーラを見て、わたしにはいま彼女がかろうじて保っている自制心がどれほどもろいものかがよくわかっていた。わたしにはどうしていいのか考えもつかなかった。シーラがこういうことをやったという事実、わたしがこういうことを起こさせてしまったのだという事実に打ちのめされた。静かにするコーナーに座らせるくらいでは、この何百ドルもの損害をつぐなうことにはなりそうになかった。それにここはわたしの教室ではないのだ。他の教師の教室なのだ。この件がわたしの手に負えるものではないことはわかっていた。

シーラをなだめてドアのところまで来させた頃には、コリンズ校長とこの教室の担任であるミセス・ホームズがわたしの後ろに立っていた。わたしがやっとシーラの手をつかんだとたんに、コリンズ校長は怒鳴りはじめた。

校長が怒鳴るのも無理はない。だがこの問題に対する校長の解決法がどんなものかもわたしにはわかっていた。コリンズ校長は、ほとんどの違反は体罰用の棒で叩くことによりなくなる、あるいは少なくともなくなることに役立つと考える昔の学校の考え方を身につけていた。校長はシーラの腕をつかんだ。わたしはすでに彼女のオーバーオールのひもをつかんでいたが、その手を離さなかった。

わたしたちは、二人とも黙ったまま目を合わせた。シーラはわたしたち二人の間でひっぱられる格好になった。

わたしとしては校長にシーラを渡すわけにはいかなかった。ここでは痛い目になんかあわないとあれだけいいきかせてきたのに、そんなことはできない。この子はいままでにすでにいやというほど叩かれてきているのだ。それに、いやというほど大勢の人から約束を破られてきていた。そんな目にもう一度あわせることなどできなかった。

校長とわたしはまだ一言もしゃべっていなかった。だが、だからといって挑む力が弱くなったというわけではなかった。シーラの肩に置いたわたしの手の下で、彼女の筋肉がぎゅっと硬くなるのがわかった。

ついに口を開いたコリンズ校長は、荒々しい囁きのような声を歯ぎしりのすきまからもらした。罰を受けるためにシーラが校長室にいくだけではなく、わたしも証人として同席しなければならないと言うのだ。

なんということだろう。わたしはシーラを真ん中に置いて校長とやり合いたかった。ちょうどひとつの骨をめぐって争う二頭の犬のように。選択の余地はあまりなかった。校長に同意するわけにはいかなかった。とにかくシーラにわたしが同意したと思ってほしくなかった。

わたしたちは一言、二言の短い言葉の応酬を繰り返した。が、ついに校長の堪忍袋の緒が切れた。

「いいかげんにしなさい、ミス・ヘイデン。わたしと一緒にいますぐ来なさい。そうしないと今日じゅうに仕事を失うことになるんだよ。わたしは別にそうなってもかまわないんだ。わかったかね？」

わたしは校長をまじまじと見た。そのときわたしの頭の中にさまざまなことが浮かんできた。わたしには在職権がある。組合にも入っている。校長にわたしをクビにする権限なんかないはずだ。次々とそのようなことが頭に浮かんだが、それはすべて頭のレベルの話で、肝っ玉のレベルでは恐怖で震えていた。もしクビにされたらどうなるのだろう？　この町でまた教職につけるだろうか？　わたしのクラスの面倒は誰が見てくれるのだろう？　わたしには軽率に衝動的行動に走ってしまうという前科があった。ここでまたそれを重ねるのだろうか？　何のために？　州立病院にいくことが決まっている子どものために？　知り合って三週間たつかたたないかの子どもで、それもいずれまたどこかへいってしまうことになる子どものために、わたしは職を失おうとしているのだ。いずれにしても誰にとってもどうでもいいような子どものために。もしわたしが職を失ったらみんななんていうだろう？　チャドはそれでもまだわたしとつき合ってくれるだろうか？　母親にどうやって説明したらいいだろうか？　世間の人はなんて思うだろうか？　心の中でそんなひどいいいわけをしながら、わたしはオーバーオールのひもから手を離した。

コリンズ校長は向きを変え、シーラを連れて廊下を歩き出した。わたしはベネディクト・アーノルド（一七四一－一八〇一。米国独立戦争時の軍人。英軍に内通した反逆者）になったような気分で、少し遅れてついていった。でも、彼らのいうとおりなのかもしれない。わたしはこの子のためにこの三週間で主なものだけでも二度も自制心を失っていた。彼女はほんとうに州の精神科病院に入れる必要があるのかもしれない。わたしにはわからなかった。この問題はわたしの手に負えるものではなくなってしまっていた。

わたしは校長室の椅子に崩れるように座りこんだ。シーラは冷静だった。わたしよりずっと冷静だった。彼女はコリンズ校長のそばに来て、おとなしく立っていた。わたしの顔を見もしなければ、物音ひとつたてていない。コリンズ校長はドアを閉めた。そして机の引き出しから、体罰用の長い板を取り出した。校長がシーラの横でそのサイズを確かめたときも、シーラはびくりともしなかった。

わたしは苦しかった。どうして校長はこんな一昔も前の教育方法をとらなければならないのか？　いったいこの校長はどんな人間なんだろう？　わたしの中で激しい嫌悪感がこみあげてきた。校長はわたしに対してどうしてこんなことができるのか？　わたしはどうしてこんなことを校長にやらせておけるのか？　あれだけ子どもを叩いたりはしないといい聞かせていたのに、シーラはわたしのことをどう思うだろうか？　事態があやうくなると、我が身大切という態度をとるということが自分でもわかったいま、自分のことをどう考えたらいいのだろうか？

自分自身の頭がこういう混乱状態にある最中に、わたしはシーラの無邪気な勇気に突然、いたく心を打たれた。彼女はちらりとわたしを見てから、コリンズ校長のほうにふたたび向き直った。そのときのシーラはどこにでもいるごくふつうの六歳児に見えた。開いた唇のすきまから歯のぬけたあとが見えた。大きく丸く見開かれた目は、恐怖をうまく隠していたので、知らない人が見ればなぜ目が大きく見開かれているのかその理由はわからなかっただろう。彼女が髪に小さな白とオレンジのアヒルのヘア・クリップをつけているのを見て、どれほど彼女がこのヘア・クリップを気に入っているかを思った。この白とオレンジのヘア・クリップは、シーラのお気に入りだった。あたしの幸運のクリップなの、といつか話してくれたことがあった。〝あなたの幸運も今回はどこかへ逃げていったようね、シーラ〟とわたしは思った。いままで何回も幸運が逃げていったように。アヒルのクリップがこの場ではひどく忌まわしいもののように思えた。

シーラは実にしっかりと立っていた。とても六歳の子どもとは思えないほどしっかりしていた。いったい何度こんな板で叩かれたことがあるのか。だが、同時にいかにも子どもらしい無邪気さも漂わせていた。アヒルのヘア・クリップ、長く、毛先がくるりとカールすることのないまっすぐな髪、すりきれたオーバーオール。わたしは泣きそうになった。だが、それはわたしがシーラのような強さを持っていないことに気づいたからだった。

内臓がよじれそうだった。こんなことがあってはいけない。

だが、じっさいには起こってしまった。コリンズ校長はもううんざりだ、と抑揚のない声でいった。自分のやったことがわかっているのかね、と。何の返事もなかった。停学になるかもしれない、と校長はいった。校長の言葉はシーラにだけではなくわたしに向かっても発せられているのだということがよくわかった。わたしたち二人ともが叱られているのだ。校長は三回この板で叩くといった。シーラは唇をかみしめた。そしてまばたきもせずに校長をじっと見た。

「前にかがんで足首をつかみなさい」

シーラはじっと校長を見たまま動こうとしなかった。

「前かがみになって足首をつかむんだ、シーラ」

彼女は動かなかった。

「もう一度いわなければならないようだったら、叩く回数を増やす。さあ、身体を前にして」

「シーラ、お願い」とわたしはいった。「お願いだから校長先生のおっしゃるとおりにして」

それでも何の反応もなかった。一瞬彼女の目がちらりとわたしのほうを見た。コリンズ校長は乱暴にシーラを押して前かがみにさせ、ヒュッという音をさせて板で彼女を叩いた。この最初の一発でシーラは倒れて膝をついたが、顔色ひとつ変えなかった。校長は彼女の背中をつかんで立たせた。ふたたび板がしなった。また彼女は倒れて膝をついた。最後の二回は、シーラは踏ん張って倒れなかった。彼女の口からはうめき声ひとつもれなかったし、目からは涙一滴こぼれなかった。このことがコリンズ校長の怒りをますます助長させたのは明らかだった。

わたしは麻痺(まひ)したように座ったまま見ていた。あれだけ叩かれることはないと念を押したあとで、こういうことが起こってしまった。あれだけ一生懸命、ばかみたいに一生懸命この子のことでがんばってきたというのに。わたしはふだんは自分がどれほど子どもたちに入れこんでいるかを決して自覚しないことにしている。日々の生活の中で意識するそばから追い払うことにしているちょっとした恐れや失望のように、わたしは子どもたちがほんとうはどれほど自分にとって大切なのかということからも逃げて、それを認めまいとしてきた。もし自分がそのことに気づけば、子どもたちが失敗したときに自分がよりいっそうがっかりするのがわかっていたからだ。あるいはわたしが失敗したときに。この仕事に携わっている人々があれほど多く燃えつきてしまうのもこの理由――つまり、自分が入れこみ過ぎていることを知っているせいなのだった。だからこそわたしはそのことに目を向けないようにしていた。わたしは夢想家だった。が、わたしの夢は非常に高くつく夢だった。わたしたち全員にとって。

コリンズ校長はわたしに、彼がシーラを罰として叩いたときにわたしが証人として同席していたという証拠書類にサインさせた。それからわたしは弱々しくシーラの手を取り、二人で廊下を歩いていった。

これからどうしていいのかわからなかった。頭がぐるぐる回っていた。教室のドアのところまでいったとき、わたしは窓から中を覗（のぞ）いてみた。アントンが午後の活動を始めていて、ウィットニーもきていた。ことは平穏に進んでいるようだった。わたしはシーラのほうを見た。「わたしたち、話し合う必要があるわね」

ドアをノックして、アントンが出てくるのを待った。彼が出てきたので、わたしはしばらくの間シーラと二人っきりになりたいこと、あまりにいろいろなことが起こったので、物事を整理する必要があることを説明した。そして、わたしたちがはずしている間、彼とウィットニーだけでやっていけるかときいた。アントンはにっこりしてうなずいた。それでわたしは彼らのもとを離れた。教育のない季節労働者と十四歳の子どもに八人の頭のおかしい子どもを任せて。事態の滑稽さにわたしは啞然とし、思わず笑いだしそうになった。だがとても笑い声をだせるような気持ちではなかった。

結局、わたしはシーラを書庫につれていった。そこ以外に誰にも邪魔されずに二人っきりでいられる場所をみつけられなかったからだ。小さな椅子を二つひっぱってきて、電気をつけ、ドアを閉めてから椅子に座った。長い間、わたしたちはみつめ合っていた。

「いったいどうしてあんなことをやるの?」そうきいたわたしの声にははっきりと失望の色が出ていた。

「しゃべらせようと思ってもそうはいかないからね」

「まあ、シーラ。なんてことをいうの。あなたとやりあってる暇はないのよ。わたしにそういう態度はやめなさい」シーラが怒っているのかどうか、よくわからなかった。内心、わたしは自分が負けて、コリンズ校長に彼女を渡してしまったことを彼女に謝りたいと思っていた。だが、そうはしなかった。そうしたいという欲求は、彼女のためというよりむしろわたしのためだった。自分を許してもらいたかったのだ。

わたしたちは黙ったまま長い間みつめ合った。永遠とも思えるほどの沈黙が続いた。ついにわたしは首を振り、弱々しく溜め息をついた。「ねえ、あまりいい結果にはならなかったわね。残念だわ」

それでもまだ黙っている。シーラはどうしてもわたしに話そうとしなかった。じっとわたしをみつめているので、こちらのほうから目をそらしてしまった。書庫の外では、休み時間になった子どもたちが遊びにいこうとして、ドアを開け閉めしたりする騒々しい物音が聞こえてきた。だがこの中は異常に静かで、中にわたしたちがいるとは誰も思わないにちがいない。

わたしはシーラの顔を見た。目をそらす。また見る。彼女はじっとこちらを見ている。

「もう、シーラったら。いったいわたしにどうしろというの？」

彼女の瞳孔が大きくなった。「あたしのこと怒ってる？」

「そうともいえるわね。わたしはいま誰に対してもちょっと怒っているの」

「あたしをぶつ？」

わたしは肩をがっくりと落とした。「いいえ、そんなことしないわ。もう百万回もいったでしょ。わたしは子どもをぶったりしないって」

「なんでぶたないの？」

わたしは信じられないというふうに彼女の顔を見た。「なんでそんなことしなきゃならないの？　そんなことをしても何の役にも立たないでしょ？」

「役に立つよ」

「そう？　ほんとうにそうなの、シーラ？　さっき校長先生がやったことがあなたの役に立ったというの？」

「おとうちゃんはあたしをいい子にさせるにはそれしかないっていってる。おとうちゃんはあたしをぶつよ。そうしたらあたしはもっといい子になる。だって、おとうちゃんはおかあちゃんみたいにあたしをハイウェイに置き去りにしたりしないもの」シーラは静かな声でいった。

心が和らいできた。こんな気持ちになるとは思ってもいなかった。シーラがまき起こしてくれたいろいろな問題のために、わたしはすごく腹を立てていたというのに。それなのに、彼女がしゃべると、わたしの心は和らいでしまった。ああ、この子はいったい人にどうしてもらいたいと思っているのだろう。わたしは彼女のほうに片手を伸ばした。

「こっちへいらっしゃい、シーラ。抱かせて」

シーラは喜んでやってきて、よちよち歩きの赤ん坊のように不器用にわたしの膝に這い上がった。両腕をわたしの肋骨に巻きつけ、ぎゅっとわたしにしがみついた。わたしも強く抱きしめた。彼女のためというだけでなく、自分のためにもわたしはこうして彼女を抱いていた。他にどうしていいのかわからなかったのだ。ああ、神様。胸が痛かった。

これからどうしたらいいだろうか？　いうまでもなく、シーラはこの破壊癖をなんとかしなければならなかった。だが、どうやって？　この子がひっくり返したあの多くの机や、壊れてしまった窓のブラインドをどうしたらいいだろうか？　たとえ彼女が百万ドル相当の損害を与えてしまったとしても、一人の人間の命と比べた場合それがどうだというのだろうか？　もし学校側が彼女を学校から放り出し、停学処分などにしたら、彼女はもうもどってはこないだろう。長年この仕事をしているからそれくらいのことはわかる。いずれそのうちに、当初の予定どおり州の精神科病院に入れられることになるだろう。でも、それからどうなる？　精神科病院から出てきた六歳の子にふつうの生活をするどんなチャンスがあるというのか？　そんなチャンスがあるとはとても思えなかった。わたしたちは彼女を見失ってしまうはずだ。ほとんどの人が彼女が存在していたことすら気がつかないうちに。人生で一度もチャンスに恵まれなかったこの聡明で独創的な少女は、これからも一度もチャンスを得ることはないのだ。あのどうでもいい多くの机にそれほどの値打ちがあるというのだろうか？

「これからどうしたらいいと思う、シーラ？」わたしは彼女を腕の中でゆっくりゆらしながらきいた。「あんな真似をやりつづけるわけにはいかないわよ。でも、わたしにはどうやってやめさせたらいいのかわからないの」

「もうぜったいやらない」

「そうであってほしいわ。でもね、いますぐには守れない約束をするのはやめましょう。いい？　わたしはただ、そもそもなんであなたがああいうことをやったのかを話してほしいの。あなたの気持ちをわかりたいのよ」

「わかんない。あたし、あの先生にすごく腹が立ったんだ。あの先生、昼ごはんのときにあたしに怒鳴るんだ。あたしのせいじゃないのに。スザンナのせいなのに、あたしに怒鳴るんだよ。それでかっとなって」シーラの声は震えていた。「先生たちあたしを追い出す？」

「どうかしらね」

「追い出されたくないよ」彼女の声が突然高くなり、小さな悲鳴のようになった。泣きそうになっているのがわかった。「もうぜったいにあんなことしないから。あたし、ここにいたい。ここの学校にいたいんだ。ぜったいにもうしないから。約束する」彼女は顔をわたしの胸に押し当てた。

彼女の髪を撫でるわたしの手にアヒルのヘア・クリップが触った。「シーラ、あなたが泣くところを一度も見たことがないんだけど。泣きたいと思ったことは一度もないの？」わたしはきいた。

「あたし、ぜったい泣かないんだ」

「どうして？」

「そうすれば誰もあたしを痛めつけることはできないから」

わたしは彼女の顔を見た。彼女の言葉が示す冷ややかな感性にぎょっとしたのだ。

「どういうことなの？」

「誰もあたしを痛めつけることはできないんだよ。あたしが泣かなければ、あたしが痛がってることはわからないでしょ。だからあたしを痛めつけることにはならないんだよ。だれもあたしを泣かせることはできないんだ。あたしをぶつときのおとうちゃんだってそうだよ。校長先生だってそう。見たでしょ。校長先生に板でぶたれたときだって、泣かなかった。見たでしょ？」

「ええ、見たわ。でも泣きたいと思わないの？　痛くなかったの？」

非常に長い間彼女は答えなかった。彼女はわたしの片方の手を両手で包みこんだ。

「少しは痛いよ」わたしの方を見上げた彼女の目からは表情が読めなかった。「ちょっとだけ泣くこともあるんだ。夜にときどきね。おとうちゃんは、夜すっごく遅くならないと帰ってこないときがあって、あたしずっと一人でいなきゃいけないから、こわくなるの。で、ときどきちょっとだけ泣いちゃうんだ。目のここのところが濡れるんだよ。でも、すぐにやめるんだ。泣いたっていいことはなにもないから。泣いたらジミーやおかあちゃんのことを考えてしまうもの。泣くと二人に会いたくなるんだ」

「泣くことが役に立つことだってあるわ」

「あたしには何の役にも立たない。あたしはぜったいに泣かないんだ。ぜったい」

シーラは向きを変えて、わたしの両脚にまたがるかたちでわたしのほうを向いた。わたしは両腕を彼女の背中にまわした。シーラはしゃべりながらわたしのシャツのボタンを指でもてあそんだ。

「泣くこと、ある?」彼女がきいた。

わたしはうなずいた。「ときどきね。たいていは嫌な気分になったときに泣くの。自分でもどうすることもできなくて泣いちゃうのよ。でも泣くと多少気分がよくなるわ。ある意味では、泣くっていうのはいいことなのよ。うまくいけば痛みを洗い流してくれるわ」

シーラは肩をすくめた。「あたしは泣かない」

「シーラ、あなたがホームズ先生の教室でやったことについて、どうしたらいいと思う？」

シーラはまた肩をすくめた。わたしのボタンをいじるのに夢中になっているふりをしている。

「あなたの考えを聞きたいのよ。あなたをぶったりなんかしないし、停学処分にするのもいい考えだとは思えないわ。でも何かはしなければ。あなたはどう思うの？」

「今日じゅうずっと静かにするコーナーに座ってるとか、一週間以上家事コーナーにいっちゃだめっていわれるとか。お人形をとりあげてもいいよ」

「わたしは罰を与えたいんじゃないの。罰はもう校長先生が与えてくださったわ。ホームズ先生の気分をよくする方法を考えたいのよ。あそこでやってしまったことを解決するようなことをしたいの」

しばらく間をおいてからシーラがいった。「あたしがあそこを片づけてもいいよ」

「それはいい考えね。でも、ごめんなさいは？　謝れる？」

彼女はボタンをひっぱった。「わかんない」

「悪いと思ってるの？」

彼女はゆっくりとうなずいた。「こんなことになって悪かったと思ってる」

「謝るってことを覚えるのはいいことよ。謝ると相手の人はあなたのことを前よりよく思うようになるわ。ごめんなさい、片づけますからっていう練習をやりましょう。練習したほうがいいやすいでしょ？　わたしがホームズ先生になるわ。じゃあ練習しましょう」

シーラはわたしの方に倒れこんできて、わたしの胸に顔を押しつけた。「でも、まだもう少しこうして抱いていてほしいよ。お尻がすっごく痛いんだ。もうちょっとよくなるまで待って。いま、考えたくないよ」

笑みを浮かべながらわたしは彼女を抱き寄せ、わたしたちは薄暗い書庫の中で一緒に座っていた。シーラはお尻の痛みが和らぎ、眼前に迫っていることに立ち向かう勇気が出てくるのを待ちながら。そしてわたしは世界が変わってくれるのを待ちながら。

9

この状況はそれほど簡単に解決できる問題ではなかった。シーラとわたしはミセス・ホームズの教室にいき、シーラは謝って片づけることを申し出た。わたしが望んでいたとおり、シーラの子どもらしい無邪気さ、身体が小柄なこと、生まれついての美しさすべてがあいまってミセス・ホームズの中の母性愛を引き出したのか、彼女は喜んで、シーラがなんとか償いをしたいという気持ちを受け入れてくれた。

だが、コリンズ校長のほうはこう簡単にはいかなかった。校長にとっては、今回のことはシーラだけの問題ではなく、わたしのクラスがいままでいろいろ問題を起こしてきていたのを我慢してきた挙げ句の果てのことだったのだ。校長の頭には、シーラの破壊癖とは関係ないことまで含めていままでのことすべてが去来していた。わたしと校長は違った価値観を持っており、それぞれが自分のほうがいいにきまっていると思っていた。それがこのシーラの事件以後全面戦争に突入してしまい、ついにエド・ソマーズが仲裁にやってくるまでになった。コリンズ校長ははっきりとシーラにここから出ていってほしがっていた。この子は乱暴で自制心がなく、危険で破壊癖がある。粗暴な行動をとって他の子どもたちばかりか、教師たち、学校の職員までをも怖がらせた。ミセス・ホームズの教室だけでも七百ドルの損害を与えた。もはや、社会が危害から自らを守る権利を行使していいという一線を越えたのだ。この子の場合のようにはっきりと特定できる脅威があるときには、もう公立の学校に置いておくことはできない。この子はもともと州の精神科病院にいくことになっているんだ。なんで病院にいないのだ、と校長はいった。

わたしはシーラが教室でどれだけ進歩をとげたかを説明しようとした。この子がしゃべるようになり、教室で生産的な勉強をするようになるのに三日しかかからなかったことを説明し、彼女のＩＱのこと、虐待され遺棄された過去があることなどを話した。エドにはシーラをわたしの手元に置いておいてくれと懇願した。これはちょっとした事故にすぎないのだ、とわたしはいった。今後はもっと目を光らせるから。もし必要なら昼休みを返上してもいい。だから、もう一度チャンスを与えてほしい。もう一度やらせてみてほしい。もう注意を怠ったりしないから、とわたしは頼んだ。

重苦しい雰囲気だった。親たちから非常に強い圧力がかかっているのだとエドは説明した。ミセス・ホームズのクラスの子どもたちからこのことが広まり、親たちが学校に電話をしてきていた。そもそもきみが関わる以前に、裁判所はシーラの収容を決めていたのだ。きみのクラスはとりあえずの貯水タンクだ。きみはここまで深入りしてはいけなかったのだ、とエドは丁寧だが断固とした口調でいった。深入りしすぎたために、きみは適切な判断ができなくなっているのだ、と。エドは悲しげに微笑んだ。シーラがここまで進歩したのは結構なことだが、彼女がわたしのクラスに入れられた目的はそういうことではなかったのだ。彼女はただ精神科病院に空きができるまで待つためにここに来ただけなのだ。それだけのことだったのだ。

彼の話を聞いているうちに、わたしは喉がつまり、目頭が熱くなってきた。彼らの前で泣いたりしたくなかった。彼らのいっていることでここまでわたしがショックを受けているなんて思われたくなかった。だが、いつのまにか涙が流れていた。理性的なほうのわたしが、おちつくのよといいつづけていた。彼らだってわざと残酷なことをしているわけではないのだから、と。実際、彼らのいっていることは、ちっとも残酷なことなんかではないのかもしれない。だが、わたしにはそのように感じられたのだ。まったく、もう！　わたしのことをいったい何だと思ってるのよ。わたしは教師なのよ。わたしの仕事は教えることなのよ。わたしは看守じゃない。それとも、いまのわたしのクラスができたときに、エドがわたしに求めていたのはそういうことだったのだろうか？　いい返したいことが次々にあふれてきた。わたしにあんな小さな女の子を預けたことを、彼らはいったいなんだと思っていたのだろうか？　怯え、傷つき、いままでろくな目にあってこなかった、たった六歳の子どもだというのに。そんな子を何をそんなに怖がることがあるのだろうか？　それなのに彼らはいま、わたしにこういうのだ。この子のことを心配する必要はない。待ち時間の間一緒にいるだけなのだから、と。シーラは州の精神科病院に空きができるまでの間、何ヵ月でもただ自分の椅子に座っているだけでよかったのだ。そしてそのときがきたら出ていけばいいのだ、と。わたしは明らかに誤解していたようだ。わたしは彼女の教師にならなければならないと思っていたのだから。

　エドは前かがみになってテーブルに肘をつき、両手の中に深く溜め息をついた。彼はわたしを説き伏せようとして、そう興奮しないでといった。わたしが泣くような事態になってしまってエドは困りきっていた。一瞬わたしは彼が困っていることがうれしかった。みんなわたしと同じように不幸になればいいのだ。だが、その一瞬が過ぎると、陰鬱な雰囲気がわたしたち全員の上にたれこめた。

　わたしは泣きながら部屋を出てまっすぐ車に乗り、家に帰った。苦しみとくやしさを感じながら、今夜は《スター・トレック》くらいでは平静な気分になれそうもないと思っていた。わたしの理想主義はこてんぱんにやっつけられたのだ。この世の中には七百ドルの値打ちもない人間もいるのだということを思い知らされたのだった。

いつものことだが、チャドがわたしの台風の目になってくれた。怒り狂うわたしの話に耳を傾けながら、彼は優しく首を振った。寝ておいで、事態は思っているほど悪くはないよ、とアドバイスしてくれた。気分は最悪だったが、わたしが世界じゅうを敵に回しているわけではないのだし、なんでもそうであるように、最終的にはなんとかなることもわかっていた。なだめられるのがいやで、わたしはバスルームにとじこもり、四十五分間もシャワーを浴びながらめそめそ泣いていた。わたしが出てくると、チャドはまだ居間に座って猫をかまっていた。チャドは微笑んだ。それでわたしも微笑んだ。幸せではなかったが、しかたがないという気持ちだった。

事態はわたしが予想していたほどには悪くならなかった。教育はすべての子どもに受けさせなければならず、いまこの時点でシーラに教育を授けられる人間はわたししかいなかった。妥協案としてエドはコリンズ校長に、わたしのクラスを専門に監督する昼食補助員を新たに確保すること、シーラはわたしが直接監督していないかぎりはぜったいに教室から出させないことを約束した。それで事態は少なくとも一応の決着をみたのだった。

シーラを学校にとどめておくことであれほどの大騒ぎがあったにもかかわらず、クラスではものごとはスムーズに運んでいた。わたしたちはまたひとつのグループになり、シーラが一緒にいることにみんな適応していった。春の到来を占う聖燭節(せいしょくせつ)の日に晴れていたら冬が六週間延びるという言い伝えがあたって、この二月は寒く身がひきしまるような月だった。シーラはわたしたちにとけこみ、わたしたち十二人は実に幸せだった。この予期せぬ平穏な日々をわたしは心から喜んでいた。わたしのクラスでこんなことは実に珍しいことだからだ。

学習面ではシーラはぐんぐん伸びた。彼女の活発な頭を夢中にさせておく教材に苦労するほどだった。わたしは彼女の勝ちを認めて、筆記問題はいっさい扱わないことにした。もっとも、それでもまだ筆記問題をさせることを考えていたことは認めざるをえないが。ウィットニー、アントン、わたしの三人は口頭でシーラにテストを行ない、シーラと一緒に彼女がいまやっていることについて話し合ったりした。シーラは熱心に本を読み、わたしがみつけてくるよりも早く次から次へと読破していった。彼女が新しく本に興味を持ってくれたことがわたしにはありがたかった。子どもたちの勉強時間の大部分を占めている筆記問題をいっさいしないので、シーラは自分の課題をすぐに終えてしまうからだ。

社会的な面では進歩の度合いは遅くはあったが、それでも着実に伸びていた。シーラはセーラと友達になり、幼い女の子特有の友情を育みはじめていた。わたしはシーラにスザンナ・ジョイが色を覚えるのを手助けする任務も課した。このことは多くの成果を生んだ。わたしには頼もしい助手ができたし、シーラの空いている時間を埋めることにもなった。また彼女に責任感を芽生えさせ、人間関係の微妙な点を学ぶ役にも立った。さらに、シーラに自信をつけさせるというおまけまでついてきた。初めて自分が与える側になり、誰かが自分を必要としているということでシーラは大得意だったのだ。放課後、シーラがいそいそと教材の準備をし、アントンやわたし相手にスザンナが勉強するのを助けるためにどういうことができるかを熱心に長時間しゃべるようなこともあった。彼女を見ていると、他の人から見ればわたしもあのように見えるのだろうか、とわたしはいつも笑いたくなった。だが、シーラはその仕事に無邪気な生真面目さでとりくんでいたので、わたしはそんな思いを自分一人の胸にしまいこんだ。

シーラは一日中わたしのあとをくっついて歩かなくてもよくなってきていた。いまでもよくわたしのほうを見ていたし、機会があればわたしのすぐそばに座ったが、いつもいつも身体を触れ合っていなければ、という必要はもうなくなっていた。それでも学校へ来る前にいやなことがあったり、他の子どもたちにつらい目にあわされたり、わたしが彼女を叱ったりしたようないやな日には、またしばらくの間彼女の手がわたしのベルトにかけられているようなことも珍しくなく、わたしが仕事をしている間わたしと一緒に教室じゅう動きまわっていた。わたしはそれをやめさせようとはしなかった。わたしが彼女から離れていってしまわないということを知って、安心することが彼女には必要なのだと感じていたからだ。依存と依存過剰との間のどこで線を引くかは微妙な問題だった。だが、わたしが担任するほとんどの子どもは、最初の時期に過度に教師との関わり合いを持ちたがったり、密着してくるという時期を経過することにわたしは気づいていた。それは自然な発達段階だと思えたし、もしものごとが正しく発達していけば、その子どもはそういう行動を脱し、人間関係に安心感をもつようになり、もはや相手が自分をかまってくれているという目に見える証拠がなくても大丈夫になっていくようだった。

ミセス・ホームズの教室での事件の結果、ひとつだけいいことがあった。シーラの父親もその経過をたどっていた。

親に会えたのだ。二月初めのある夕方、学校が終わってから、アントンとわたしは車に乗りこみ、季節労働者用キャンプまで車を走らせた。シーラと父親は鉄道線路のそばの、小さなタール紙張りの小屋に住んでいた。

父親は大柄で、身長は一八〇センチを上まわり、がっしりした体つきで巨大な腹がベルトの上に垂れていた。下の前歯は一本しかなく、なんともいえない口臭がした。わたしたちが着いたとき、父親はビールの缶を片手に、すでにかなり酔っ払っていた。

アントンは先になって小さな小屋に入っていった。ほんとうは一部屋しかないところを、カーテンで仕切ってあった。くたびれた茶色のソファがいっぽうにあり、もういっぽうにベッドがあった。その他には家具はなかった。むっとする尿の臭いがした。

シーラの父親はわたしたちのあとから部屋に入ってきて、わたしたちにソファに座れという身振りをした。シーラはベッドのそばの部屋のすみで、目を大きくギラギラさせて、身体をまるめている。シーラはアントンにもわたしにも挨拶をしそびれたまま、学校での最初の日々のように膝を抱く格好でうずくまっていた。わたしはいまからシーラが聞くとつらいようなことを父親と話さなければならなかったので、シーラにこの場をはずしてもらったほうがいいのだが、といった。

父親は頭を振り、シーラの方に手をひらひらさせた。「あいつはあのすみっこにいなきゃいけないんだ。あいつから五分も目を離したら、何をしでかすかわかったもんじゃない。この間の夜も道をちょっといったところで放火しようとしたんだから。あいつを家に閉じこめておかなけりゃ、また警察が来るようなことになる」父親はこまごましたことをしゃべりつづけた。

「あいつはほんとうはおれの子じゃないんだ」父親はアントンにビールを勧めながら、そう説明した。「あいつの母親のあの性悪女め。とんでもねえ女だ。その女が勝手に作った子なんだ。おれの子じゃない。ほんとうだとも。あいつを見てみろ。あのガキにはまともなところがこれっぽちもない。こんな問題ばっかり起こすガキは見たことがない」

アントンとわたしは言葉もなく聞いていた。シーラがこの部屋にいるのにと思うと辛くてたまらなかった。もし父親が彼女にこういうことを毎日いっているのだとしたら、シーラが自分のことを卑下するのも当たり前だ。だが、少なくともそれは親子の間だけのことだ。そんなことを彼女の前でわたしたちにいうとは――わたしはその場にいると思うだけでぞっとした。まるで三文小説の一場面のようだ。アントンは父親の意見に反論を試みようとしたが、父親のわたしたちに対する怒りをあおるだけだった。もし父親をこれ以上怒らせたら、シーラにどんな仕返しがくるかを恐れて、わたしたちはしかたなく父親にしゃべらせておいた。

「ジミー、あの子こそおれの子だった。うちのジミーよりいい子なんていやしない。それをあの性悪女め、連れていきやがった。急に立ち上がったと思ったら、おれの鼻先からひっさらっていってしまいやがった。で、何をしたと思う？　このとんでもねえガキを置いていきやがったのよ」父親は溜め息をついた。「おれはこいつにいってあるんだ。もしもう一度おまえのことで学校から人が訪ねてきたら、ただじゃおかねえからなってな」

「わたしは何も悪いことを知らせにやって来たのではないんです」とわたしはあわてていった。「シーラはクラスでとてもよくやっています」

父親は鼻で嗤った。「そりゃあそうだろうよ。頭のいかれたガキばっかりのクラスなんだから、あいつにはぴったりなわけだ。先生よ、おれはもうこのガキにはほとほと困り果ててるんだよ」

話はいっこうに進展しなかった。恐ろしさにわたしの血は凍りつき、自分がどんどん縮んでいって床の隙間に落ちてしまいたい、そして自分が好きな人に父親のこんな言葉を聞かせているという屈辱からシーラを救ってあげたい、と思っていた。だが、そうすることもできなければ、父親を止めることもできないでいた。父親はいつまでもしゃべりつづけていた。わたしは、シーラはすばらしい知性を持った才能豊かな子だということを話そうとした。だが、とうていわかってはもらえなかった。それがこいつに何の役に立つっていうんだ、また余計な厄介ごとを考えつくだけじゃないか、と父親はいった。最後にまた話は彼が愛する、いってしまったジミーのことにもどった。父親は泣き出してしまった。大粒の涙が太った頬を伝い落ちた。どこに、ああ、どこにジミーは連れていかれてしまったのか。なんで、おれは自分の子だとも思っていないこんな厄介者を押しつけられてしまったのか、といいながら父親は泣いた。

考えてみればこの父親も気の毒な人なのだ。きっとほんとうに息子を愛していたのだろう。その息子を失ったことが耐えられないのだ。こんがらがった未熟な頭の中で、彼はシーラにジミーを失った責任を負わせているようだった。もしシーラがこれほど手に負えない子どもでなかったら、妻も出ていかなかっただろうに、と思っているのだ。そしてシーラのことも自分のこともどうしていいのかわからないのだ。それで一ダースものビールを飲んで自分を失い、赤の他人の二人に、自分の手ではどうしようもなかった三十年の人生について泣きごとをいっているのだった。

シーラの人生のように拉(ひし)がれた気持ちになりながらも、わたしにはシーラを父親の手元から引き離すのは容易なことではないとわかっていた。ここは膨大な数の人生の敗残者からなるコミュニティだった。季節労働者キャンプ、刑務所、州立病院などがすべて結びつき、町の中にもうひとつの町を形作っていたが、その人数があまりに多いので、母体となるコミュニティはその要求に応えきれていなかった。問題を分類し、その問題点を修復するに充分なソーシャル・ワーカーも、里親も、福祉の予算もなかった。最もひどい虐待を受けている子どもだけが家庭から保護されていた。他の子どもたちを収容するだけの場所がなかったのだ。それでも、わたしはシーラの父親に、それほどつらいのだったらシーラを施設に預けることを考えたことはないのか、と思い余ってきいてみた。

それがまちがいだった。いままで泣いていたのが急に烈火のごとく怒りだし、つかみかからんばかりにわたしに両手を振りまわした。おれに自分の子をあきらめろというとは、おまえは何様のつもりだ？　いったい自分が何だと思ってるんだ？　いままでだって誰からも援助は受けてこなかったんだ。おまえのような人間から助けてもらわなくても、自分の問題くらい自分で解決できる。余計なお世話だ。そういうと、父親はアントンとわたしにすぐさまここから出ていくことを要求した。欲求不満と腹立ち混じりの悲しみでいっぱいになりながら、わたしたちはその場を去った。わたしたちのしたことがシーラを危険な目にあわせることにならなければいいが、と案じながら。後味の悪い訪問だった。来なければよかったと思った。

そのあと、わたしは労働者キャンプを車でつっきってアントンの家にいった。彼も小さな小屋としかいえないような家に暮らしていた。三部屋を妻と二人の幼い息子と一緒に使っていた。わたしのように中産階級に生まれ育った者の目には、気の毒なくらい不充分な住まいだったが、清潔で手入れが行き届いていた。手作りのラグと刺繍（ししゅう）をしたクッションが簡素な家具に彩りを添えている。メイン・ルームの壁には大きな十字架が飾られていた。アントンの奥さんは英語がしゃべれず、わたしはスペイン語がしゃべれなかったが、にこにこして歓迎してくれた。子どもたちは活発でおしゃべりで、わたしの身体によじのぼってはお父さんから聞いているクラスの様子をわたしにきいた。彼らは年齢のわりにとてもおしゃべりで、元気いっぱいなので、わたしには天才のように見えた。いつのまにか、わたしは自分が受け持つ子どもたちをふつうと思ってしまっていたのだ。わたしたちが五人でコーク三本とひと鉢のコーンチップを分け合っているとき、アントンがおずおずと、自分が学校にもどって教職をとれるような可能性はあるだろうかときいてきた。だが、彼は高校さえ卒業していないのだ。彼は高校卒業認定資格の取得をめざして勉強していると熱心に語った。彼が密かにこんな夢を育んでいたとはいままで聞いたことがなかった。最初はいやいや仕事に来ていたのに、彼はいつのまにかわたしのクラスの子どもたちを愛するようになり、いつの日か自分だけのクラスで教えたいと思うようになったのだった。彼の夢を聞いてわたしはほろりとした。なぜならそれこそまさしくわたしが危惧していたことだったからだ。そのレベルの教育を受けるまでにどれだけの時間とお金がかかるかにアントンが気づいているとは思えなかった。だが、夫が大いなる計画を語るのを顔を輝かせて聞いている奥さんの顔や、お父さんがほんとうの先生になる、そうなったらほんとうの家に住んで自転車を買ってもらうんだと思って踊っている子どもたちの姿を見ると、やめておいたほうがいいなどとはとてもい出せなかった。それに、わたしの気持ちも完全には回復しておらず、あの鉄道線路のそばの小屋では何が起きているのだろうと思いながら、わたしの心はまだキャンプの別の場所を漂っていた。

10

シーラとわたしが二人っきりになる放課後の二時間の間に、わたしは本の読み聞かせを始めた。シーラはほとんどの本を一人できちんと読めたが、特別に彼女と親しくする時間を持ちたかったし、わたしの好きな本を彼女と一緒に読みたいと思ったからだった。本の中に出てくることがらを話し合う必要もあった。というのも、シーラは子どもとして経験すべきことを経験していないので、理解できないことがいっぱいあるということがわかったからだ。これは彼女がその言葉の意味を知らないということではなく、その言葉が実生活でどういうことを意味するのかまったくわからないということだった。

例えば『シャーロットの贈り物』を読んでも、シーラはそもそもどうして主人公の少女、ファーンが育ちそこないの小豚のウィルバーをほしがるのかをずっとわからないでいた。ウィルバーは一緒に生まれた小豚たちの中でも、いちばん貧弱な豚ではないか。シーラの頭の中では、彼女の父親ならこの小豚はぜったいにほしがらないだろうということははっきりと理解できることだった。ファーンは、その小豚がちっぽけで、育ちそこないなのはどうすることもできないことだから、だからこそその小豚が大好きなのよ、とわたしは説明した。だがシーラにはそこのところが理解できなかった。彼女は適者生存の厳しい世界で生きてきたのだから。

そんなわけで、わたしたちはクッションに囲まれた読書コーナーに座って本を読むことにした。彼女を膝の上に乗せて、わたしが本を読んであげるのだ。シーラにわからない言葉や文があると、それについて話したが、そのまま長いおしゃべりになってしまうことがよくあった。子どもらしい無邪気な分別や子どもらしい率直さと同時に大人なみの理解力を持っているこの少女に、わたしはすっかり魅了されてしまった。彼女の物事を明確に理解する力には、いろんな意味で驚かされた。まったくそのとおりということが実に多かった。だが、ものとものとを結びつける子どもらしいやり方には、笑わされもした。

ある夕方、わたしは『星の王子さま』を持ってきた。「さあ、シーラ。一緒に読む本を持ってきたわよ」とわたしは声をかけた。

彼女は部屋の向こうから飛んできて、わたしのお腹の上に飛び乗ると、わたしの手から本を奪い取った。二人で読む態勢に入る前に、シーラはすべての挿絵を丹念に見た。

いったん読みはじめると、シーラは指でわたしのジーンズをつかんだまま、身動きひとつせずに座っていた。

『星の王子さま』は短い本なので、三十分もしないうちにほとんど半ばまできてしまった。例のキツネがでてくる場面になると、シーラはいままで以上に熱心になった。シーラがもっと座り心地がいいようにと動くと、わたしの膝の上で彼女の骨張った小さなお尻が感じられた。

「ぼくと遊ばないかい？　ぼく、ほんとにかなしいんだから……」と、王子さまはキツネにいいました。

「おれ、あんたと遊べないよ。飼いならされちゃいないんだから」と、キツネがいいました。

「そうか、失敬したな」と王子さまがいいました。

でも、じっと考えたあとで、王子さまは、いいたしました。

「〈飼いならす〉って、それ、なんのことだい？」

＊

「よく忘れられてることだがね。〈仲よくなる〉っていうことさ」

「仲よくなる?」

「うん、そうだとも。おれの目から見ると、あんたは、まだ、いまじゃ、ほかの十万もの男の子と、べつに変わりない男の子なのさ。だから、おれは、あんたがいなくたっていいんだ。あんたもやっぱり、おれがいなくたっていいんだ。あんたの目から見ると、おれは、十万ものキツネとおんなじなんだ。だけど、あんたが、おれを飼いならすと、おれたちは、もう、おたがいに、はなれちゃいられなくなるよ。あんたは、おれにとって、この世でたったひとりのひとになるし、おれは、あんたにとって、かけがえのないものになるんだよ……」

＊

「おれ、毎日同じことして暮らしているよ。おれがニワトリをおっかけると、人間のやつが、おれをおっかける。ニワトリがみんな似たりよったりなら、人間のやつが、またみんな似たりよったりなんだから、おれは、少々たいくつしてるよ。だけど、もし、あんたが、おれと仲よくしてくれたら、おれは、お日さまにあたったような気もちになって、暮らしてゆけるんだ。足音だって、きょうまできいてきたのとは、ちがったのがきけるんだ。ほかの足音がすると、おれは、穴の中にすっこんでしまう。でも、あんたの足音がすると、おれは、音楽でもきいてる気もちになって、穴の外へはいだすだろうね。それから、あれ、見なさい。あの向こうに見える麦ばたけはどうだね。おれは、パンなんか食いやしない。麦なんて、なんにもなりゃしない。だから麦ばたけなんか見たところで、思い出すことって、なんにもありゃしないよ。それどころか、おれはあれ見ると、気がふさぐんだ。だけど、あんたのその金色の髪は美しいなあ。あんたがおれと仲よくしてくれたら、おれにゃ、そいつが、すばらしいものに見えるだろう。金色の麦をみると、あんたを思い出すだろうな。それに、麦を吹く風の音も、おれにゃうれしいだろうな……」

キツネはだまって、長いこと、王子さまの顔をじっと見ていました。

「なんなら……おれと仲よくしておくれよ」と、キツネがいいました。

「ぼく、とても仲よくなりたいんだよ。だけど、ぼく、あんまりひまがないんだ。友だちも見つけなけりゃならないし、それに、知らなけりゃならないことが、たくさんあるんでねえ」

「じぶんのものにしてしまったことでなけりゃ、なんにもわかりゃしないよ。人間ってやつぁ、いまじゃ、もう、なにもわかるひまがないんだ。あきんどの店で、できあいの品物を買ってるんだがね。友だちを売りものにしているあきんどなんて、ありゃしないんだから、人間のやつ、いまじゃ、友だちなんか持ってやしないんだ。

あんたが友だちがほしいんなら、おれと仲よくするんだな」

「でも、どうしたらいいの？」と、王子さまがいいました。

キツネが答えました。

「しんぼうが大事だよ。最初は、おれからすこしはなれて、こんなふうに、草の中にすわるんだ。おれは、あんたをちょいちょい横目でみる。あんたは、なんにもいわない。それも、ことばっていうやつが、勘ちがいのもとだからだよ。一日一日とたってゆくうちにゃ、あんたは、だんだんと近いところへきて、すわれるようになるんだ……」

シーラはそのページに手を置いた。「もう一度読んで。いい？」

わたしはその部分をもう一度読んだ。彼女はわたしの膝の上で身体をねじって、わたしの顔を見、じっと長い間わたしの目をみつめた。

「これ、トリイがやってること？」

「どういう意味？」

「これ、トリイがあたしにやってること？　あたしを飼いならしたの？」

わたしは笑みを浮かべた。

「この本がいってるみたいだったよ。覚えてる？　あたし、すごくこわくて、体育館の中に走っていく。そしたらトリイが来て、床に座る。覚えてる？　で、あたし、ズボンの中でおしっこしちゃった。覚えてる？　すごくこわかったんだ。あたしがあの日すっごく悪いことをしたから、トリイにひどくぶたれると思ったんだ。でもトリイは床に座る。で、ちょっとずつ、ちょっとずつ近づいてくる。あたしを飼いならしてたの？」

わたしは信じられない思いで微笑んだ。「そうだったのかもしれないわね」

「トリイ、あたしを飼いならしたんだ。王子さまがキツネを飼いならすように。ちょうど同じように、あたしを飼いならしたんだ。だからいまのあたしはトリイにとって特別なんだ。そうでしょ？　ちょうどこのキツネみたいに」

「そう、あなたは特別よ、シーラ」

彼女は身体の向きを変え、ふたたびわたしの膝の上で座りなおした。「残りを読んで」


王子さまは、こんな話をしあっているうちに、キツネと仲よしになりました。だけれど、王子さまが、わかれていく時刻が近づくと、キツネがいいました。

「ああ！……きっと、おれ、泣いちゃうよ」

「そりゃ、きみのせいだよ。ぼくは、きみにちっともわるいことしようとは思わなかった。だけどきみは、ぼくに仲よくしてもらいたがったんだ……」

「そりゃ、そうだ」と、キツネがいいました。

「でも、きみは、泣いちゃうんだろ！」と、王子さまがいいました。

「そりゃ、そうだ」と、キツネがいいました。

「じゃ、なんにもいいことはないじゃないか」

「いや、ある。麦ばたけの色が、あるからね」それからキツネは、また、こうもいいました。

「もう一度、バラの花を見にいってごらんよ。あんたの花が、世のなかに一つしかないことがわかるんだから。それから、あんたがおれにさよならをいいに、もう一度、ここにもどってきたら、おれはおみやげに、ひとつ、秘密をおくりものにするよ」

王子さまは、もう一度バラの花を見にいきました。そして、こういいました。

「あんたたち、ぼくのバラの花とは、まるっきりちがうよ。それじゃ、ただ咲いてるだけじゃないか。だあれも、あんたたちとは仲よくしなかったし、あんたたちのほうでも、だれとも仲よくしなかったんだからね。ぼくがはじめて出くわした時分のキツネとおんなじさ。あのキツネは、はじめ、十万ものキツネとおんなじだった。だけど、いまじゃ、もう、ぼくの友だちになってるんだから、この世に一ぴきしかいないキツネなんだよ」

そういわれて、バラの花たちは、たいそうきまりわるがりました。

「あんたたちは美しいけど、ただ咲いてるだけなんだね。あんたたちのためには、死ぬ気になんかなれないよ。そりゃ、ぼくのバラの花も、なんでもなく、そばを通ってゆく人が見たら、あんたたちとおんなじ花だと思うかもしれない。だけど、あの一輪の花が、ぼくには、あんたたちみんなよりも、たいせつなんだ。だって、ぼくが水をかけた花なんだからね。覆いガラスもかけてやったんだからね。ついたてで、風にあたらないようにしてやったんだからね。ケムシを――二つ、三つはチョウになるように殺さずにおいたけど――殺してやった花なんだからね。不平もきいてやったし、じまん話もきいてやったし、だまっているならいるで、時には、どうしたのだろうと、きき耳をたててやった花なんだからね。ぼくのものになった花なんだからね」

バラの花たちにこういって、王子さまは、キツネのところにもどってきました。

「じゃ、さよなら」と、王子さまはいいました。

「さよなら」と、キツネがいいました。「さっきの秘密をいおうかね。なに、なんでもないことだよ。心で見なくちゃ、ものごとはよく見えないってことさ。かんじんなことは、目に見えないんだよ」

「かんじんなことは、目には見えない」と、王子さまは、忘れないようにくりかえしました。

「あんたが、あんたのバラの花をとてもたいせつに思ってるのはね、そのバラの花のために、ひまつぶししたからだよ」

「ぼくが、ぼくのバラの花を、とてもたいせつに思ってるのは……」と、王子さまは、忘れないようにいいました。

「人間っていうものは、このたいせつなことを忘れてるんだよ。だけど、あんたは、このことを忘れちゃいけない。めんどうみたあいてには、いつまでも責任があるんだ。まもらなけりゃならないんだよ、バラの花との約束をね……」

シーラはわたしの膝から降りて振り向き、まっすぐにわたしと目が合うようにひざまずいた。「トリイはあたしにシェキニン（責任）がある。あたしを飼いならしたんだから、いまじゃああたしにシェキニンがある。そういうこと？」

しばらくの間、わたしはシーラの底知れない目をじっと覗きこんでいた。彼女が何をきいているのか、わたしにはよくわからなかった。シーラは立ち上がってわたしの首に腕をまきつけ、わたしが彼女から目をそらせないようにした。

「あたしもトリイを少しは飼いならした。そう？　トリイはあたしを飼いならし、あたしもトリイを飼いならした。だから、あたしもトリイにシェキニンがある。そう？」

わたしはうなずいた。彼女は手を離して腰を下ろした。しばらくの間、彼女はぼんやりと、指でカーペットの模様をなぞっていた。

「なんでこんなことするの？」シーラがきいた。

「こんなことって？」

「あたしを飼いならすことだよ」

どういっていいかわからなかった。

彼女の水色の目がわたしを見た。「なんであたしのことをいろいろ気にするの？　どうしてもそれがわからないんだよ。なんであたしを飼いならしたいの？」

わたしの頭は目まぐるしく動いていた。教育学の授業でも、児童心理の授業でも、こんな子どもがいるなんて誰も教えてくれなかった。わたしには心の準備ができていなかった。何とか正しいことがいえればいいのだが……そう思えるようなひとときだった。

「そうね、べつにちゃんとした理由なんかないんだと思うわ。ただそうなっちゃったのよ」

「キツネみたいに？　あたしを飼いならしたいまは、あたし、特別の子？　あたし、特別の女の子？」

わたしはにっこりした。「ええ、あなたはわたしの特別の子よ。キツネがいってるみたいに、あなたを友達にしたからには、あなたは世界じゅうでただ一人の子よ。きっとあなたのことをわたしの特別の子にしたいとずっと思っていたんだと思う。だからこそ、あなたを飼いならしたんだと思うわ」

「あたしのこと、愛してる？」

わたしはうなずいた。

「あたしもトリイのこと大好きだよ。世界じゅうでいちばん特別の最高の人だよ」

シーラは身体を丸め、わたしの膝に頭を乗せてカーペットの上に横になった。床の上でみつけた糸屑を指でもてあそんでいる。わたしは続きを読む用意をした。

「トリイ?」

「なあに?」

「あたしからぜったい離れていかない?」

わたしは彼女の前髪を撫でてあげた。「そうね、いつかはそういう日がくるわね。学年が終わって、あなたが別のクラスに移り、別の先生に習うようになるときには。でもそれまでは離れないわ。それにそんなことはまだ先のことだから」

シーラは急に立ち上がった。「トリイがあたしの先生だよ。他の先生なんていやだ」

「いまはわたしがあなたの先生よ。でもいつかは終わりになるときがくるの」

シーラは首を横に振った。暗い目になっていた。「ここがあたしの教室。あたし、いつまでもずっとここにいる」

「でも、ここにはそんな長い間はいられないのよ。その時がくれば、あなたもその気になるわ」

「いやだ。トリイはあたしを飼いならしたんだから、あたしにシェキニンがあるんだよ。あたしから離れていったらいけないんだよ。だってずっとあたしにシェキニンがあるんだから。本にもちゃんとそう書いてあるじゃない。それもトリイがやったことなんだ。だからあたしが飼いならされてしまったのは、トリイのせいなんだよ」

「ねえ、シーラ」わたしは彼女を膝に抱き上げた。「そのことは心配しなくていいの」

「だけど、トリイはあたしを置いていっちゃうんでしょ」シーラは非難するようにいうと、わたしを押しのけようとした。「おかあちゃんがそうしたみたいに。ジミーも、他の人もみんなそうだ。おとうちゃんだって、もしそうやっても刑務所に入れられるんじゃなかったら、そうするって。そういってた。トリイも、他のみんなとおんなじじゃないか。あたしを置いてっちゃうんだ。あたしを飼いならしたくせに。それもあたしからそうしてくれって頼んだわけじゃないのに」

「そうじゃないのよ、シーラ。わたしはあなたから離れていったりしないわ。わたしはずっとここにいるわよ。学年が終わって、いろいろなことが変わっても、わたしはあなたから離れていったりしないわ。ほら、お話の中にあったじゃない。王子さまはキツネを飼いならして、そしていってしまうけど、ほんとうは王子さまはいつもキツネと一緒にいるの。だって、キツネは麦ばたけを見るたびに、王子さまのことを思うわけだから。キツネはどれほど王子さまが自分のことを好きだったかを覚えているのよ。わたしたちもそういうふうになるわ。わたしたちはいつまでもお互いのことが好きでいられるのよ。そうなれば、いってしまうのも、そんなに辛いことではなくなるわ。だって、自分を愛してくれている人のことを思い出すたびに、その愛情を少し感じることができるわけだから」

「そんなことない。ただいなくてさみしいと思うだけだよ」

わたしは片手を伸ばして彼女をふたたびそばに引き寄せた。シーラはどうしてもわからないようだった。「そうね。このことはいま考えるには、ちょっとむずかしすぎるかもしれないわね。あなたには別れる心の準備ができていないし、わたしのほうでもあなたから離れたくないし。でもいつかは心の準備ができるわ。そうすれば、もっと楽になるでしょう」

「ううん、ならない。心の準備なんかぜったいできない」

わたしは彼女をぎゅっと抱きしめ、腕の中でゆすった。これはいまの彼女にとってはあまりにおそろしい問題だった。わたしはこの問題をどう扱っていいのかわからなかった。州立病院に空きができたときになるか、あるいは六月の学年末になるかはわからないが、いずれにしても彼女と別れなければならないときはやってくるのだ。さまざまな事情から、わたしのクラスが来年度も存続するかどうかについてはすでに疑問を持っていた。学年末以降もわたしが彼女を受け持てますようにと願ったところで、どうしようもなかった。そんなわけで別れの日がやがてやってくるというのに、四ヵ月という短い時間の間に彼女がいまとはちがう気持ちになれるかどうか、わたしにはわからなかった。

シーラはわたしにゆすられるままになっていた。彼女はじっとわたしの顔をみつめて、いった。「泣いたりする?」

「いつ?」

「あたしと別れるとき」

「キツネがいったことを覚えてる? 〝飼いならされたのなら、泣くことは覚悟しなきゃいけない〟って。キツネのいうとおりよ。少しは泣くわ。だれかがいってしまうたびに、少し泣くの。愛ってときには痛いものなのよ。泣いてしまうこともあるわ」

「あたし、ジミーやおかあちゃんのこと思って泣くけど、でも、おかあちゃんはあたしのことなんかちっとも愛してないよ」

「そのことについてはわからないわ。わたしがあなたと会う前のことだし、わたしはあなたのおかあさんに会ったことがないから。でも、おかあさんがあなたのことをまったく愛してないなんて考えられないわ。自分の子どもを愛さないなんて、ふつうできないことだもの」

「だって、あたしをハイウェイに置き去りにしたんだよ。愛してたら、自分の子どもにそんなことできないはずだよ。おとうちゃんがそういってたよ」

「さっきもいったように、わたしにはそのことはわからないわ、シーラ。誰が正しいのかもわからない。でもね、いつもそうなるとはかぎらないのよ。わたしはぜったいあなたとそういうふうには別れないから。学校が終わって、あなたが他のどこかへいってしまって、たとえわたしたちが顔を合わせないようになっても、わたしたちはずっと一緒なのよ。キツネがいってたでしょ。麦ばたけを見るたびに、王子さまのことを思い出すって。つまり、そういうふうな形で、王子さまはいつもキツネと一緒にいるってことなの。わたしたちの場合もそういうふうになるわ」

「あたし、麦ばたけなんかほしくない。トリイにいてもらいたいんだよ」

「わたしたちの場合も特別な関係になるのよ、シーラ。最初はちょっと悲しいかもしれない。でも、だんだんましになってきて、やがてはすてきに思えるようになるのよ。お互いのことを考えるたびに、心がほのぼのとした気持ちになるわ。どんなに離れてても、わたしたちがどんなに楽しかったかを忘れることはないのよ。思い出は誰にも消せないのよ」

シーラはわたしに顔を押しつけた。「そんなこと考えたくない」

「そうね、あなたのいうとおりだわね。いまからそんなこと心配することはないわ。まだまだ先のことなんだから。しばらくの間は、他のことを考えましょう」

＊本章中の『星の王子さま』（サン＝テグジュペリ著）は、岩波書店から刊行された内藤濯氏の翻訳を引用させていただきました。

11

筆記問題をめぐる戦いに執着するのは止めてはいたが、このことがわたしの頭から完全に消え去ったことは一度もなかった。まず、誰か大人がつきっきりにならずに、シーラに何かをやらせつづけることに非常に苦労していた。それから、プリントやワークブックをまったくやらなければ、シーラは普通学級の教師に受け入れてもらえないだろうという心配もあった。わたしのクラスにいる間は、いまのような状態でもなんとかやっていけた。だが二十五人も生徒を受け持ち、カリキュラムに従ってやっていかなければならない普通学級の教師にはとてもこんなことにつきあっている余裕はない。もうひとつ、シーラがいまのようなやり方を続けることで、大人の注意を引き、自分に注目してもらえると思っているのではないかということも心配だった。彼女はわたしたちが思いつくほとんどどんな質問にも完璧に答えることができたが、アントンやウィットニーやわたしをつかまえて、得意そうに答えを聞かせて喜ぶところがあった。この態度はわたしのクラスでさえもあまり歓迎されるものではなかった。

彼女がなぜそれほどまでに紙に書くということを嫌がるのか、わたしには依然としてはっきりわからなかったが、それが失敗と何か関係があるのではないか、という気はした。紙の上で何もしなかったら、彼女がまちがいを犯したことを証明するのは不可能なわけだから。何かまちがいをして、それを直されると、シーラはものすごく動揺した。どんなにやさしく訂正されてもおなじだった。彼女があれこれいったことから類推して、いつか彼女がプリントを家に持って帰って、父親からそのことで嫌な目にあわされたことがあったのではないかということを考えたこともあった。だが、彼女はいままで父親には数えきれないほど嫌な思いをさせられてきているのだから、そのことだけであれほどの恐怖症を示すとは考えられなかった。あれだけ賢いシーラのことだから、このやり方をとればずいぶん勉強をサボることができるし、自分があれほどほしがっている注目も浴びることができるとわかってやっているだけのことなのかもしれなかった。わたしはふだんはあまりこのことを考えないようにしていた。聡明な子には同じ目的に到達するもっと簡単な方法がいっぱいあったからだ。しかし、特に慌ただしかった一日が終わったあとに、アントンがいまいったような気持ちをもらした。

ところが、書くことの中で、シーラが日を追うごとに抗しきれない気持ちになってきたものがひとつだけあった。わたしはクラスの中でできるだけ作文を書くように奨励していた。子どもたちは日記をつけていて、その中で自分の感じたことや、自分に起こったこと、その他自分の生活の中で起きた大事なことなどを記録するようにしていた。わたしと子どもとの間でいい合いになって、どちらか一人、あるいは両方ともが怒ってしまったときなど、子どもは日記がその気持ちのはけ口になることを覚えていった。そんなわけで、子どもたちはほとんど毎日日記を書きつづっていた。毎晩わたしは子どもたちの日記を読み、彼らが書いたことに対してコメントを書いた。そうすることで個人的なコミュニケーションができたし、それぞれ他の人がどう感じているかを知るいい機会にもなっていた。同じやり方で、わたしは授業でもほとんど毎日、子どもたちに課題を与えて作文を書かせていた。気軽に書くということと、自分の気持ちと言葉をむすびつけるということを学ぶと、子どもたち全員が、スザンナでさえもが、面と向かってよりも紙に書くほうが気持ちをじょうずに表わすことができるようになっていた。わたしたちの教室では作文を書くということに大きな比重がかけられていた。

いうまでもないことだが、紙が大きらいなシーラは何も書かなかった。このことを彼女は多少気にしているようだった。作文の時間には、読書コーナーにいくことも、書かないのならそうしているようにといわれている遊びもせずに、首をつきだして他の子どもが書いていることをのぞきこんだり、そのそばをうろうろした。そして、ついに二月半ばのある日、好奇心のほうが彼女に打ち勝った。わたしがみんなに作文用紙を配ったあとで、シーラがわたしのところにやってきた。

「あたしにも紙をくれたら、何か書くかもしれない」

わたしは彼女の顔を見た。わたしの頭に、これを逆手にとれば、いままでの筆記問題の件を一気にいい方向にもっていけるかもしれないという考えが浮かんだ。そこでわたしは首を横に振った。「いいえ、これは紙に書く勉強なのよ。あなた、紙に書くのはきらいでしょ。忘れたの？」

「これならしてもいい」

「いいえ、そんなことないでしょ。もうあなたのためにこれ以上紙を無駄にするわけにはいかないの。どっちにしても、きらいだったじゃない。遊んできなさいよ。そっちのほうが楽しいわよ」

シーラはしばらく向こうに歩いていったが、やがてまたもどってきた。わたしはウィリアムのそばにかがみこんで、彼が単語を綴るのを手伝っていた。シーラがわたしのベルトをひっぱった。「あたしもやりたいよ、トリイ」

わたしは首を横に振った。「いいえ、やりたくなんかないはずよ」

「ほんとうに、やりたいんだよ」

彼女を無視して、わたしはウィリアムの手助けにもどった。

「紙を無駄になんかしないから」

「シーラ。作文はちゃんと書く問題をやる子のためのものなのよ。あなたは書く問題をやらないんだから、作文はできないの」

「書く問題もやってもいいよ。ちょっとだけなら。作文を書く紙をくれたら、ちょっとだけならやるから」

わたしは首を横に振った。「いいえ、あなたはきらいなはずよ。自分でそういったじゃないの。無理にすることはないのよ。さあ、遊んでいらっしゃい。わたしはウィリアムのお手伝いをしなければならないのよ」

彼女はそれでもわたしのそばに立っていた。何も変わらないので、今度はアントンに頼みにいった。「トリイが紙を持っているから、トリイに頼んでごらん」とアントンはわたしのほうを指差していった。

「トリイは一枚もくれないんだよ」

アントンは肩をすくめ、大きな茶色の目をくるりと回した。「そうか、じゃあしかたないな。悪いけどぼくはきみにあげる紙を持ってないんだよ」

シーラはわたしのところにもどってきた。わたしに対して腹を立てていたが、それを隠そうとしているようだった。「紙をあたしにもちょうだい、トリイ。ねえ、ちょうだいよ」

これ以上いうと怒りますよ、というふうにわたしは片方の眉を上げた。

シーラは腹立たしそうに片足をどんと踏み鳴らし、下唇をつきだした。わたしはウィリアムのそばにかがみこんだ。

今度は作戦を変えてきた。「お願い。お願いだから。めちゃくちゃにしたり、破ったりしないから。心に誓ってそんなことはしません。お願いだから」

わたしは彼女をしげしげと見た。「とても信じられないわ。明日わたしのために書く問題をやってくれたら、そのときに紙を破ったりしなかったら、明日の午後の作文の時間に紙をあげるわ」

「いまほしいんだってば、トリイ」

「そうでしょうとも。でもね、わたしがあなたを信用してもいいということを示してくれたら、明日あげる。どっちにしても今日はもうあまり時間がないわ」

シーラは注意深くわたしの目を見ながら、どうしたらわたしを降参させられるかを考えていた。「もし紙をくれたら、トリイが知らないあたしのことを書くから。秘密を書いてあげる」

「その秘密は明日書いてちょうだい」

これを聞いて彼女は怒りの唸り声をあげ、つかつかと部屋の向こうのもうひとつのテーブルのところまで歩いていってしまった。大きな音をたてて椅子を引き、どすんとおおげさに椅子に座った。鼻を鳴らす音が聞こえてきた。わたしは内心微笑んでいた。最近では怒りをどう扱えばいいかを学びつつあったので、怒ったときの彼女はかわいかった。わたしをものすごい目で睨みながらも、シーラは向こうのテーブルにとどまっていた。

しばらくしてから、わたしは彼女のいる方へと歩いていった。

「もし速く書くんだったら、今日紙をあげてもいいけど」

シーラはうれしそうにわたしを見上げた。

「破っちゃだめよ」

「破らないから」

「もし破っちゃったら、どうする？」

「破らないってば。破らないっていったでしょ。約束する」

「この紙をあげたら、他の書く問題もやってくれる？」

シーラはうん、うんとうなずいた。

「算数のプリント、やるのね？」

彼女はいらだちに顔をしかめた。「トリィが一日じゅうこうやってしゃべってたら、時間がなくなっちゃうよ」

わたしはにやっと笑って、彼女に紙を一枚与えた。「秘密を書いてね」

紙を両手につかみとると、シーラは大急ぎでもうひとつのテーブルにいき、フェルトペンを手にした。しばらくペンをじっと見ていたが、やがてペンと苦労して手に入れた紙を持って、部屋の端っこまで走っていった。そしてウサギの檻の下にもぐりこむと、書きはじめた。

ほんとうに速かった。ずいぶん長い間書くことをしていなかったので、書くのに苦労するだろうとわたしは予想していたのだ。だが、他の多くの場合もそうだったように、ここでもまたシーラはわたしを驚かせた。何分かすると、シーラは小さな四角に折りたたんだ紙を手にして、もどってきた。わたしが彼女のほうを見ていなかったので、彼女はわたしのそばににじり寄り、わたしの手にその紙を押しつけた。

「これは秘密だよ。誰にも見せないでよ。トリイのためだけに書いたんだから」

「わかったわ」そういって、わたしは紙を開きはじめた。

「だめ。いま読まないで。あとで読んで」

うなずきながら、わたしはその四角くたたんだ紙をポケットに滑りこませた。

わたしはこのことを、夜寝るために着替えるときまで忘れてしまっていた。そのとき、折りたたんだ四角い紙が、床に落ちたのだ。ゆっくりとそれを拾うと、わたしは紙を開いた。中には、シーラのとても個人的なことが、威厳をもって青いフェルトペンで書き綴られていた。

『せんせいにしってもらいたいけど、だれにもいってもらいたくないとくべつのこと』

あのね、みんなはときどきわたしのことをばかにしてわるぐちをいったりする。まえ、わたしはきれえなふくをきてなかった。いまもときどきおねしょをしてしまうためにきたないままのときもある。でもこのことはだれにもいわないで。おねしょをするきはないんだけど。それをしったら、おとうちゃんはぶつけど、たいていのときはおとうちゃんはきがついてない。トリイ、わたし、ほんとうにもうやめようっておもってるんだけど、なんでやめられないのかわかりません。でも、トリイはおこらないでしょ。おとうちゃんは、おこります。でも、わたし、ほんとにじぶんではやるつもりじゃないのに。おねしょしてしまうことがほんとうにいやだ。はずかしいとおもいます。おとうちゃんはわたしがあかんぼうだからだっていうけど、わたし、もうすぐ七さいになるのに。おねしょをしてしまったら、きれいなしたぎがないから、またみんなにばかにされます。どうぞこのことは、ほかのこたちにいわないでください。それからこうちょうせんせいにも、アントンにも、ウィットニーにも、ほかのだれにも。せんせいにだけしってもらいたいです。

わたしはこの手紙にさっと目を通し、シーラが心を開いてくれていることに感動し、彼女の文章力に驚いた。だいたいにおいて、この作文はよくかけていて、句読点も綴りも正しかった。わたしは彼女が I'm を使っているのに驚いた。彼女は話すときはいつも、I be といっていたからだ。わたしは自然と顔がほころび、座って返事を書いた。

そんなわけで、筆記問題をめぐる戦いの最初の休戦が成立した。翌日、シーラは助けられながら、なんとか算数のプリントをやりおえた。ていねいに書きおえた問題だったので、子どもたちがいっしょうけんめいやった作品を掲示することにしている掲示板に貼ろう、とわたしはいった。これがシーラには荷が重すぎたようで、あとで見てみるとプリントはびりびりに破いてごみ箱に捨ててあった。それ以後わたしはもっと注意するようになった。シーラは二、三問の筆記問題だったら、監督していなくても一人でできるようになった。ときどき、課題にとりくんでいる最中や、書きおえてから、紙を裏返しにしてそのときに部分的に破いてしまうようなことはあった。特に、彼女にとってむずかしい問題のときにそのようなことが起こった。それでもわたしが二枚目の紙を渡すと、もう一度とりくんだ。筆記問題にとりくむシーラがまだとても自信なげだったので、わたしはまちがっていてもいっさい指摘しなかった。まだまだもろく、たとえその批評が善意から出たものであったとしても、とても批評を受け入れられる状態ではなかったからだ。そのかわりに、アントンかわたしがいつも彼女が問題をやっている間に様子を見て、彼女がまちがえている問題をうまく口で誘導するようにした。そうする以外は、彼女に筆記問題であまりがんばらせすぎないように気をつけた。教師の本能からすればもっとやらせたかったのだが、このことはそれほど大事なことだとは思わなかった。どれだけ多くの筆記問題をシーラがやったかで、彼女の価値を量ろうとしているなどと思ってほしくなかったのだ。明らかにすでにだれかがそういうことを彼女に吹きこんでいたようだったので、わたしのクラスではそういうことをしないのだということをはっきりとさせておきたかった。彼女の筆記問題不信は不便なことではあったが、彼女には、学校の問題用紙の山で人間の価値を量ることなどできないのだ、ということを知ってもらう必要があった。

おもしろいことに、シーラは作文を書くことにどんどん気持ちのはけ口をみいだしていった。作文に関しては、従来の恐怖はないようで、彼女は自分から進んでぎっしりと書くようになった。ぞんざいで、だらしないといってもいいような文字で、ページいっぱいに、面と向かってはいいにくいような個人的なことが綿々と書き綴られていることが多かった。毎晩採点用のバスケットに五、六ページにも及ぶ彼女の作文が入っていた。シーラがどうして紙に書くことを恐れるようになったのかはついにわからなかった。後に彼女と再会して話したときに、それが失敗を恐れることと関係があるのではというわたしの考えが正しいことを彼女が認めたことはあった。だが、ほんとうのところはわからなかった。また知る必要もそれほど感じなかった。というのも、わたしは人間の行動は、そんな単純な因果関係で説明のつくものばかりではないと思っていたからだ。それよりも心配しなければならないもっと重要なことがあった。神秘的で、究極的には学問上の〝なぜ〟に対する答えを捜し出すよりも、もっと重要なことが。

校内心理学者のアランが、バレンタインデーの休暇のあと、スタンフォード＝ビネー式知能検査を含むシーラのための一連のテストをかかえてもどってきた。その朝、わたしは彼に会い、彼が腕いっぱいに書類をかかえているのを見てびっくりした。シーラが才能豊かな子どもであることはわかっていた。毎日の彼女の様子を見ていればわかった。彼女のIQが一七〇であろうが一七五であろうが一八〇であろうが、そこにどんな違いがあるというのだろうか？　いずれにしても普通の値をはるかに超えているのだから、数字自体意味がないではないか。三〇点多くても少なくても、あまり関係なかった。彼女のIQが一五〇であったとしても一八〇であったとしても、だからといってどう差をつけて彼女を扱えばいいのかわからないのだから。彼女はあまりにも矛盾していた。だが、アランはこんな興味深い事例をみつけたことに大いに興奮し、シーラに恩恵をもたらすというよりは、自分自身の研究のために、彼女をもっとテストしたかったのだろう。それでも、わたしはこの結果に心が和らぎもした。というのは、彼女を州立病院に入れるべきだと決めた当局とわたしたちが対決しなければならない時が近づいてきていたからだ。シーラが州立病院に入れられるような子どもでないことは確かだった。いまとなれば、そのことははっきりしていた。わたしはこれらのとびぬけた知能検査の得点がそのときわたしたちの味方になってくれれば、と思ったのだ。

他のテストでもそうだったように、シーラはスタンフォード＝ビネーでも群を抜いていた。既存の資料から推定すると彼女のIQは一八二になっていた。それを見ながら、わたしは一種不思議な気持ちになってきた。一八二という数値はふつうの人の理解を超えた数字だった。それはＩＱ十八がどれくらい遅滞かを示すのと同じように、どれほど天才かを示す数字だった。ＩＱ十八の子どもがごくふつうの子どもたちとどれほど甚だしく異なっているかは誰でも知っている。だが、ＩＱ一八二の子どもというのがどれほどふつうの子とちがうかということについては、人々はたいていあまり気づいていない。わたしがもっとも心を動かされたのは、いったいどうやって彼女がこんな知識を持つようになったのかということだった。わたしには、それはまるで反対の意味での脳障害のような、一種の異常のように思われた。彼女の父親は――彼がほんとうの父親だとしての話だが――ごくふつうの知能の持ち主だったし、知っている範囲でいえば、母親もそのようだった。虐待され、何一つ与えられなかったシーラのこの六年の人生のいったいどこで、彼女は〝奴隷（チャトル）〟などという言葉を覚えたのだろうか？　どうやってこのようなことになったのだろうか？　わたしのいままでの経験から考えるととてもありえないことのように思えた。彼女は輪廻転生の生き証人にちがいない、という思いにわたしはのみこまれそうになった。それ以外に説明のしようがなかった。

自分が何を考えているのかも気づかないうちに、二番目の感情がその神秘の中に入りこんできた。頭のはしっこのほうで、前に見たことのあるテレビのコマーシャルの謳（うた）い文句が聞こえてきた。「精神はむだ遣いするにはあまりに貴重なものです」わたしのはらわたが縮み上がった。この子にしてあげなければならないことがまだまだあるというのに、時間はわずかしか残されていないのだ。そんな時間で足りるのかさえ、わたしにはわからなかった。

12

二月の最後の週に、わたしは州外の大会でスピーチをすることになっていた。このことは秋に学校が始まる以前から決まっていて、わたしがいまでも出席するつもりでいることをエド・ソマーズに定期的にいっておいた。その時期が近づいてきていたので、わたしはもう一度エドに電話をして、わたしの代用教員を手配してくれるよう頼んだ。子どもたちは十一月にも、わたしがワークショップに出席しなければならなかったときに代わりの教員と一緒に過ごしたことがあった。そのときは一日だけだったし、前もって子どもたちに心の準備をさせておいたので、すべてうまくいった。子どもたちがこのようにして自立する練習をすることはとても大事なことだとわたしは考えていた。わたしと一緒に過ごしてきたこの何カ月かで、子どもたちがどれだけ進歩したとしても、彼らがわたしのいるところで頼りきって生活しているだけでは何の役にも立たない。わたしはわたしよりずっと優秀な教師たちがこの問題のために失敗するのを何度も見てきた。そしてわたしもまたこの問題でつまずくのではないかという思いにとらわれていた。わたしが心配していたのは、同じ分野の教育を担っている多くの教師に比べて、わたしが子どもたちとより親しい、より強固な関係を持とうとしていたところにあった。他の教師たちがもっと子どもたちと距離を置いた方法をとっていても、子どもたちの中に依存心を育ててしまっているのを見ていて、これは困ったことになるぞと思った。いままでのところ、それほど窮地に追いこまれたことはなかったが、とにかくあらゆる機会を利用して子どもたちがわたしがいなくてもやっていけるようにと考えていた。

だが、シーラのことは心配だった。彼女がわたしたちと一緒に過ごした時間はまだそれほど長くないし、まだまだわたしに強く依存していた。これも彼女にとっては自然の段階だとわたしは見ていたが、たとえ短期間にせよわたしが彼女のもとを離れることが、彼女を怖がらせることになってしまうのではと心配だったのだ。

留守にするのは木曜と金曜だったが、その週の月曜日に子どもたちにわたしが出かけることを何気なく話した。さらに火曜日にも、そのことに触れた。そのどちらのときも、シーラはわたしの言葉に注意を払わなかった。水曜の昼食後、わたしは子どもたちを座らせて話し合いを始めた。わたしは明日からの二日間出張するので教室にはこないということを説明した。でも、アントンもウィットニーもいるし、代わりの先生も来てくれる。ものごとはいつもと同じようにすすむのだから、何も心配することはない。わたしは、来週の月曜日、みんなで消防署に見学にいくことになっている日に教室にもどってくる、と。わたしたちは代わりの先生に対してどのように振る舞ったらいいか、先生が仕事をしやすくするにはどうすればいいのか、やってはいけないことはどんなことなのかなどを話し合った。ロール・プレイで、先生にどうやって話したらいいかや、代わりの先生が来たときにいつも起こるちょっとした問題にどう対処したらいいかなども練習した。みんなが活発に話し合いに参加した。シーラをのぞくみんなが。わたしがいっていることの内容が徐々にわかってくるにつれて、シーラは心配そうな顔でわたしを見はじめた。そして手を上げた。

「はい、シーラ？」

「いっちゃうの？」

「ええ、いくのよ。だからこうやって話し合っているのよ。明日と金曜、わたしはここには来ないの。でも、月曜にはもどってくるわ。そのことをいまみんなで話し合っているの」

「いっちゃうの？」

「シーラ、おまえ耳が聞こえないのか？　いままでずっと何をやってたと思ってんだよ」ピーターがいった。

「いっちゃうの？」

わたしはうなずいた。他の子どもたちは不思議そうにシーラを見ている。

「トリイ、ここにはいないの？」

「月曜にはもどってくるわ。二日間だけよ。そうしたらもどってくるから」

みるみる彼女の顔が曇り、目には心配そうな表情が宿った。シーラは立ち上がり、わたしをじっと見ながら、家事コーナーまであとずさっていった。

わたしは他の質問に答え、みんなが満足したようなので、グループを解散した。もうすぐ休み時間で、そのあとは料理の時間だった。

シーラは所在なげにおもちゃのポットやお鍋をいじりながら、家事コーナーに残っていた。アントンが彼女にコートを着て外で遊ぼうとさそったが、シーラは断わり、親指を口に入れて挑むような目でアントンを睨みつけた。わたしはアントンに他の子どもたちを連れて外に出てくれと身振りで示し、シーラのほうに近づいていった。椅子を後ろ向きにしてその上にまたがると、わたしは顎を椅子の背にのせた。

「わたしのこと怒ってるのね？」

「いくなんてあたしにいってくれなかった」

「いいえ、いったわ、シーラ。月曜日にも昨日も朝の話し合いの時間にいったわ」

「でも、あたしにはいってくれなかった」

「わたしはみんなにいったの」

シーラは手にしていたブリキのお鍋を投げた。ガチャンという音がした。「あたしを置いていっちゃうなんてずるいよ。いってほしくない」

「あなたがそう思っているのはわかるわ。あなたには悪いと思うけど、いかなくちゃならないのよ。でも、わたしはもどってくるのよ、シーラ。たった二日間いないだけなのよ」

「もうぜったい、トリイのことなんか好きにならない。トリイがやれっていうことを、もうぜったいやらない。すっごい意地悪だ。あたしがトリイを好きになるようにあたしのこと飼いならしておいて、それからいっちゃうなんて。そんなことしちゃいけないんだよ。おかあちゃんがしたことと同じじゃない。そんなこと小さい子どもにしちゃいけないんだよ。小さい子を置いていっちゃったら牢屋に入れられるんだよ。おとうちゃんがそういってるよ」

「シーラ、そういうこととはちがうのよ」

「トリイのいうことなんか聞かない。もうトリイのいうことなんか、ぜったい聞かないから。あたしはトリイのこと好きだったのに、トリイはあたしに意地悪をした。あたしを置いていっちゃうんだ。そんなことしないっていったくせに。自分が飼いならした子どもにそんなことするなんて、すっごく悪いことなんだからね。そんなこと知らなかったの？」

「シーラ、聞いてちょうだい……」

「トリイのいうことはもうぜったい聞かない。そういったの聞いてなかったの？」彼女の声はほとんど聞き取れないほどだったが、それでもものすごく気持ちがこもっていた。

「あんたなんかだいっきらい」

わたしは彼女の顔を見た。シーラは顔をずっとそむけていた。彼女がここに来てからはじめて、わたしは彼女があふれそうになる涙をとめようと指を目のところにもっていくのを見た。動揺して、彼女は指をこめかみに押しつけ、涙をひっこめようとした。

「ほら見なよ」シーラは責めるようにつぶやいた。「トリイはあたしを泣かせようとしてるんだよ。あたしは泣きたくないのに。あたしが泣くのはきらいだってこと知ってるくせに。トリイなんか、他の誰よりもだいきらいだよ。もうぜったいここでいい子になんかなってやらない。ぜったいに」

一瞬シーラの目に涙がきらりと光った。だが、涙が流れ落ちることはなかった。彼女はわたしのわきをすりぬけ、上着をつかんでドアから運動場に駆け出していった。

わたしも自分の上着を手にして子どもたちのいるほうにいった。シーラはずっと向こうのすみっこに一人で座っていた。凍えるような二月の風に吹かれながら身体をまるめ、両腕に顔を埋めて座っていた。

「あまりうまくいかなかったみたいだね」アントンがいった。

「ええ、うまくいかなかったわ」

休み時間が終わって、他の子どもたちは料理の準備を始めた。シーラは家事コーナーに残って、所在なげにおもちゃをもてあそんでいた。わたしは彼女をそのままにしておいた。彼女は動揺しているのだ。それだけの理由もある。わたしたちから離れてはいても、彼女は自分の困難にうまく対処していた。かんしゃくを爆発させることもなく、ものを壊すわけでもなく、教室から逃げ出すわけでもなかった。わたしは彼女の態度に驚き、喜んでいた。この二カ月でシーラはここまで成長したのだ。

他の子どもたちはシーラをなだめて、なんとか仲間に入れようとした。クラスの母親役であるタイラーは何度も何度もシーラのところにやってくるので、ついにウィットニーにいいからクッキー作りにもどりなさいといわれてしまった。ピーターは、なんでシーラはあそこにずっと立っていて、自分たちと一緒にやらないんだと尋ねつづけた。わたしは、シーラはちょっと怒っていて、わたしたちから離れていることで自分の気持ちを抑えようとしているのだと説明した。

クッキーができあがり、みんなで座って食べるということになったとき、わたしはウィリアムとギレアモーのそばに座った。まだ家事コーナーで人形やおもちゃのお皿の真ん中にいたシーラのところに、タイラーがクッキーをもっていった。ギレアモーはおじいちゃんにもらったという点字の腕時計をわたしに見せていて、ウィリアムがわたしに目をつぶって文字盤が読めるかどうかをテストしていた。

「トリイ」部屋の向こう側からセーラが叫んだ。「こっちへ来て。シーラがもどしてる」

ピーターが大喜びで飛び上がった。「シーラがそこら中にげーげー吐いたぞ」ピーターはぞっとするような惨事が大好きなのだ。

アントンが校務員を呼びに走り、わたしは何が起こったのかを見にいった。他の子どもたちもサーカスでも見るように集まってきた。

わたしはシーラをその場から抱き上げてわたしのそばに降ろした。前髪をあげて額に手を置いた。熱くはなかった。

「たぶんウイルスにやられたんだよ」とピーターがいった。「去年おれが一晩にベッドやあちこちに百万回も吐いたとき、かあちゃんがウイルスのせいだっていってた」

「いいえ、シーラは病気ではないと思うわ。たぶん今日のことでピリピリしていて、それがお腹にきたのよ」とわたしはいった。

「ぼくもそういうのになったことがあるよ。おじさんが来るっていうんで、興奮しすぎたんだ」とウィリアムがいった。「それで、興奮しすぎて気持ちが悪くなっちゃったんだよ。おじさんが釣りに連れていってくれるっていうんでさ」

ピーターが鼻を鳴らした。「きっとタイラーのクッキーのせいだよ」

「みんなここからどいて、他のところで座っていてくれたら助かるんだけど」わたしはいった。

アントンがもどってきたので、わたしはシーラをつれてトイレにいき、彼女をきれいにした。すなおについてきたが、わたしの顔を見ようともしなければ口をきこうともしなかった。そんなわけで黙ったまま、わたしは彼女の顔と服を洗った。

「また吐くと思う？」とわたしはきいた。

何の返事もない。

「シーラ。いいかげんにしなさい。答えなさい。気分はどうってきいてるのよ。また気持ちが悪くなりそう?」

「吐く気なかった」

「そんなことわかってるわよ。わたしが知りたいのは、まだ気持ちが悪いかどうかってことなの。そうだったら、それなりの用意をしなきゃならないから。もうそろそろ帰る時間だし」

「あたしのバス、五時まで来ないよ」

「学校が終わったら帰ったほうがいいと思うわ。学校で吐いたときのきまりがあるのよ。バスには乗ってはいけないことになっているの。わたしも早く帰ったほうがいいと思うわ。学校が終わったらアントンに送っていってもらうといいわ」

「でも、吐く気なかったんだよ。もう吐かないから」

「シーラ。そういうことをいってるんじゃないの」

「あたしのことときらいなんでしょ。あたしのことときらいだから、あたしが病気でもやさしくしてくれないんだ。トリイはそういう意地悪な人だったんだ」

わたしは呆れて目をぐるりと回した。「シーラ、あなたのことをきらってなんかいないわ。もう、わたしはもどってくるっていってるのに、どうやったらわかってもらえるのかしら? わたしがいないのは、明日と金曜だけなのよ。たった二日間じゃないの。

そうしたらもどってくるのよ。それがわからないの？」

わたしはいらいらしていた。シーラほどの聡明な子どもなら、二日間がどれくらいの長さなのかわかってもいいはずだ。それなのに彼女は理解しないままその場に立っていた。彼女が吐いたのは心理的な困難に身体が反応しただけだと思っていた。だが、だからといってどう対応していいのかわからなかった。彼女はわたしのいうことを聞く耳を持たなかった。

シーラの顔や服を洗っていた場所から立ち上がって、わたしは首を振った。それから肩をすくめた。「学校が終わるまでのしばらくの間、抱いてゆすってあげようか？そうしたらお腹のほうもおちつくかもしれないわ」

シーラは首を横に振った。

校務員が掃除を終えて出ていき、子どもたちは帰りの支度を始めていた。アントンがどうだったと尋ねるようにわたしのほうを見た。わたしは困ったというふうに両手を広げて見せた。

他の子どもたちはコートを着ていたが、シーラはトイレの戸口に立ったままじっとわたしを見ていた。彼女の顔を見ると、少し青白いようだった。わたしは判断を急ぎすぎたのかもしれない。ひょっとしたらやはりウイルスなのかもしれない。でもやはりそうとは思えなかった。いままでの経験上、神経から胃が気持ち悪くなった例を数多く見てきた。シーラもこうして困難と戦っているのだろう。

わたしはロッキング・チェアに座り、彼女のほうに椅子を向けた。まだ戸口に立っている。二人の間にはすごい距離があるように思えた。わたしたちをつないでいた絆のなんともろかったことか。わたしの心の大部分を占めていたのは、他のことはなんでもわからせることができたのに、わたしが彼女を見捨てるわけではないということを説得できないという欲求不満だった。だが、やがてその欲求不満の下にこの子どもに対する賞賛の気持ちがわきおこってきた。この子はこれほどまでに強く、勇気がある。わたしが正直であるとシーラが思わなければならない理由などどこにもないのだ。彼女の過去から考えると、わたしがもどってこないと考えて当たり前だった。それで彼女としては当然の行動をとっているだけなのだ。それでも、まだ戸口に立ってわたしを見ている彼女の顔には、自信喪失、恐れ、悲しみなどの表情が見てとれた。この子はこんなにもわたしを信じようと努力している。彼女がいままでの経験と彼女の夢の間で戦っている様子がはっきりと目に現われていた。わたしの心は彼女に対する敬意の念、胸が痛くなるような、口に出してはいえない敬意の念でいっぱいになった。この子はこんなにも一生懸命信じようとしているのだ。もう他のことなんかどうでもいい。そう思いたくなるようなひとときだった。二人の魂が触れ合った。

わたしは手を差し延べた。「こっちへいらっしゃい。抱いて身体をゆすってあげる」

シーラはためらっていたが、やがてゆっくりと近づいてきた。そして黙ったままわたしの膝によじ上ってきた。

「今日はたいへんな日だったわね」

彼女は指をこめかみに押しつけた。

「あなたには何が起こっているのかわからないのよね、シーラ。わたしになんでこんなことができるのか、それに、そんなことをしてもあなたを好きだってことが、あなたにはわからないのね」わたしは彼女の身体をゆすり、前髪を後ろにかきあげた。彼女の髪は絹のようにやわらかかった。「あなたにはわたしを信じてもらうしかないわね」

シーラの身体は、ちょうど最初のころのように硬く緊張していた。リラックスできていなかった。「トリイはあたしを飼いならした。あたしが頼んだわけでもないのにそうしたんだ。それをいまになっていっちゃうなんて。そんなのずるいよ。トリイはあたしにシェキニンがあるんだよ。自分でそういったじゃない」

彼女が突然ちゃんとした過去形でしゃべりだしたので、わたしはとまどった。ごくたまに、思いついたように使う以外、いままで彼女が過去形を使うのは聞いたことがなかった。

「シーラ、お願いだからわたしを信じて。もどってくるから。あなたが思っているほど悪いもんじゃないわ。アントンはここにいるし、ウィットニーだっているんだし。それに代わりの先生もいい人よ。あなたがその気になれば、楽しめるわよ」

彼女は答えずに、ただ座り、指が白くなるまで力をこめてこめかみを押さえていた。いうことはこれ以上なかった。彼女はわたしのことを信じていないか、あるいは信じていたとしてもそれを自分で認めたくないかのどちらかだった。わたしはあまりにも彼女の言語能力に慣れてしまっていて、彼女がたった六歳の子どもだということを忘れてしまうことがあった。彼女がどれほど多くの問題をかかえ、彼女がわたしたちと一緒に過ごしてからまだどれほど日が浅いかをわたしは忘れていた。わたしは彼女に理解してもらいたいと思うあまり、多くを期待しすぎていたのだ。

大会は二月でも気候の温暖な西海岸の州で開かれた。チャドが一緒に来たので、わたしたちはほとんどの時間を波打ち際を歩きながら海岸で過ごした。すばらしい気分転換だった。こんなことでもあって、実際遠く離れてみるまで、自分がどれほど子どもたちに縛りつけられていたか気づいていなかった。子どもたちとの関係はとても強いものだけに、わたしのエネルギーはすべて吸い取られていた。働いているときは、子どもたちとかかわっているときに自分がどれほど緊張しているか自分でもほとんど気がついていなかった。だが、いまこうして太陽の降りそそぐ海岸にいると、自分の疲れがどんどんとれていくのがよくわかった。

いい大会だったし、それ以上にすばらしい休暇だった。夜ベッドに入っているとき以外は、子どもたちのことはまったく考えなかった。ベッドで子どもたちのことを思うときでさえ、ぼんやりと断片的に思うだけだった。わたしが留守の間、子どもたちはちゃんとやってくれていることがわかっていたからだ。チャドとわたしにとって、この何日かは生まれ変わったようだった。シーラが来て以来、挑戦の日々が続き、わたしは翌日の準備を家に持ち帰って夜せざるを得なくなり、チャドはなおざりにされてきた。彼はわたしが子どもたちに一生懸命なのを理解してくれてはいたが、それでも子どもたちがわたしの時間をすべて奪いとってしまうことに腹を立ててもいた。四日間二人っきりでいられたことで、わたしたちは幸せな気分になり、肩の力を抜くことができたのだった。

月曜の朝、わたしはやる気いっぱいで学校にもどってきた。その日は午後消防署に見学にいく予定だったので、その最終的な打ち合わせをするために、手伝いを約束してくれていた父母たちに電話をしなければならなかった。

電話をかけおえてもどってくる途中、廊下でアントンと会った。彼は目を大きく見開いて見せた。「留守の間、なかなかすごかったよ」アントンはいった。

彼の声の調子から、その〝すごかった〟のがいいことではないことがわかり、わたしは恐る恐る尋ねた。「何があったの？」

「シーラが大荒れに荒れてね。誰ともしゃべらない。壁に貼ってあったものをすべてはがす。本箱の本を全部ほうり出す。金曜にはピーターをなぐって鼻血をだした。勉強はまったくしない。椅子に座らせておくことさえできなかったよ。木曜に、レコード・プレーヤーを壊して、金曜の午後にはドアのガラスを靴で割ろうとしたよ」

「まさか！」

「ぼくも冗談だっていいたいよ、トリイ。あいつはすごいよ」

「なんてことかしら。もうそういうことは卒業したと思っていたのに」

「ずっと見てきたけどいままででも最悪だったね。全部の時間を静かにするコーナーで過ごしたんだけど、ずっと椅子に押さえつけていなくちゃならなかったんだよ。ここに来てからで、いちばんひどかったね」

わたしの心は重く沈みこんだ。わたしの中で、気持ちの汚水だめのようになっているところが、ゴボゴボとみじめな音をたてた。わたしがいない間、彼女はちゃんとしていてくれると、わたしはほんとうに信じていたのだ。自分がそんなにひどく判断をあやまっていたのかと思うと胸が痛んだ。自分が個人的に侮辱されたような気がした。彼女を信じていたのに。彼女がちゃんと行動してくれるとあてにしていたのに、シーラはわたしを裏切ったのだ。

そのことについてシーラと話し合おうと思っていたのに、彼女のバスは遅れていた。他の子どもたちがやってきはじめ、口々にしゃべりだした。

「シーラったらすごかったんだよ」とセーラが興奮していった。「教室じゅうをめちゃくちゃにしたんだよ」

「そうだよ！」とギレアモーがかん高い声でしゃべった。「あの代わりの先生、マーカム先生が、シーラのお尻を叩いてシーラを静かにするコーナーに座らせたんだ。でもシーラがじっとしてないから、ウィットニーが午後中ずっと押さえつけていなくちゃいけなかったんだよ」

ピーターはうれしそうに黒い目をぎらぎらさせて、わたしのまわりを飛び跳ねた。「それで、あいつウィットニーにすごい意地悪をしたから、ウィットニーが泣き出してしまったんだ。で、そのあとどうなったと思う？　マーカム先生までが泣き出したんだよ。それからセーラが泣いて、タイラーが泣いて、女の子全員が泣いちゃったんだよ。シーラがあんまりひどいことばかりするから。でも、おれは泣かなかったよ。シーラを殴ってやったんだ。あんまり悪いことばっかりするから、たっぷり殴ってやったんだ」「あいつ、悪いんだよ」マックスがわたしのまわりを回りながら、念をおすようにいった。

いままで暗く落ちこんでいた気持ちが怒りに変わった。わたしに対してどうしてこんなことができたのか？　シーラは明らかにわたしがここにいたときより数段ひどいことをしたようだった。わたしがつきっきりで彼女のそばにいなくても、二日間をちゃんと自分でコントロールしてくれるものと思っていたのに。わたしは心底がっかりした。彼女を扱っていく自信は最低のところまで落ちこんでいた。シーラはわたしに仕返しをしたのだ。わざとこんなことをしたのだ。わたしが彼女のためにさいた努力と時間すべてを無駄なものにしてくれたのだ。

朝の話し合いの時間が始まってから、シーラはやってきた。彼女は席につきながら、うさんくさそうにわたしのほうを見た。あのなじみ深いむっとするおしっこの臭いが立ちのぼった。わたしが出かけてから身体も洗っていなかった。

彼女を見ても、わたしの不快さはちっとも減らなかった。シーラのそんな行動を教師としてのわたしの威信をもろに攻撃してきたものだと思ったわたしは、非常に防衛的になっていた。彼女がいままで接触してきた人達のときと同じように、彼女はわたしにとって何がいちばん大切なものかを見抜き、それを復讐に利用したのだ。そう考えれば考えるほど、いやな気分になった。今回のことは、直接わたしをめがけてやったことだけに、初日に起こったことやホームズ先生の教室でやったことと比べて、はるかに受け入れがたかった。

話し合いの時間が終わってから、わたしはシーラを呼んだ。わたしたちは他の子どもたちから離れたところで椅子に座った。「あなたがあまりいい子じゃなかったこと、聞いたわ」

シーラはわたしをじっと見つめていた。彼女の気持ちは読み取れなかった。

「わたしが帰ってきて聞いたことといえば、あなたがやった悪いことばかりよ。どういうことなのか説明してちょうだい」

彼女は何もしゃべらずにただわたしをじっと見ている。

「わたしは怒っているのよ、シーラ。こんなに腹が立ったのは、何年ぶりかしら。なんであんなことをしたのかいいなさい」

それでも何の返事もなかった。

彼女の冷たい、よそよそしい目を見ているうちに、怒りがこみあげてきた。突然たまらなくなって、わたしは彼女の肩をつかみ、乱暴にゆすった。「いいなさいよ！　いいなさいったら！」だが、彼女は心を閉ざし、歯をむき出した。自制心をなくしたことにぞっとして、わたしは彼女の肩から手を離した。ああ、この仕事はわたしには荷が重すぎるようになってきている。

シーラは石のように押し黙ったまま、わたしを睨んでいた。わたしの乱暴な態度が彼女の怒りを呼び、彼女もわたしと同じように怒っていた。腕ずくで無理強いするというのは、それこそ彼女のおなじみの世界だった。その世界のことなら、わたしよりも彼女のほうがよっぽど知りつくしている。その彼女にそんなふうに接してしまったのはわたしのまちがいだった。シーラにとっては、わたしにできる身体的な蹂躙（じゅうりん）など大したことではないのだろう。彼女はやはり口をきかなかった。わたしは心底がっかりして、肩を落とした。

「あなたを信用していたのに」わたしは落胆を隠すように、穏やかな声でいった。「あなたがあんなことをしてくれた二日間、わたしはあなたのことを信じていたのよ、シーラ。あなたを信用していたのよ。それがわからないの？　それなのに、帰ってきてあなたがあんなことをやったと聞かされたわたしの気持ちがどんなものだか、あなたにわかる？」

シーラは思いがけず怒りを爆発させた。「あたしを信じてくれなんて一度もあんたにいったことないよ！　そんなこと一度もいわなかったよ！　あんたが勝手にそう思っただけじゃないか！　あたしを信用していいなんて一度もいってないよ。あたしのことなんか信用しないでよ！　だれもあたしのことを信用しちゃいけないんだよ！　信用していいなんていわなかったよ！」シーラは席から飛び出すと、身体をゆらしながら狂ったように部屋じゅうを走り回り、動物の檻が置いてあるテーブルの下にもぐりこんでしまった。彼女の怒りは相当激しいらしく、テーブルの下に座りこんだまま、泣き声とも悲鳴とも言葉ともつかない押し殺したような声を出しつづけていた。だが、その声から彼女の気持ちだけははっきりとわかった。

彼女の反応に驚き、わたしは身じろぎもしないで椅子に座っていた。他の子どもたちも動きをとめてわたしたちのほうを見ていた。彼らが心配している様子が目の表情からもわかった。わたしはただ座って、テーブルの下に隠れているシーラを見つづけた。どうしていいのかわからなかった。

「そういうことなら、わたしたちと一緒に午後は出かけられないわね、シーラ。信用できない人を連れていくわけにはいかないわ。あなたはアントンとお留守番していなさい」わたしはたまりかねていった。

シーラはテーブルから這い出てきた。「あたしもいく」

「いいえ、だめよ。あなたは信用できないから」

シーラはぎょっとしたようだった。彼女が見学をとても楽しみにしていたことはわたしも知っていた。彼女はみんなと一緒にどこかへいくのが大好きだったのだ。

「あたしもいく」

わたしは首を横に振った。「いいえ、だめです」

シーラは甲高い耳をつんざくような悲鳴をあげた。動物の檻のそばに立ったまま、ぴょんぴょんと飛び跳ね、両手をばたばたさせた。

「シーラ。やめなさい。やめないのなら、静かにするコーナーにいきなさい。いますぐ」

彼女は明らかに自制心を失っていた。床に身を投げ出すと、今度は頭をどんどんと床に打ちつけはじめた。アントンがとんできて、この自損行為をやめさせた。シーラはいままでこんなことをしたことは一度もなかった。わたしは彼女がいつものように怒りのあまり破壊行動に出るものと思っていた。子どもたちもそう思ったらしく、ひそかに自分たちの大事なものを目立たないところに移動させていた。だが、このように自分を傷つけるような行動に出たことはいままで一度だってなかった。他の子どもたち、とくにマックスやスザンナはこういうことをすることがあったが、シーラがこんなことをしたことは一度もなかったのに。

アントンはシーラをしっかりと腕にかかえこんだ。彼女は悲鳴をあげながら、激しくもがいた。わたしは何も考えられなかった。と、その悲鳴は始まったときと同じように突然止まった。部屋は不気味な静寂に包まれた。そんなに急にやめるなんて、彼女が何か自分を傷つけるようなことをしたのではないかとぞっとして、わたしは駆け出した。アントンが手の力をゆるめると、シーラはアントンの腕の中で溶けたバターのようにぐにゃりとなり、ずるずるすべりながらカーペットの上に倒れた。顔をカーペットの粗い生地の上に伏せ、両腕で頭をかかえこんでいる。

「だいじょうぶ、シーラ?」わたしはきいた。

彼女はこちらを向いた。「お願いだから、あたしもいかせて」と小声で囁いた。

あれだけの大騒ぎのあとだっただけに、わたしはびっくりした。「いっていいとはいえないわね」もし彼女がこんな態度をとったら、教室の外だととても彼女をコントロールできないと思った。

「あんなことやってほんとうに悪かったと思ってる。あたしもいかせて。あたしを信用してもいいよ。お願いだから」とても小さな声だった。「いかせて。どれだけいい子でいられるか見せてあげるから。お願い。いきたいよう」

わたしはシーラを見下ろした。ようやく自分の感情がもどってきて、こんなに早くやめられるところを見ると、あの凶暴な行動はすべてお芝居だったのではないかと思いはじめた。そのことがわたしの怒りを新たにした。「だめよ、シーラ。この次にしましょう」

彼女はまた悲鳴をあげはじめ、両手で顔をおおったが、まだ床の上にじっとしていた。身体をねじまげられたぼろ人形のようだ。わたしは踵を返して他の子どもたちと勉強をするためにその場をはなれた。

午前中ずっとシーラはそのまま床に横たわっていた。しばらく悲鳴をあげたかと思うと、そのあと沈黙が続くというぐあいだった。動きもしなければ、顔をあげようともしなかった。最初、彼女を静かにするコーナーに移動させようかという思いにかられたが、途中で気が変わった。敗北感に打ちのめされて、これ以上彼女とやり合いたくなかったのだ。

昼休みになった頃には、わたしは完全にうちひしがれていた。わたしは、自分でも教師として欠けているところをさらけ出すはめになったために、シーラに対して怒っているのだということに気づきはじめていた。彼女をうまく置いていくことに失敗したから腹を立てていたのだ。彼女が他の人たちにするのをさんざん見せられてきたことを自分にされたから怒っていたのだ。心のどこかで、彼女がわたしに復讐することはないと信じきっていたのだ。いままでそうだったので、今後もそんなことはぜったいにないと信じて疑わないほどわたしは自惚(うぬぼ)れていた。それなのにいまになって他のみんなと同じ立場に立たされ、心が傷つけられたのだ。見学にいかせないという手段で、自分が彼女と同じことをしていると気づいて、わたしはすごく恥ずかしくなった。彼女に傷つけられて、彼女が悪いことをしたのだと思い知らせたくなったのだ。自分の権力の及ぶ範囲内で、彼女を傷つけ返す手段をさがしていたのだった。

このことに気づいて、わたしの気持ちはさらに落ちこんだ。なんてくだらない、自分勝手ないやな人間なんだろう。自己嫌悪に陥り、世界じゅうを憎みたくなった。最悪の気分で、現状をどう回復していいのか考えることもできなかった。

昼休みにサンドウィッチを食べながら、わたしはこの後ろめたい思いをアントンにぶちまけた。「ああ、今度という今度は大失敗だわ」わたしはピーナッツバター・サンドを頬張りながらいった。自分自身の気持ちもコントロールできないくせに、そもそもどうして教師になんかなったんだろう？　あの子があんなに悪いことをしたんだから、しかたがないよ、とアントンはわたしを慰めてくれた。受け入れてもらえないこともあるんだということをわからせなくては、と。

それでも最低の気分だった。かわいそうなシーラ。今日はみんなで再会を喜び合う日になるはずだったのに。それなのに、がみがみと口うるさいことばかりいってしまった。彼女がやったことはまったく予想できないことではなかったのだ。あの子は動揺して、彼女なりに最適な方法でその気持ちを表わしたのだ。そもそも、だからこそ彼女はこの教室に来たのではなかったか。それではわたしはどうだというのだ？　わたしがここにいるのも、その理由からではなかったのか？　今日は彼女がわたしを信用してもいいのだということを確認するすばらしい日にすべきだったのに。わたしは約束どおりもどってきたのだから。それなのに、わたしはあの子に怒鳴ってしまった。そしてあの子が楽しみにしていたものをとりあげてしまったのだ。そんなことをされるなんてあの子は思ってもいなかったのに。なんで教職になどついてしまったのだろうか？

わたしは昼休みの間じゅう最悪の気分で過ごし、事態をどう改善すればいいかわからないままでいた。謝ったとしても、午前中に彼女にあんなに怒ってしまったことは取り返しがつかないのだ。わたしはサンドウィッチの最後の一口をいやな思いでのみ下した。シーラのいうとおりだ。あの子は一度も自分を信用していいなんていわなかった。

教室にもどって、わたしはシーラの横に座った。他の子どもたちは出かける用意をしており、手伝いの父母たちが動き回っていた。シーラはひとり離れたすみっこに座っていた。

「シーラ、話があるの。今朝はわたしがまちがっていたわ。ほんとうは自分に腹が立っていたのに、あなたに怒ってしまったの。見学にいっちゃいけないといったけど、気が変わったの。いってもいいわ。怒ってしまって悪かったわ」

何も答えず、わたしの顔を見ようともせずに、シーラは立ち上がってコートをとった。

放課後、他の子どもたちが帰ってしまってからも、わたしたち二人の間のはりつめた沈黙は続いた。わたしは何とかこの気まずさを打ち破ろうと、午後の間ずっといろいろやってみた。いつになくおかしなことをいったりしたので、みんなが笑った。だが、シーラだけはみんなから離れ、ウィットニーと手をつないだままだった。わたしは降参した。時間が解決してくれるのを待つしかない。そう思うことにした。自分の行動の仕方は確かに適切ではなかった。だがアントンがいったように、わたしだって人間なのだ。そう思うと少しずつ気持ちも晴れてきた。

バスケットからプリントを取り出して、わたしは座って採点をはじめた。その前に本を読んであげようかといってはみたのだが、シーラは断わり、一人忙しそうに部屋の向こう側の床の上でおもちゃの車で遊んでいた。一時間が過ぎた。シーラは立ち上がって窓のそばにいき、雪の上に伸びる影を見ていた。次にわたしが目を上げると、彼女はまだ窓のところに立っていたが、今度はわたしのほうを見ていた。

「なんでもどってきたの？」シーラは小声できいた。

「わたしはただスピーチをしにいっただけなのよ。いったっきり帰ってこないつもりなんてまったくなかったのよ。だってここであなたたちと一緒にいるのがわたしの仕事なんだから」

「でも、なんでもどってきたの？」

「帰ってくるっていったでしょ。わたしはここが好きなのよ」

ゆっくりと、彼女はわたしが仕事をしているテーブルのほうに近づいてきた。彼女が傷ついていることが目からはっきりと読み取れた。

「ほんとうにわたしがもうもどってこないと思っていたの？」

彼女はうなずいた。

わたしたちは重苦しい沈黙が流れる中を、いつまでも見つめ合っていた。時計がカチカチと時を刻む音が聞こえた。ウサギのオニオンズが檻の中でカサカサと音をたてている。わたしは、大きく見開かれた、潤んだ彼女の目をじっと見ていた。昔よくダイヴィングをした海と同じ色の目だった。この子は何を考えているのだろう、とわたしは思った。そして悲しいことにこう悟ったのだった。わたしたちが自分以外の人間がどんなふうであるかをほんとうに理解することは決してないのだ、ということを。そして人間はそれぞれちがうのに、浅はかにも自分は何でも知っていると思いこみ、その真実を受け入れることができないということも。とくに相手が子どもの場合はそうだ。ほんとうのところは決してわからないのだ。

シーラは立ったまま、オーバーオールの肩紐をいじくっていた。「もう一度あの本を読んでくれる？」

「どの本？」

「キツネを飼いならした男の子のお話」

わたしはにっこりした。「いいわよ。読みましょう」

13

厳しい冬に疲れた北部の人間にとって、ほっと一息つけるような、穏やかで暖かい三月がやってきた。ようやく雪も溶け、一面水びたしの草原のすきまから冷たい茶色の土が顔をだしてきた。その年はわたしたちみんなが春を待ちわびていた。例年よりも雪が多く、寒さも厳しい、たいへんな冬だった。

学校のほうも三月は平和な月だった。平和といってもわたしのクラスのようなところで得られるそれなりの平和ではあるが。この時期には休暇もなければ、問題が起きるような混乱もなく、予想外の変更事項もなかった。南部から続々季節労働者がやってきて、彼らを受け入れるキャンプは大きくふくれあがった。季節労働者の子どもたちが次々と転入してくるので、教師たちは教師用ラウンジでぶつぶつ文句をいっていた。だが、わたしにはそんな心配をする必要はなかった。しかし、こうして季節労働者がもどってきたことは、アントンに不思議なほろにがい影響を及ぼした。第一陣の労働者を満載したトラックが何台か到着しはじめたとき、アントンはそれについて何もいわなかったが、しだいに口数が少なくなり、心ここにあらずという感じになっていった。たまりかねてわたしはどうしたのかときいた。アントンは昔の呑気な生活に郷愁を感じているのだろうか、と思ったのだ。

わたしが尋ねると、彼は微笑んだ。微笑み、それから、他人にはとうてい理解できない問題が話題になったときに人が見せるあの憐み深い目でわたしを見た。そして小さな椅子をひとつ引くと、大きな身体をすえた。いや、季節労働者の生活をなつかしく思っているんじゃないんだ、と彼は説明した。あんな生活にはなつかしく思うようなものはなにもない。そういって、彼はわたしにというよりは自分自身にむかってもう一度微笑んだ。ぼくが強く感じているのは、この前の秋にトラックがいってしまってから、どれほど自分が変わったかということなんだよ、と彼はいった。自分が彼らとどれほどちがってしまったことか。そのことにいままでまったく気づかなかったことにも驚いている。目が覚めたリップ・ヴァン・ウィンクル（ワシントン・アーヴィング作『スケッチ・ブック』の主人公。米国版浦島太郎）が感じるような気持ちさ、そういってから彼は信じられないというふうに声をたてて笑った。去年はまだリップ・ヴァン・ウィンクルが誰かさえ知らなかったのに、いまではもともとの自分の仲間とよりリップとのほうが共通のものが多くなっている。

わたしはしゃべるアントンを見ていた。わたしは彼の浅黒い肌のラテン系の顔かたち、骨張った体つきをしげしげと見た。子どもの頃から過酷な生活をおくってきた形跡があちこちに見られる。わたしたちは二人とも変わった。言葉ではどういっていいかわからないが、確かに変わった。わたしたちがお互いの人生にそれほど大きな影響を与え合ったことに、また、そうした関係が生じていたあいだはもちろんだが、そのことにほとんど気がつかなかったことを思ってわたしは畏怖の念に打たれた。数分間、開けっぴろげに感嘆して、わたしたちは座ったままお互い見詰め合っていた。じろじろ見てはいけないというタブーはしばらくの間忘れられた。わたしたちはあまりにもちがっていた。背景も性も教育も全然ちがう。それでも、どこかで、どうにかして、わたしたちはお互いの心に触れ合ったのだ。一瞬のわかりあえたという思いが、テーブルに向かってすわっているわたしたちを黙らせた。言葉など必要なかった。

冬の厳しさにもかかわらず、スイセンの花のようにシーラは花開いていった。日ごとに彼女はどんどん進歩していった。彼女のかかえる状況が許す範囲内でではあるが、シーラはいまではいつも清潔だった。毎朝はずむようにやってくると、顔を洗い歯をみがいた。自分がどう見えるかをとても気にし、鏡に映った自分の姿を丹念にチェックした。

わたしたちは新しいヘアスタイルをいろいろ試してみた。放課後に美容院ごっこをすることもあった。シーラにわたしの長い髪を自由にいじらせ、交替にわたしも彼女の髪をいじらせてもらい、新しい編み方を考え出したり、いろんなヘアスタイルにまとめあげたりした。ほんとうにかわいい子どもになって、他の教師からもそういわれるほどだった。

セーラとシーラは大の仲良しになり、授業中に二人がときどきメモを送り合ったりしている姿が見うけられた。ときには放課後、シーラの乗るバスが来るまでの間に、シーラはセーラの家に一緒に帰って遊ぶこともあった。またシーラとギレアモーは季節労働者キャンプで一緒に遊んだりもした。タイラーはシーラの好みからすると多少口うるさすぎるようで、タイラーが母親のようにおせっかいをやいてくるのを、シーラは拒否していた。概してシーラはクラスのみんなに好感をもたれているようなので、わたしはうれしかった。

学習面では、まったく問題なかった。シーラはわたしが与える問題ならほとんどなんでも喜んでやった。プリントは破ってしまうこともあったが、それもごくときたまだった。一週間に二回もそういうことがあったとしたら、例外といえた。そういうときでさえ、彼女はちゃんとやってきてもう一枚くださいというのだった。わたしは読み方の教材は三年生用のものを、算数の教材は四年生用のものをやらせていたが、両方とも彼女の能力レベルからすると低いぐらいだった。だが彼女がいままでほとんど教育を受ける機会がなかったことと、失敗を恐れる傾向から考えて、彼女の知識がよりしっかりと自信に結びつくためにもこのほうがいいと思ったのだ。

シーラはいまでも訂正されることに過度に敏感で、まちがいをおかすと、むっつりとふくれてしまったり、悲痛な溜め息をもらしたりした。この点に関しては日によって差があり、算数の問題でひとつまちがえただけで、絶望にうちひしがれて両腕の中につっぷしたまま一日すごすようなこともあった。だが、だいたいにおいてそれほど大した騒ぎは起こらなかった。ちょっと抱いてあげたり励ましてあげれば、シーラはまたやる気をだした。

不思議なことに、わたしの二日間の留守をめぐっての不和は、シーラの心の安定にはマイナスに働かなかったようだった。わたしが帰ってからの数日間、シーラはまたわたしにつきまとっていたが、それもすぐにしなくなった。それ以後そういう行動をとることはまったくなくなった。わたしたちはあの出来事のことをよくしゃべった。彼女にはあの出来事のことを何度も何度もくりかえし口にする必要があったようだ。わたしが彼女のそばから去り、そしてわたしはもどってきた。彼女は怒り、破壊的な行動にでた。

わたしも怒り、かんしゃくをおこした。そしてわたしは彼女に自分がまちがっていたといい、悪かったといった。そのようなドラマの一こま一こまを、彼女は何度も何度も話したがった。そのつど彼女がどんな気持ちだったのか、なんであの日吐いてしまったのか、どんなに怖かったかを口にしながら。この物語は、終わることはないのではないかと思うほど何度も何度も繰り返された。これには、わたしには完全には理解できない、何か隠された意味があるようで、儀式のように繰り返し語ることでシーラの心は安定していくようだった。確かにわたしがもどってきたという事実は重要だったが、彼女がこのことをこんなにも繰り返し口にしたがる理由はそれだけではなかった。どうやらわたしたちがお互いに腹を立て、そしてそれを乗り越えたことも彼女の中では重要な位置を占めているようだった。最悪の状態のわたしを見たことで、シーラは安心したのかもしれない。彼女に対して怒っているときのわたしがどうなるのかを知ったからこそ、いま彼女はわたしを信頼できるのだ。それが何であったにせよ、シーラは自分の問題を言葉で解決することを学んだのだった。だからもう身体的な接触を必要としないのだ。言葉で充分なのだった。

不思議なことに、わたしが留守にしてまた帰ってきたときの例の事件のあと、彼女の破壊的な行動はほとんどでなくなった。怒っても――彼女はいまでもしょっちゅう怒ってはいた——激情にかられてものを床に投げたり、大暴れするということはなくなった。復讐にもあまり執念を燃やさなくなった。そのことを考えるとき、あの事件の重要性を自分がもっと完全に理解できればいいのだがと思わずにはいられない。あの事件がいろんな意味でシーラの行動を大きく変えてしまったのだから。だが、全貌はつねに闇の中だった。シーラはまだ多くの問題をかかえていたが、解決の糸口が見えはじめていたし、前に比べてずっと自分を制していけるようになっていた。

わたしがいぜん当惑していたのは、シーラの例の話し方だった。彼女の父親を訪ねたときに、過去形を使わず、beという原形を使いすぎるという彼女独特の話し方が、家庭からきたものではないことははっきりした。彼女ほどの聡明な子が、どうしてあんな変な話し方に執着するのかわたしにはわからなかった。もっとも時がたつにつれて、だんだん正常な話し方をするようになってきてはいたが。三月になって、わたしはついにそのことを彼女にきいてみようと決心し、もしそれが昨日起こったことをいっているんだったら、少しいい方を変えたほうがいいと指摘してみた。そのわたしの指摘に、シーラはびっくりするほど敵意を示し、あたしのいってることはわかるでしょ、といった。ええ、わかるけど、とわたしがいうと、わかるんだったらどんな話し方をしようがそれがなんだというのだ、と食ってかかった。この反応にわたしは虚をつかれた。わたしが当初思っていたよりもこの話し方は意図的なものなのではないかという気がした。

このことに関しては誰も助言できなかった。わたしがテープを送った専門家はみんな、これは方言だといい、この子は黒人かと尋ねてきた人が多かった。いいえ、黒人じゃありません、いいえ、これは家で話されている方言じゃありませんとわたしが答えると、みんなさっぱりわからなくなってしまった。ある夜、チャドとわたしがこのことを話し合っていたときのこと、ひょっとしたら過去形を使わないことで、シーラはものごとをうまくコントロールできる現在にすべてのことをつなぎとめようとしているのではないか、とチャドがいいだした。考えれば考えるほど、そうかもしれないと思えてきた。最後には、これは心理学的な問題であり、このままそっとしておこうとわたしは結論を下した。彼女がいっていることはわかるわけだし、ひょっとしたら彼女のほうでいつか話し方を変えてみようという気になるかもしれない。だが、いまの時点では、そんな気はないようだった。

シーラの心をいまも大きく占めているのは、捨てられたという意識だった。いつも母親と弟のことで頭がいっぱいで、二人はいまどこにいて何をしているのかということばかり考えていた。彼女はしゃべっている最中に、もしこれやあれをもっとうまくできたら、家族はいまもそのままみんな一緒にいられたかもしれない、というふうなことをいうことがよくあった。わたしにはこのことが彼女の失敗を極度に恐れる気持ちと直接結びついているような気がしてならなかった。

ある放課後、シーラは熱心に算数の問題にとりくんでいた。シーラは算数が大好きで、他の科目に比べてずばぬけてよくできた。ここに来た当初から、基本的なかけ算や割り算はできた。わたしたちは一緒にもっと複雑な技術を勉強していった。シーラは休み時間に五年生の教室のごみ箱でコピーした算数のプリントをみつけだし、それを放課後もってきたのだった。

その問題をやりおえて、彼女はわたしのところに見せにやってきた。分数の割り算の問題だった。わたしたちはまだこの分野は全然やっていなかったので、答えはすべてまちがっていた。シーラは除数を逆にしてかけるということを知らなかったのだ。

「はい。あってる?」プリントをわたしに手渡して、シーラはきいた。

「シーラ、これを見てごらんなさい」紙の裏側にわたしは円を描き、それを四等分した。プリントを見ながら、まちがいを指摘したほうがいいかどうかわたしは考えていた。

「ねえ、もしこの中にどれだけ八分の一があるかを知りたかったら、どうしたら……」

シーラはすぐに自分の問題の解き方では正しい答えがでないということを感じとった。

「あたし、まちがえたんだね。そうでしょ？」

「やり方を知らなかったんだもの。誰も教えてくれなかったでしょ」

彼女はわたしのそばにどすんと座りこむと、両手で顔をおおってしまった。「ちゃんとやって、教えてもらわなくてもできるってところを見せようと思ったのに」

「シーラ、がっかりするようなことじゃないのよ」

それでも彼女はしばらく顔をおおったまま座っていた。それからゆっくり手を離すと、さっき自分がくしゃくしゃに丸めてしまったプリントをひきのばした。「もしあたしがこの算数の問題をちゃんとできたら、おかあちゃんはあんなふうにあたしをハイウェイに置き去りにしなかったはずだよ。もしあたしに五年生の算数の問題ができたら、おかあちゃんはきっとあたしのことを自慢に思うはずだもの」

「算数の問題とそれとは何の関係もないと思うわよ、シーラ。あなたのお母さんがどうしていってしまったのかは、わたしたちにはわからないわ。きっと自分のことでいっぱい問題をかかえていたんじゃないかしら」

「おかあちゃんはあたしのことをもう好きじゃなくなったから、いっちゃったんだよ。それ自分がかわいがっている子どもをハイウェイに置き去りになんかしないはずだよ。それに、あたしは脚まで怪我したんだよ。見て」彼女の傷跡を見せられるのはもうこれで百回目くらいだった。「もしあたしがもっといい子だったら、おかあちゃんはあんなことしなかったんだよ。もしあたしがもっといい子にできていたら、おかあちゃんはいままでもあたしのことをかわいがっていてくれたかもしれないんだ」

「シーラ、そのことはほんとうにわからないのよ。たしかにひどいことだったけど、もう終わったことなの。あなたがいい子だとか、悪い子だとかは関係ないと思うわ。あなたのお母さんは整理しなければならない問題をかかえていたのよ。お母さんはあなたのことをとても愛していたと思うわよ。お母さんってふつうそういうものだもの。きっとあの時は、小さな女の子の世話ができなくなっていたのよ」

「でもジミーの世話はしたじゃない。なんでジミーを連れていって、あたしを置いていったの?」

「わからないわ、シーラ」

シーラはわたしを見た。目にはとりつかれたような、傷ついた表情が宿っていた。ああ、わたしにこの空虚さを埋めることはやはりできないのだろうか? ぼんやりしたま ま、シーラはおさげの先を手でいじっていた。「ジミーに会いたいな」

「わかるわ」

「来週ジミーの誕生日なんだよ。五つになるんだ。二つのときからずっと会ってないけど。すっごい長い間会ってない」彼女は踵を返すと窓のほうにいき、窓から雪どけの三月の午後の風景を見た。「ジミーに会いたいよ、すごく。ジミーのことは忘れられないんだ」

「そうでしょうね」

彼女は振り返ってわたしを見た。「ジミーの誕生パーティーを開けない？　三月十二日が誕生日なんだ。二月にタイラーの誕生会をやったときみたいなパーティーを開けない？」

「それはできないと思うわ、シーラ」

うつむいて、シーラはわたしのそばにもどってきた。「なんでだめなの？」

「だってジミーはここにいないでしょ、シーラ。ジミーはカリフォルニアに住んでいて、ここでわたしたちと一緒にはいないでしょ」

「ほんの小さい誕生会でいいんだよ。トリイとあたしとアントンの三人だけの。放課後にちょっとやるだけでいいんだ」

わたしは首を横に振った。

「でも、やりたいんだよ」

「あなたがやりたいのはわかるわ」

「じゃあなんでだめなの？　ちょっとした、小さいのでいいから。お願いだよ」彼女は顔にしわを寄せ、懇願するような声でいった。「すっごくいい子にするから。算数の紙をくしゃくしゃにしたりしないから」

「そういうことじゃないのよ、シーラ。わたしがだめだといっているのは、ジミーはもうここにいないからなのよ。ジミーはいってしまったの。そう思うのはとっても辛いことだけど、でもたぶんジミーはもうもどってはこないわ。あなたがものすごくジミーに会いたいと思うのはよくわかるけど、いまみたいにいつまでも彼のことばかり考えているのはよくないわ。あなたが傷つくだけよ」

シーラは両手で顔をおおった。

「シーラ、こっちにいらっしゃい。抱かせて」手を顔に当てたまま、彼女はやってきてわたしの膝にのぼった。「あなたが辛いのはよくわかるわ。ここに座っていても、あなたがどんなに心を痛めているかがわかる。辛いわね」

「ジミーに会いたいよう」彼女の声がかすれて泣き声のようになった。シーラはわたしのシャツにしがみつき、わたしの胸に顔を埋めた。「ジミーにここにいてほしいよ」

「わかるわ」

「なんでこんなことになったの、トリイ？　なんでおかあちゃんはジミーを連れていって、あたしを置いていったの？　なんであたしこんなに悪い子になってしまったの？」一瞬彼女の目に涙がにじみ出てきた。だがいつものようにそれが流れ落ちることはなかった。

「ああ、シーラ。あなたのせいじゃないのよ。このことだけはわたしのいうことを信じて。あなたが悪いんじゃないの。あなたが悪い子だから、置いてったんじゃないのよ。お母さんにはお母さんの問題が多すぎたのよ。あなたのせいじゃないのよ」

「おとうちゃんはそうだっていってる。もしあたしがもっといい子だったら、おかあちゃんもあんなことはしなかっただろうって」

わたしの心は重く沈んだ。戦うべきものはあまりにたくさんあるのに、一緒に戦ってくれる者はほとんどいなかった。なぜ彼女がわたしのいうことを信じるべきで、父親のいうことを信じるべきではないといえるのか。この点は父親がまちがっているということを示すために、わたしに何ができるだろうか？　わたしはうちのめされていた。「あなたのお父さんはこの点ではまちがっているわ、シーラ。お父さんには何があったのかわからないのよ。それから小さな女の子だってことがどういうことかもわからないのよ。この点ではお父さんはまちがっている。わたしのいうことを信じて。お願い。だってほんとうなんだから」

わたしたちは数分間黙って座っていた。シーラをしっかりと抱きしめると、彼女の暖かい、不規則な息がわたしの肌にかかるのが感じられた。胸が痛んだ。ほんとうに胸が痛かった。彼女の痛みがわたしのシャツを通してわたしの肌に、骨に伝わり、わたしの胸に吸収されていった。ああ、胸が痛い。

ようやくシーラは顔を上げた。「ときどき、ほんとうに寂しくなるんだ」

わたしはうなずいた。

「この寂しさって、いつか終わる？」

ふたたびわたしはゆっくりうなずいた。「ええ。いつかきっと終わると思うわ」

シーラは溜め息をつき、わたしから身体を離して立ち上がった。

「そんないつかなんて、ほんとうはこないんでしょ。そうでしょ？」

このように悲しいひとときもあったが、シーラは喜びに満ちあふれてわたしを驚かせもした。彼女には喜ぶという才能もものすごくあった。人生全体が混乱に満ちた悲劇であることが多いこういう子どもたち相手の仕事をしていると、人間というのは本来、喜ぶ生き物なのだということを日々確信させられる。シーラの気分はゆれが激しく、またいままでの生活のせいで荒廃してしまった気持ちから完全に解放されるということはなかった。だが、だからといって彼女が幸せから遠いということは決してなかった。ちょっとしたことで彼女の目はきらりと輝き、いまでは彼女のうれしそうな笑い声を聞かない日は一日もなかった。長い間あまりにいろいろなことを奪われてきたために、すべてのことが彼女にとっては新鮮に映ったので、なおさらだった。彼女にとっては身のまわりの見るもの聞くものすべてが驚異に満ち満ちていた。三月のシーラの最大の発見は花だったのではないだろうか。

わたしたちの住む州は、三月になると地面のあちこちにクロッカスやスイセンが咲き乱れ、急に活気づく。シーラは花にすっかり心を奪われてしまった。季節労働者キャンプでは花の姿はまったくなく、わたしには信じられないようなことだったが、シーラはいままでスイセンの花を間近に見たことがなかった。ある朝、わたしは大家さんの庭に咲いているスイセンの大きな花束をかかえて教室に入っていった。

シーラが歓声をあげながら走ってきた。口にはまだ歯みがきがいっぱいついている。Tシャツとパンツだけという格好で、走ってくるときに裸足の足がぺたぺたと音をたてた。「これ、なに?」シーラは歯みがきだらけの口でもごもごきいた。

「スイセンじゃないの、おばかさん。いままでにも見たことあるでしょ」

花束を覗きこんでから、シーラは首を横に振った。「う〜んと、本で見ただけ。それだけだよ。これ、ほんとの花？」

「もちろんほんものよ。触ってごらんなさい」

持っていた歯ブラシを置いて、彼女はこわごわ手を伸ばすと、指先でひとつの花の端っこを触った。

「うわぁ！」シーラはうれしそうに悲鳴をあげ、歯みがきをそこらじゅうに撒き散らした。うれしそうに自分の身体を抱きしめて、ぴょんぴょん飛び跳ねている。それから急に動きを止めると、ためらいながらまた別の花に触った。ふたたび喜びのダンスが始まった。

「さあ、歯みがきを終えて、服を着てらっしゃい。それからこの花を花瓶に活けるのを手伝ってちょうだい」

シーラは走ってもどって口に残っていた歯みがきを吐き出したが、オーバーオールを身につけるまで喜びを抑えておくことはできなかった。彼女は走ってもどってきた。

「すっごく柔らかいよ。また触らせて」

「匂いをかいでごらんなさい。スイセンはバラみたいにいい匂いはしないけど、でも独特の香りがあるのよ」

シーラは深く匂いを吸いこんだ。「この花を抱きしめたいよ」

わたしはくすくす笑った。「花は抱かれるのがあまり好きじゃないみたいよ」

「でもすっごくいい匂いだし、とってもかわいいから。抱きたくなっちゃう」

「ほんとね」わたしは昔ある生徒が作ってくれた花瓶をひとつとりだした。この花瓶に活けるには花が多すぎた。わたしの横ではシーラがうれしくてたまらないというふうに、片足で交替にぴょんぴょん飛び跳ねていた。全身が喜びではちきれそうだった。

「シーラ、あなただけのお花をあげようか？」

シーラはわたしを見上げた。真ん丸に見開かれた目が顔からはみだしそうだった。

「もらえるの？」

「ええ、多すぎて花瓶に入りきらないもの。あなたがいつもすわっているテーブルに、牛乳パックに活けておいたらどうかしら」

「ほんとうにあたしの花になるの？」

わたしはうなずいた。

「あたしの？」

「そうよ、おばかさんね。あなたのよ。あなただけのお花よ」

彼女は突然うなだれた。「おとうちゃんが許してくれないよ」

わたしはにっこりした。「花は他のものとはちがうわよ。そんなに長くはもたないし。一日ももたないくらいよ。だからお父さんも花のことはそんなに気にしないと思うわよ」

シーラはそっと手を伸ばしてスイセンのひとつを優しく撫でた。「あのキツネと王子さまの本にあったの覚えてる？　王子さまが花を持ってて、その花を飼いならしたの、覚えてる？　あの話覚えてる？」わたしを見上げる彼女の目は驚きに満ちていた。「あたしにも花を飼いならせると思う？　あたしだけの特別の花になって、あたしはその花にシェキニンがあって、っていうかんじに。あたしだけの花にするために飼いならすんだ」

「そうね。でも、花はあまり長くもたないってことを覚えておかないとだめよ。でも、飼いならすのは簡単よ。あなたにもきっとできるわ。どの花がいいの？」わたしは花瓶に入らなかった花を差し示した。

全部の花を丹念に眺めてから、シーラは他のとどこがちがうのかわたしにはよくわからないひとつの花を選んだ。だが、きっとその花には何か特別なところがあったにちがいない。飼いならすことがすでに始まっていたのかもしれない。王子さまと彼のバラの花のように、このスイセンはシーラのもので、彼女にとってはこの花は世界じゅうの他の花とは全然ちがうものだったからだ。

　その花をやさしく持って、山吹色のラッパのところを撫でながらシーラは微笑んだ。わたしは彼女のオーバーオールを取ってきて、彼女の上からかがみこみ、オーバーオールに脚を入れるように促した。他の子どもたちが登校してきて、何ごとだろうとがやがやしだしていた。だがシーラはわたしに服を着せられるままになって、他の子どもたちのほうを見ようともせず、ぼんやりとつっ立っていた。彼女はどうしても浮かんでしまう笑みを押し殺すように、唇をかんでいた。

「胸がいっぱいに大きくふくれてる」と彼女は囁いた。「すっごく大きくなってるんだよ。あたし、いちばん幸せな子かもしれない」

　わたしは彼女の柔らかなこめかみにキスをし、微笑んだ。それから黄色のスイセンが活けてある花瓶をかかえて、それをテーブルに置いた。

14

わたしたちはよく笑った。

だからといってわたしたちの教室がいつもいつもおかしなことばかりだったわけではない。むしろ、いつのまにか笑っているようなことでも、笑うのをやめて本気で考えてみれば悲劇でしかないというようなことが多かった。人間の精神が持つ最高の魔力とは笑う能力だといえるかもしれない。自分のことを、お互いのことを、自分たちの絶望的な状況のことを笑いとばせる能力かもしれない。笑いにはわたしたちの生活を正常なものにしてくれる力がある。

ウィットニーは他の誰にもまして、わたしたちを正常の範囲内にとどまらせてくれた。この資質ゆえにわたしは彼女を心から愛していた。彼女のおかげでわたしもアントンも子どもたちもこの教室は他とはちがうのだと考えなくてすんだのだった。

恥ずかしがり屋のくせに、ウィットニーにはユーモアのセンスがあり、ときにそれはとどまるところを知らなかった。彼女のウィットは辛辣(しんらつ)で時としてショックを受けるほど大人っぽいことがあった。とくに彼女とアントンとわたしの三人だけのときにそういう傾向が見られた。だが、ウィットニーの本領が発揮されるのは、いたずらをするときだった。もし、彼女のそういう面が内気で口べたな外見とそれほどかけはなれていなかったら、わたしとしても虚をつかれるようなことはなかっただろう。あるいはもしわたしたちの教室がそういういたずらをする場所としてもっとふさわしいようなところであったら。それはともかくとして、ウィットニーにはずっと驚かされてばかりだった。スザンナのクレヨンの箱からバネ式のヘビが飛び出るかと思えば、ピーターとウィリアムとギレアモーが急にお腹が痛いふりをしだしたと思って、ふと見るとテーブルの上に偽物のゲロがぶちまけてあったり、わたしはいつもいつもぎょっとさせられっぱなしだった。

シーラがやってきて、ウィットニーのこの面は最高潮に達した。他の子どもたちはウィットニーの冗談が大好きで、すぐにそのいたずらに荷担した。だが、シーラは頭がいいだけに、ウィットニーが考えていることを先回りして理解し、彼女独自の独創的な助言をしたり、その状況で自然に生み出されるおかしみを見つけだしたりするのだった。さらに、シーラにはまだまだ幼いところがあったので、ウィットニーがそそのかすばかげたことを実際やってみたりもした。

三月も大部分が過ぎたというのに何も起こらなかった。こんなはずはなかった。毎朝、わたしは机の引き出しやわたし用の磁器のマグカップ、その他いつもいたずらの犠牲にされるものを調べた。ふつうならシーラがわたしにこっそり教えてくれるはずだった。彼女は秘密をうまく守れないところがあったからだ。守ろうとしても、彼女は隠しごとをするのが下手だった。それでも何も起こらなかった。ウィットニーとシーラが一緒にくすくす笑っているのを何度も見たので注意しなければと思っていたのだが、それでも何も起こらない日が続いた。ウィットニーが悪い風邪をひいて、ほぼ一週間も休んでいるせいなのかもしれなかった。

三月も下旬にさしかかったころ、フレディの母親であるミセス・クラムが放課後わたしを訪ねてやってきた。スズメのような茶色の肌をし、ネズミのように怯えた表情の小柄な女性で、彼女は教室の中にそっと入ってくるとわたしの邪魔をして申し訳ないと謝った。わたしは床の上でシーラとおもちゃの自動車で遊んでいたので、全然邪魔になどならないといった。どういうご用件でしょうか？　わたしがきくと、彼女はうなだれ、手をもみしだいた。そして、わたしの邪魔をしてほんとうに申し訳ない、といった。わたしはシーラにオフィスにいって、謄写印刷用の原紙を切っているアントンを手伝ってきて、といった。二人っきりになってから、わたしはミセス・クラムに座るようにいった。

彼女は最近子どもたちが学校で何か食べなかったかときにきたのだった。わたしは考えてみた。その日は水曜だったので、ちょうど料理をしたばかりだった。芙蓉蟹（フーヨーハイ）を作りました、とわたしはいった。それ以外にはべつに何も食べていなかった。もちろん昼食は別だったが。ミセス・クラムは眉をひそめた。フレディが先週家に帰ってから三度も吐いたというのだ。彼が吐いたものがなにであるかがわかれば、それほど心配しないのだが、と彼女はいった。鮮やかな赤、緑、青、黄色の直径五ミリほどの玉が、毎回二十個以上も出てくるのだという。

まったくわけがわからなかった。それにあてはまるようなものはまったく思いつかなかった。教室にキャンディーは置いてなかったからキャンディーであるわけはなかったし、フレディやマックスやスザンナのような子どもたちが口に入れるといけないので、食べ物以外のそういう形をしたものも置いていなかった。いいえ、彼が学校でそういうものを手に入れることはできません、とわたしはミセス・クラムに断言し、でも以後気をつけて彼の様子を見るようにするからと約束した。

続く数日間はいつもどおり過ぎた。ウィットニーはまだ休んでおり、わたしは学期末の通知表づくりに忙しかった。そんなわけで、わたしは放課後にも仕事をすることが多く、その間シーラは一人で遊んでいた。週末が過ぎ、また月曜がやってきた。

午後、他の子どもたちをバスまで送って教室にもどってくると、シーラが流しの下の戸棚の前で四つん這いになっていた。彼女には特別気持ちが動転したときに使う、ありとあらゆる悪態のストックがあった。物事が自分の思いどおりにならないと、わたしがどんなに止めても、そういう言葉を次から次へと吐き出すのだった。教室にもどってきたわたしの耳に、彼女がそういう言葉をぶつぶついっているのが聞こえてきた。

「どうしたの、シーラ？」

彼女はぎょっとして立ち上がり、こっちを振り向いた。「何でもない」

「何をぶつぶつもんくをいっていたの？」

「何でもないよ」

わたしは流しのところに近づいていった。「何でもなくはないみたいね。いったいどうしたの？」

「誰かがあたしのものを取ったんだ」

「どんなもの？」

「ちょっとしたもの」彼女は顔をしかめた。「それで工作の時間に何か作ろうと思ってたのに。それを捜してるんだけど、誰かが盗んだんだ。ここに置いといたのに、ないんだよ」

「どうしてこんなところに置いておいたの？　自分のものなら自分のひきだしに入れておけばよかったのに。あなただってわかってるでしょ。ここにあるものがあなたのものだなんて誰にもわからないじゃないの。で、いったい何なの？」

「ちょっとしたもの」

「どういうものなの？」

シーラは肩をすくめた。「ただのものだよ。あたしのなんだ」

「じゃあ、工作の箱のところにいってごらんなさい。なにか使えるものがあるかもしれないわ」

それから一時間ほどして、ミセス・クラムがふたたび戸口に姿を見せた。ほんとうにすみません、と彼女は謝りはじめた。でもフレディがまた吐いたんです。また色つきの玉が出てきました。彼女はその吐いたものを紙ナプキンに包んで持ってきていた。おどしながらも、彼女はわたしにぜひそのものを見て、それがこの教室のものではないことを確認してくれといい張った。

歯をくいしばりながら、わたしはその湿ったナプキンの包みを開いた。そこには八個から十個の小さいいびつな球形のものが入っていた。全部鮮やかなディグローで染めたような色をしている。わたしは鉛筆でそれをつついてみた。それはすぐにつぶれて、濃い緑がかった茶色の中身が現われた。これがいったい何なのかまったくわからなかった。教師用の作業室にいたアントンが教室に入ってきた。わたしは彼を手招きした。

「こういうものをこのへんで見たことある?」わたしはきいた。

彼はわたしの肩ごしにかがみこんで、顔を近づけた。「なんだこりゃ?」わたしから鉛筆をとりあげて、アントンは二つめのボールを押しつぶした。それもたやすくつぶれた。

「フレディがこれをどこかで見つけて、食べてしまい、家に帰ってから吐いちゃったようなのよ。ミセス・クラムはこれがこのへんにあったものらしいとおっしゃるんだけど」

「なんだろう、これ?」とアントンはいぶかしさをむきだしにしていった。

「まったく想像もつかないのよ」

シーラが何ごとかとやってきて、わたしのジーンズをひっぱった。「見せて」

わたしは彼女を押しのけた。「ちょっと待って」

シーラは向こうから椅子をひきずってきた。その上に乗るとわたしたちと同じくらいの背の高さになった。

「あのさあ」とアントンが不思議なものを包んだナプキンを手に持っていった。「見せて」

「ばかみたいに聞こえるかもしれないけど、これ、ぼくにはウサギの糞のように思えるんだけど」

「アントン、でも、赤や緑や青の色をしているのよ」とわたしはいった。

「わかってるよ。でもまん中のところを見て。そんなふうに見えないかい?」

わたしは思わず笑いだしてしまった。いくらなんだって、それじゃあまりにばかばかしすぎる。

シーラは、片手をわたしの腕にかけ、もう片方の手でわたしのシャツの襟をつかんで、わたしのそばの椅子の上で慎重にバランスをとっていた。

「あたしにも見せてよ、トリイ」

アントンがシーラのほうにかがみこみ、ナプキンを見せた。ナプキンの中身を見たとたん、シーラは突然後ろにのけぞり、バランスを崩した。そして椅子もろともひっくり返ってしまった。

「だいじょうぶ?」立ち上がったシーラにわたしは声をかけた。

シーラはうなずいたが、わたしを見る彼女の様子が何だか怪しかった。いや、厳密にいうと、わたしのほうを見ようとしないところが怪しかった。

「あなた、このことで何か知ってるのね、シーラ？　この小さいものは何なの？」

一歩あと退りしながら、彼女は大きく肩をすくめた。

アントンが、正直にいわないと怒るよ、というふうに眉をひそめて見せた。

「シーラ、あなたフレディにあげちゃいけないものを何かあげたの？」

彼女はわたしたちの顔を見上げた。無邪気この上ない表情だった。目は陶器のお皿のようにまん丸に見開かれ、ポニーテールからほつれ出た髪が顔のまわりにまとわりついている。下唇を噛んだまま、彼女はあと退りを続けていた。シーラがこのような無邪気さを演じるのは、何か疚しいことをしているときだった。

「シーラ、このことについて話してちょうだい」わたしはいった。

やはり何の返事もない。

「きみが知ってることはわかってるんだよ」とアントンがつけ足した。

わたしたちはお互い顔を見合わせた。

「シーラ」わたしはいちばん真剣な声を出した。こういう声を出すのに苦労した。彼女に非があることがこれほどあきらかなのに、シーラはどこまでも潔白だという顔をしていた。彼女がどうしてそのような態度がとれるのか、そしてそれによってますます正体がばれるようなことをするのか、わたしにはわからなかった。

ついにわたしはゆっくりと彼女に近づいていった。恐怖の表情が出てきていたし、彼女はいまでも急に誰かが走ってくるとびっくりして逃げ出すということがときどきあったからだ。シーラの背中に手を当てて、わたしは彼女をテーブルのところまで連れもどした。そしてふたたび逃げることができないように、彼女の背中に手を当てたままにした。

「さあ、これが何なのかいってちょうだい。わたしは知りたいの。それもいますぐ」

シーラはミセス・クラムがテーブルの上に置いた色とりどりの玉でいっぱいの濡れたナプキンをじっと見ていた。シーラがわたしの手を押し返してくるのが感じられた。わたしは彼女の肩をついた。

「いいかげんにしなさいよ、シーラ。そのうち怒るわよ。この玉でフレディはたいへんな目にあったかもしれないのよ。だから、これが何であるか知らなければいけないの。さあ、いいなさい」

「ウサギのウンチだよ」シーラは小声でいった。

「じゃあどうしてみんなこんな色をしているの？」

「あたしがテンペラ絵の具で色を塗ったから」

がまんしきれずにアントンがくすくす笑いだした。手で口を押さえて、必死で笑いを押し殺そうとしている。

「はっきりといいなさい、シーラ。なんでウサギのウンチに色を塗ったりしたの？」とわたしはいった。

「ウィットニーのためにだよ」

シーラから聞き出したところによると、シーラとウィットニーの二人はあるいたずらを計画していたというのだった。イースター用に、わたしたちは教室の後ろで大きなモザイク画を作っていた。それは父母の夕べのときに学校の本館ホールにかけられることになっていて、〝ウサギの足跡をたどって〟という題がつけられることになっていた。どうやらウィットニーがモザイクのチップの代わりに色を塗ったウサギの糞を使ったらおもしろいと考えたようだった。思春期特有の浅はかなユーモアだ。シーラは、理由が何であれ檻の中で邪魔されるのがきらいなオニオンズと格闘して糞を集めるという不名誉な仕事をおおせつかったわけだ。彼女はその糞に色を塗り、さらにそれを誰もがあまり目を向けることのない流しの下で乾かしていたのだ。フレディはこの秘密の活動に気がついて、色を塗った糞をキャンディーだと思ったにちがいなかった。またはキャンディーのような何かだと。それで、彼はそれを食べてしまったのだ。シーラがすべてを話すのを聞いていると、先週は彼女にとって実にいらいらする週だったようだ。オニオンズはいうことをきいてくれないし、ウィットニーは休んでいる。その上シーラが隠していた色つきの糞が不思議と次々に消えていくのだから。わたしが放課後に戸棚のところで見かけたときに、彼女が毒づいていたのも無理はなかったのだ。

この話の間じゅう、アントンはほとんど真面目な顔をしつづけることができなかった。唇を噛みしめ、何度も目をくるりと上に向け、手で口を押さえて咳きこんだ。だが、ミセス・クラムには冗談ではすまされなかった。もし自分の息子がこんな目にあわされたのなら、わたしだってこんな気持ちではいられなかっただろう。この物質に毒性があるのかどうか誰もわからなかった。テンペラ絵の具には毒性がないことはわかっていたが、ウサギの糞についてはまったくわからなかった。アントンは中毒センターに電話をかけにいった。だが、フレディはこれを先週一週間ずっと食べつづけていたのに、気分が悪くなった以外はこれといった病状も現われていないので、わたしはそれほど心配はしていなかった。それに、フレディは糞を噛まずに、消化もされないまま丸ごと吐いているのだから。

わたしはシーラに静かにするコーナーにいくように指示し、あとの時間はずっと座っていなさいといった。彼女は抵抗もせずにそのコーナーにいったが、深く、おおげさな溜め息の音があまりに頻繁に聞こえてくるので、過呼吸になるのではないかと心配になったほどだった。アントンが中毒センターからの報告を持ってもどってきて、ミセス・クラムにフレディには何の害もないから安心するようにといった。わたしは子どもたちがばかなことをやってしまったことを謝り、彼女を戸口まで送っていった。

アントンとわたしはどうしたものかと相談し、ウィットニーにすぐに来てもらうことにした。彼女は学校のすぐそばに住んでいたし、他の子どもたちがいないところでこのことの始末をつけておいたほうがいいと思ったからだ。いくら冗談のつもりだったとはいえ、深刻な結果になりえることだった。ウィットニーとこの件について話し合い、どういう事情だったのかを知りたかった。

アントンがウィットニーに電話をかけにいった。わたしは静かにするコーナーの椅子に近づいていった。シーラが顔を上げた。

「ねえ、そろそろバスの時間だわ。ジャケットをとってきて、いきなさい。アントンもわたしも今晩は忙しくてあなたを送っていけないの。だから、自分で責任を持って帰ってほしいの。あなたがここからバスまでの間で何か困ったことをしでかしたなんて話を一言だって誰からも聞きたくないわ。わかった？」

シーラはうなずいた。

「じゃあ、さよなら。また明日ね」

「ごめんなさい」

「もういいのよ。わたしたちそのことについては話し合ったから、もういいの」

「あたしのこと怒ってる？」

「もういいわ。あなたたちが冗談のつもりでやって、誰かを傷つけるつもりじゃなかったってことがわかったから。それに、あなたもうあんなことはばかなことだとわかったでしょ。だからもう忘れましょ。もうおしまい」

シーラは立ち上がったが、椅子のところから動こうとしなかった。

「急いで。でないとバスに遅れちゃうわよ」

「あたしのこと怒ってる？」

「いいえ、シーラ。あなたのことを怒ってなんかいないわ。さあいきなさい」

「怒ってないのなら、なんであたしににっこりしてくれないの？」彼女の目に心配がありありと浮かんでいた。

思わずにやっと笑ってしまって、わたしは彼女の背の高さになるようにひざまずき、彼女をぎゅっと抱きしめた。それから頬にチュッと音をたててキスをした。「まだ信用しきれないみたいね」わたしは彼女の前髪をかきあげた。「さあ、家に帰りなさい。もうそのことを心配するのはやめて。もう怒るのは終わり。わたしはね、最初からあまり怒っていなかったのよ。だってあなたはわざとやったわけじゃないんだから。ただフレディのことを心配していただけなの。でもあんまり心配になると、怒っているみたいになってしまうのよ。でももう終わったわ。いい？　これでおちついた？」

シーラはうなずいた。

「よろしい。じゃあ大急ぎでいきなさい。バスに乗り遅れてしまうわよ」

ウィットニーとはこういうわけにはいかなかった。彼女はシーラが帰ってから十分ほどして母親と一緒にやってきた。こんなに大きな騒ぎにするつもりはなかったのだが。わたしはただウィットニーと話したかっただけなのだ。わたしは怒ってはいなかった。シーラに話したように、ほんとうは全然怒ってなどいなかった。ただ心配だったのと、ミセス・クラムの前で多少きまりの悪い思いをしただけだった。だが、それでも今度の事態には危険なことになる可能性があったので、ウィットニーにそのことに気づいてもらわなければと思ったのだった。それなのに、ウィットニーの母親はたいへんな騒ぎようだった。

アントンは母親と電話で話すはめになり、この問題について多少説明しなければならなかったのだ。ウィットニーの母親は、まるで小さな子どもにするようにウィットニーの腕をつかんでひっぱりながら学校に乗りこんできた。ブロンドの髪をかっちり固めたスタイルにした、背の高いウィットニーの母親は、わたしの教室に乗りこんでくると、いったい何ごとか説明をしてほしいといい出した。わたしはできるかぎりの説明をした。聞きおえると、彼女はウィットニーに向き直って怒りをぶちまけた。これでもしフレディが死んででもいたら、どれほどのものになっていたかわからないほどの怒り方だった。「ミセス・ブレイク？　あの、ミセス・ブレイク？」わたしはなんとか間に入ろうとした。「ちょっとわたしの話を聞いて……ミセス・ブレイク？」

アントンも彼女の注意をそらせようと、騒ぎの真ん中に入ってきた。「ミセス・ブレイク、コーヒーでもいかがですか？」

その間ずっとウィットニーは小さな椅子に座って泣いていた。

どうやって彼女の母親を黙らせたのかは覚えていない。だがとにかくようやく彼女を黙らせると、アントンは彼女にコーヒーを飲ませるためにラウンジまで連れていった。このコーヒーは彼女へのお返しになった。というのも、その時までにコーヒーは八時間以上もポットに入っていたことになるのだから。

ウィットニーとわたしの二人だけになった。彼女の母親がウィットニーに対してあんな話し方をするのを聞いてしまったので、わたしは居心地が悪かった。ウィットニーは屈辱的な気持ちを味わっているにちがいない。あまりのきまり悪さに、何といっていいのかわからなかった。それでティッシュの箱を持ってきて、彼女の前のテーブルに置いた。それからしばらくの間、彼女に謝るかなにかしたほうがいいだろうか、と思いながらためらっていた。そしておちつくまでしばらく待ちましょうとかなんとかぶつぶついってから、子どもたち用のプリントを仕分けして、明日の朝用にそれぞれのひきだしにしまった。

もどってくるとわたしはウィットニーの隣に座り、彼女の肩に腕をまわした。ウィットニーはわたしのほうを向き、しがみついてきた。思いがけない動きに、わたしの椅子が彼女の重みでぐらついたが、わたしは両腕で彼女を抱きしめた。彼女はこれほどまでに慰めに飢えていたのだ。

「ねえ聞いて。こんなに大騒ぎするほどのことじゃないのよ、ウィットニー」わたしは彼女の顔にかかっていた髪をなで上げた。「アントンもわたしも、それほどあなたに怒っているわけじゃないのよ。わたしは全然怒ってなんかいないのよ」

ウィットニーは座り直し、ティッシュの箱にまた手を伸ばした。「冗談のつもりだったのよ」

「あなたがそういうつもりだったってことはわかっているわ。だから怒ってはいないの。あなたをこんなたいへんな目にあわせるつもりはなかったのよ。信じてちょうだい。あなたがこんな目にあうってわかっていたら、ここに来てもらわなかったわ」

「ああ、うちのお母さんは何にでもすぐ怒るの」

「そうみたいね。でも、これはそれほどおおげさなことじゃなかったのよ。わたしはただあなたにここではもう少し気をつけてもらいたいと思っただけなの。あの子たちはふつうの子じゃないのよ、ウィットニー。あの子たちのまわりにあるものにはもっと気をつけないと」

彼女はうなずいて、また流れてきた涙を拭いた。

「フレディのような子は、何が食べられて何が食べられないかがわからないの。それにシーラもまだ小さすぎて、していいことと悪いことの区別がつかないわ」

「誰かが傷つくなんて思わなかったの。こんなことになるなんて思わなかった」

「ウィットニー、それはわかっているわ。それに今度のことでは、だれも実際には傷つかなかったわけだし。ただあやういところまではいったけれどもね。あなたが何の考えもなしにああいうことをやったのは浅はかだったってだけのことよ。わたしはあなたのユーモアのセンスが大好きよ、ウィットニー。それからあなたが子どもたちにおもしろいことをいっぱい教えてくれるところも大好きなの。でもね、あの子たちはふつうの子じゃないの。特別の注意を払わなければならない子どもたちなのよ」

ウィットニーは両手で頭を支えて、テーブルをじっと見ていた。「わたしいつもろくなことをしない。いつも自分のやったことですべてをめちゃくちゃにしてしまうんだわ」

「こんなことが起こったばかりだからそういうふうに思えるだけよ。でもあなたにもほんとうはそうじゃないってわかっているはずよ」

「お母さんに殺されるわ」

「これはお母さんが心配するようなことじゃないのよ。ただあなたとわたしとの間のことなの。いまアントンがお母さんと話してるわ。もし彼の手に負えないようだったら、わたしから話しましょう」

「ごめんなさい、トリイ」

「ええ。あなたが本気でそう思っているのはよくわかるわ」

「わたし、どうなるの？」

「どうもならないわよ」

ウィットニーはわたしの顔を見ようとはせず、ずっとテーブルをみつめつづけていた。わたしの手はまだ彼女の肩にかけたままだった。シャツを通して彼女の温かさが伝わってきた。わたしたちは黙ったまま、長い間ずっと座っていた。

「ちょっと話していい、トリイ？」

「ええ」

それでもウィットニーはかたくなにわたしの顔を見ようとはしなかった。「ここはね、わたしが世界じゅうでいちばん好きな場所なの。みんなそのことでわたしをからかうわ。いつも。みんなこういうの。なんであなたはいつも頭のいかれた子たちと一緒にいたがるの？　って。わたしも頭がおかしいと思われているのよ。それもいい意味でクレージーだっていうんじゃなくて、ほんとうに精神がおかしいっていう意味で。そうじゃなかったら、なんでこんな場所にそんなにいたがるのかって」

「そうね、でもそうだったらわたしやアントンもそう思われてるってわけね。わたしたちも頭がおかしいにちがいないって」とわたしはいった。

「人からそういわれたこと、ある？」初めてウィットニーはわたしを見た。

「直接にはないわ。でもかなりの数の人が心ではそう思っていると思う」

「あなたはどうしてここにいるの？」

わたしは微笑んだ。「それはわたしが正直な人間関係が好きだからなんだと思うわ。いままでのところ、そういう意味で正直だと思える人は、子どもたちか頭がおかしいといわれている人達だけだったわ。だからこの場所はわたしにとってはとても自然な所に思えるの」

ウィットニーはうなずいた。「そうね。わたしもそこが好きなの――みんな自分が感じたとおりの気持ちを表に出すところが。そうすれば少なくとも誰かがわたしのことをきらってたら、そうだとわかるでしょ」彼女は弱々しく微笑んだ。「おかしいんだけど、わたしにはあの子たちが、ふつうの人と比べてそれほど頭がおかしいと思えないことがあるの。つまり……」彼女の声はそのまま立ち消えになってしまった。

わたしはうなずいた。「ええ、あなたのいいたいこと、よくわかるわ」

家に帰るとチャドがかなりいらいらしてわたしを待っていた。彼は中華料理の持ち帰りの店ジェノズからムーグーガイパン（鶏・しいたけ・野菜・薬味を一緒に蒸した広東料理）を二箱買ってきてくれていたのだ。

「いったいどこにいってたんだよ？　もう七時だよ」彼は料理を温かく保とうとして箱ごとフライパンにのせていたために、台所には紙が焦げる匂いがただよっていた。

「学校よ」

「こんなに遅くまでかい？　いいかげんにしてくれよ。ぼくはここにもう一時間もいるんだよ。いったい何をしてたんだい？」

「ええと、生徒の一人が家で色つきの小さな玉を吐いたっていうんで、その子のお母さんが子どもが学校で何か変なものを食べたんじゃないかと思ったのよ。それでそのお母さんが子どもがもどしたものを包んだべとべとのナプキンを持って学校に来たの」

チャドはくすくす笑いだした。彼は身体の向きを変えて、紙箱の入ったフライパンをゆすりはじめた。彼の肩が震えているのが見えた。

「で、アントンとわたしでこの小さな玉を切って見てみたら、なんとウサギの糞だってことがわかったのよ」

チャドのくすくす笑いは大笑いに変わった。この笑いはわたしにも移ってきた。わたしもくすくす笑いだした。

「とにかく、シーラがオニオンズの檻から糞を集めてきて、テンペラで色を塗ったってことだったの。いつそれをやったかはわからないんだけど、フレディがそれをみつけて食べちゃったのよ。きっとキャンディーか何かだと思ったんでしょうね」

二人とも声をだして笑っていた。おかしくて最後の言葉をうまくいえないほどだった。

紙箱が焦げる匂いが立ちのぼっていたが、そのころには二人とも涙を流して笑っていた。脇腹が痛かった。それでもわたしたちは笑いつづけていた。

「きいて悪かったよ」ようやくチャドがあえぎながらいった。

「そんなことないわ」わたしは答えた。

15

わたしがずっと恐れていた電話がかかってきたのは三月の第三週のことだった。エド・ソマーズの低く響く声が電話の向こうから聞こえてきた。その日の放課後遅くに、秘書が電話だと教室に呼びにきたとき、わたしにはこれがその電話だという予感があった。エドの声を聞いたとたんに、彼が用件をいうより早く、わたしにはわかった。

「トリイ、事務長から今日電話がかかってきた。州立病院に空きができたそうだ」

彼がそういうのを聞いているうちにも、動悸が激しくなってきた。耳の中でドキドキいう音があまりに大きく響くため、電話の声が聞き取りにくいほどだった。「エド、あの子、いかなくてもいいんでしょ？」

「トリイ、これは暫定的な措置だってきみにはいっておいたはずだよ。裁判所が、空きができたらあの子は州立病院に収容することという命令を出しているんだ。我々にはどうすることもできないんだよ。きみのところに預かってもらっていたのは、ほんの仮の措置だったんだから」

「でも、あの子はすごく変わったのよ。あの頃と同じ子じゃないわ。エド、あの子、あの病院ではうまくやっていけないわよ」

「いいかい、このことはぼくたちが関わる以前から決まっていたことなんだ。きみだってわかっているじゃないか。前にも話し合ったことだ。それに、あの子のためにもそれがいちばんいいんだよ。あの子のあのひどい家庭環境を考えてごらん。どちらにしても、うまくいく見こみなんかなかったじゃないか。きみにもわかっているはずだ。きみは毎日あの子たちと一緒に働いている。きみには他の誰よりも、あの子が八方ふさがりだってことがわかってるはずじゃないか」

「でも、あの子はそうじゃないの」わたしは思わず叫んだ。「あの子にはすごい才能があるのよ。あの子はここではうまくやってきたのよ。いまさら病院へなんて入れられないわ」

エドが舌打ちをする音が聞こえた。彼が煙草(タバコ)に火をつけている間、長い沈黙が流れた。

「トリイ、きみはあの子どもたちを相手に非常によく働いている。正直にいって、どうやったらそこまでできるのかと思うこともあるほどだよ。だが、この件に関してはやりすぎだよ。あまりに関わりすぎたんだ。一月のあの事件のときにもそういおうと思ったんだが。この件はあの子が我々のところにやってくるずっと前から決まっていたんだよ」

「じゃあ変更すればいいじゃないの」

「ぼくがどうこうできることじゃないんだよ。あの幼児を火傷させた事件のあと、州はあの子を施設収容する決定をしたんだ。被害者の男の子の両親の気持ちを考えたら、そうする以外他に方法がなかったんだよ」

「エド、そんなばかなことってある？　あの子は六歳なのよ。そんなことできるはずがないじゃないの」

「きみの気持ちはわかるよ、トリイ。ほんとうに。こんなふうになってしまって、ぼくもほんとうに残念だよ。きみがあの子に一生懸命なのはよく知ってるからね。だがあの子は裁判で判決を受けているんだ。ぼくたち二人ともこうなることはわかっていたじゃないか。残念だが」

わたしはシーラが遊んでいる教室にもどることができなくて、教師用ラウンジにいった。座って、ふだんは決して飲むことのないコーヒーを飲みながら、なんとか涙を流すまいとした。エドの言うとおりだ。わたしは深くかかわりすぎたのだ。あの子のことがわたしの中であまりにも大きな比重を占めるようになっていた。わたしはこのいらいらをどう言葉にしていいかわからなかった。適切な言葉がみつからなかった。授業の予定や図画工作の計画、学校の催し物などのことをしゃべる話し声が聞こえてきた。ついにわたしは放課後の解放感にあふれてラウンジでくつろぐ同僚たちから逃れて、教室にもどることにした。

わたしを見たアントンは、何があったのかとはきかなかった。きかなくてもわかったのだ。彼は明日の用意をしていたテーブルのほうをシーラに示し、手伝ってくれるようにといった。わたしは戸口に立ったまま、教室を見回した。見た目はあまりすばらしいとはいえない。細長すぎるし、暗すぎるし、臭い動物の檻や、カーペットの上に置いた中の詰め物がなくなってしまっているクッションなんかであまりにごちゃごちゃしている。教師用の机を置く場所さえない。あの時、無理をしてでも教師用の机を置いておけばよかった。我が身を隠す場所として。口には出さなくても〝わたしをほうっておいて〟と叫べる場所として。だが、そんな机はここにはなかった。ふらふらと、動物の檻の後ろ側に置いてあるクッションのところにいくと、わたしは座りこんだ。

ふと気がつくとシーラがわたしの前に立っていた。どうしたのだというふうにわたしの顔を見つめている。「いやな気分なんだね」彼女は静かにいった。両手をオーバーオールのポケットにつっこんでいた。なんて大きくなったんだろう。オーバーオールと靴の間は五センチも離れていた。それとも前からこうだったのにわたしが気がつかなかっただけなのだろうか。

「ええ、いやな気分なの」

「なんで？」

「シーラ、こっちへおいで」アントンが呼んだ。だが、シーラは動こうとはせず、わたしの心を推し量るように刺すような目でわたしを見つづけた。やはりあまりにこの子にかかわりすぎたのだろうか、とわたしは思った。わたしにとっては彼女はとてもすばらしい子どもだった。確かに、そのへんを通っていく人々の目には、彼女はどこにでもいる何千人何百人の子どもたちと同じようにしか見えないだろう。だが、わたしにとっては他の子どもたち全員よりも彼女だけが大切だった。わたしは彼女を愛していた。そんなつもりではなかったはずなのに。それなのに彼女を愛したことで、彼女はわたしにとって特別のものになってしまった。いまとなってはわたしは彼女に〝シェキニンがある〟のだ。涙が出てきた。

シーラはわたしのそばにひざまずいた。顔が心配そうにゆがんでいる。「なんで泣いているの？」

「いやなことがあったの」

アントンがやってきてシーラを立たせた。「さあ、おいで、タイガー、プリントを片づけるのを手伝ってくれよ」

「いやだ、いやだ」シーラは身体をひねってからアントンの手から逃れ、手の届かないところに逃げた。

わたしは彼を手で制した。「いいのよ、アントン。だいじょうぶだから」アントンはうなずいてその場を離れた。

ずいぶん長い間、シーラはわたしを見ていた。心配でたまらないという目をしていた。わたしの目の中で涙はこぼれ落ちる手前で止まっていたが、まったく消えてはくれなかった。わたしは彼女を見ることもできなかった。自分がこんなにも動揺しているところを見せてしまって恥ずかしかったし、彼女をこわがらせてしまうのではと心配だったのだ。

だが、彼女は少し離れたところに立ってずっとわたしを見ていた。それからゆっくりと近づいてきて、わたしの横に座った。ためらいがちにわたしの手に触れて、彼女はいった。「あたしが手を握っていてあげたら、気分がよくなるかもしれないよ。あたしのときはそうなることがあるから」

わたしは彼女に微笑みかけた。「シーラ、愛してるわ。このことは忘れないで。もしあなたがひとりぼっちになったり、こわくなったり、何か悪いことがおこったりするような時がきたとしても、わたしがあなたのことを愛しているということだけは忘れないでね。ほんとうにあなたのことが大好きなんだから。誰かが誰かにしてあげられることって、これくらいしかないのよ」

シーラは眉をひそめた。彼女にはわたしのいっていることがよくわからなかったのだ。こんなに小さいのだから、彼女に理解できないことは自分でもわかっていた。だがいわずにはいられなかった。自分自身の心の平安のために、わたしは自分が最善をつくしていることを彼女に伝えたという確かな事実が必要だったのだ。

わたしはベッドの上で寝返りを打ってチャドを見た。わたしたちは夜じゅうずっと、あまりしゃべらずにテレビを見ていた。頭がいっぱいでとてもおしゃべりなどできなかった。最初は何が起こったか、事の詳細を彼に話さなかったくらいだった。だが夜が更けるにつれて、わたしの頭は最初のぼんやりしたショック状態から抜け出し、また働きはじめた。

「チャド？」

彼がわたしのほうを見た。

「シーラが受けることになっている措置と法的に争う方法ってある？」

「どういうこと？」

「あの、なんていうか、施設収容命令と闘う法的な方法ってあるの？　つまり、わたしみたいな人間がそういう行動を起こすことはできるのってことなんだけど。彼女の後見人でもないわたしのような人間が」

「きみ、闘うつもりなの？」

「誰かがやらなければ。学区側も支援してくれると思うわ。たぶんね」

わたしは顔をしかめた。「問題はどこから手をつけたらいいのかってことなのよ。誰を相手どって訴えるの？　裁判所が彼女に収容の決定を下したのよ。でも、裁判所を相手に訴訟を起こすわけにはいかないでしょ？　何をどう進めたらいいのかまったくわからないわ」

「彼女の父親や被害者の男の子の両親、児童保護ワーカーなんかが出席する審問を要請しなければならないだろうな。所定の手続きを踏めばいいんだよ。知ってるんだろう」

知らなかった。法律のシステムに関しては相対性理論と同じくらいにしか理解していなかった。だがチャドにそれを知られるのはしゃくだった。「あなたがやってくれない、チャド?」

彼は目をまるくした。「ぼくが?」

わたしはうなずいた。

「ぼくはこの種のことは何も知らないんだよ。この種の法律を専門としている人間に頼まなければ。だめだよ、トール、ぼくの経験といえば、酔っ払いを留置所から出すことだけなんだから」

わたしは笑みを浮かべた。「あなたの経験とわたしの銀行の預金残高はいい勝負よ。もしわたしが弁護士を雇うことになれば支払いが必要になるでしょう」

チャドは目をまわしてみせた。「これも慈善事業というわけかい」といって彼はにやっと笑った。「これじゃぼくが金持ちになるとは誰も思ってくれないだろうな」

「あら、いつかきっとお金持ちになるわよ。ただ今年はだめみたいだけどね」

教育委員会の教育長がわたしが弁護士を雇ってこの件を調べさせていることを嗅ぎつけて、ただちに会合が持たれることになった。その席でわたしは初めてシーラの前の先生だったミセス・バーサリーと対面した。微妙な笑みを浮かべた四十代前半くらいの小柄な女性だった。リーヴァイスのジーンズにテニスシューズというでたちの一七三センチのわたしが彼女のそばではそびえ立つというふうになってしまう。彼女にとってシーラがなかなかの試練だっただろうということは想像にかたくなかった。アン・クラインのスカーフを身につけ、プラットホーム・シューズを履いた彼女は、テレビにでてくるシャネルの五番の広告モデルのようだった。粗野で悪臭のするシーラとはとてもうまくはやっていけなかったはずだ。

エド・ソマーズ、校内心理学者のアラン、コリンズ校長、アントン、教育長、それから前年に幼稚園でシーラの担当だった専任教師も出席していた。最初はわたしにはあまり居心地のいい会合とはいえなかった。わたしとチャドとの関係を知らない教育長は、わたしがこの件で自分に相談もしないでいきなり弁護士に相談したことは、出過ぎた行為だと思っているようだった。おそらくそのとおりなのだろう。エドとこの件について話し合ったが、エドがわたしたちはこの件に触れることはできないという意見だったので、ただ法的に有効な手段はないのかと調べただけだと、わたしは説明した。

こうしてピリピリした雰囲気で始まった会合だったが、話し合いが進むにつれて変化が見えてきた。わたしはシーラが学校で勉強した成果や、教室でのシーラの様子をアントンが撮影したビデオを持ってきていた。アランは知能テストの結果を報告した。シーラの前の教師は二人とも感銘を受け、そのことを口にした。またもや直情的な行動に出たことを怒っているのではないかとわたしが恐れていたコリンズ校長までもが、シーラは行動面でたいへん進歩したと発言してくれた。彼がそう話しているのを聞いていると、思いがけなく校長に対してあふれるような愛情がわいてきた。

教育長はそれほどこの件に熱意を持っておらず、これは虐待事件なのだからほんとうは我々が云々する問題ではないのだといった。だが、シーラの進歩と彼女のずばぬけたＩＱには感銘を受けていたので、州立病院はシーラを収容する場所として最適ではないこと、そして彼女が他の子どもたちを危険な目にあわせる心配なしに公立の学校制度の中で勉強を続けられる状態にあることを指摘して、慎重ながらもわたしの後ろ盾となることに同意してくれた。教育長はチャドに入室するようにいい、チャドと対面した。教育長はこの会合の雰囲気を抑制のきいたものにしておこうとしているようだったが、わたしは大喜びでその部屋をあとにした。

この件に関わるもう一人の重要な人物はシーラの父親だった。アントンは時々様子を見にいってくれていた。父親が家にいるのを見たアントンがわたしに電話をくれたので、チャドとわたしはすぐにとんでいった。

前回と同じように、シーラの父親は酒を飲んでいた。この二度目のときは前回よりも多少酒を多く飲んでいたようで、前よりも上機嫌だった。

「シーラは州立病院に収容されるような子じゃないんです」とわたしは説明した。「学校でもとてもよく勉強していて、次の秋学期からは普通学級へ進級できるんじゃないかと思っているほどなんですよ」

父親はわずかに首をかしげた。「なんであんたはお上があの子のことで決めたことをそんなに気にかけるんだね？」

その問いかけがわたしの頭の中で響きわたった。シーラがよくきくのと同じ問いだった。なんでわたしはそんなに気にかけるのか？「あなたの娘さんは特別の子どもなんです。州立病院にいくことは彼女にとってよくありません。わたしは彼女がそんなことになるのを見たくないんです。だって、あの子はふつうの生活が送れるんですから」

「あいつは頭がいかれてるんだよ。あいつがやったことを聞いただろ？あいつはもう少しで小さい子を焼き殺すところだったんだ」

「だからといってあの子の頭がおかしいということにはなりません。あの子はおかしくありません。いまでも、頭がおかしいなんてことはありません。でも、もしあそこに入れられてしまったら、おかしくなってしまうでしょう。長い先のことを考えればもっと悪い結果も予想できます。あなただって自分の娘さんを州立病院なんかに入れたくないでしょう？」

父親は大きな溜め息をついた。わたしのいってることがわからないのだ。いままでの人生で彼はずっと人から責め立てられてきた。悪いこと続きだった。自分にも厄介ごとが起こり、シーラにも厄介ごとが起こった。誰も信用してはいけないということを彼は学んできた。自分の娘だって信用できたものではない。彼らの世界ではそういう考え方をするほうが安全だったのだ。そこにわたしがやってきていろいろいったって、彼にわかるわけがなかった。

わたしたちは夜の更けるまで話し合った。チャドとアントンが父親とビールを飲んでいる横で、わたしはメモをとった。いつものように部屋の隅っこから寝ずにじっとわたしたちのことを見ていたシーラは、わたしたちがしゃべっている間にいつのまにか床の上で眠ってしまった。なぜわたしがここに来たのか、何が起こっているのかを彼女がわかっていたかどうかはわからない。彼女には特別なことは何もいっていなかった。不必要に彼女を怖がらせたくなかったし、誤った希望を抱かせたくもなかったからだ。だがこの夜以降は彼女にもわかったのではないかと思う。でも、そのほうが結局はよかったのだとわたしは思った。

最終的に父親はわたしたちに同意した。ついにわたしたちはこれが〝慈善〟でも〝善行〟でもなければ、へんな裏のある策略でもないことを彼に説得できたのだった。父親にもそのほんとうの理由がわかりかけてきたのだ。ゆっくり時間をかけて説得すれば、きっとわかってくれるだろうとわたしは信じていた。この父親だって固い殻の下には父親としての本能のようなものを持っているにちがいないと信じていた。彼なりのやり方で、彼はシーラを愛し、シーラと同じくらいの同情を必要としていたのだ。

不思議な夜だった。みんな少し酔っ払っていた。チャドはドヤ街の住人の弁護を引き受けてきた経験から、わたしやアントンよりシーラの父親と仲よくなるのがうまかった。わたしが話を本筋にもどそうとすると、チャドと父親は酔っ払い同士の連帯感から背中を叩きあい、二人でアントンとわたしにもっと飲めとビールの缶を押しつけたりした。ある意味では、病院に空きができてこういう状況になったことをわたしは喜んでいた。そのためにわたしたちのそれぞれがシーラの生活の中でどういう位置を占めているかを認識せざるをえなくなったわけだから。そのほうがみんなにとってよかった。

審問は三月の最後の日に開かれた。暗く寒い風の強い日で、明日から四月だというのに夜には雪になりそうな気配だった。気持ちを鼓舞するにはいい日とはいえなかった。わたしもアントンも午後から休暇をとらなければならなかった。コリンズ校長もわたしたちと一緒にやってきた。わたしの考えからすると驚くべきことなのだが、校長はわたしたちを非常に支持してくれていて、朝もわたしの教室まで来て、温かい父親的態度で話をした。わたしはあのミセス・ホームズの教室をめちゃくちゃにした事件以来、子どもっぽい薄っぺらな校長像を自分の中でふくらませてきていたので、わたしがいままで出会った人々の中でも、よりによってあの校長がこういうふうに変わるとは思ってもいなかった。最初、わたしは校長がこんな態度をとることをいぶかり、こんなに変わったのはなぜだろうか、単に自分の利害を考えているだけなのではないかと思った。だが、自分の心のかたくなな部分を払い除けて考えてゆくうちに、校長も校長なりのやり方でわたしと同じように子どもたちのことを気にかけているのだということがわかってきた。シーラのような子でさえも。

審問は非公開で行なわれた。法廷のわたしたちとは反対側の席には、被害者の男の子の両親と向こうの弁護士がいた。州や郡の職員が大勢動きまわっていた。わたしたちの側には、アントン、アラン、ミセス・バーサリー、エド、それから教育長がいた。シーラの父親は遅刻してきたが、結局やってきたし、素面(しらふ)だった。彼の姿を見て胸が痛んだ。父親はグッドウィル（民間慈善団体グッドウィル・インダストリーズ社の略。古着などを集めて売却し、その金を貧民救済に当てる）で手に入れたにちがいないスーツを着ていた。縫い目はほころび、上着は汚れすり切れていたし、ズボンには繕った跡があった。おなかが出ているために上着が窮屈で、無理にボタンをとめているのではちきれそうだった。それでも彼が身なりをよくしようと努めているのははっきりわかった。顔は髭を剃ったばかりで、安物のアフターシェーブローションの匂いがぷんぷんしていた。

法廷の外の硬いオーク材のベンチにはシーラが座っていた。そこにいるのがいちばんいいとチャドが考えたのだ。もし事態がうまく進まなかったら、彼女に法廷に入ってきてもらう必要があるかもしれなかったからだ。

シーラはいつものオーバーオールとTシャツ姿で来ていた。彼女にぜひともいい服を着せてあげたかったのだが、時間がなかったのだ。それで昼休みに流しのところで丹念に彼女を風呂に入れ、髪がきれいに揃って輝くまでブラシをかけた。何はなくとも、清潔ではあった。シーラは一人で法廷の外に座っていなくてはならなかったので、わたしたちは本をたくさん持ってきていた。しかし、裁判官は問題の子どもが付き添いもなしに一人で置いておかれていることを知ると、廷吏をやって彼女のそばにつかせた。

審問はわたしが想像していたものとはまったくちがっていた。わたしはいままで法廷に出たことは一度もなかったので、わたしの持っている情報はすべてテレビからのものだった。だが、この審問はテレビのようではなかった。弁護士たちは静かに話し、わたしたちのそれぞれが自分の資料を提出した。わたしはシーラがわたしたちのところに来てからの三ヵ月で教室でどんな進歩を見せたかを示すビデオテープを持ってきていた。アランは知能テストの結果を繰り返し説明した。エドは、もしシーラがわたしのクラスを終えたあとも特別の措置を必要とするのであれば、公立の学校制度の枠内でどんな可能性があるかについて話した。

それから例の小さな男の子の両親が十一月の事件について質問された。シーラの父親は、どれくらい注意して彼が自分の娘を監督しているか、また娘がこの数ヵ月で進歩したと思うかどうかと尋ねられた。非常に静かな審問だった。声を荒らげる者は一人もいなかった。感情的になる者もいなかった。わたしが想像していたものとはまったくちがっていた。

それから双方の弁護士と裁判官が決定を下す間、わたしたちは全員法廷から出ているようにといわれた。わたしはチャドのことがとても誇らしかった。彼とのつきあいは長かったが、彼がプロとして働いているところを見たことはなかった。いまわたしの目の前にいるのは、わたしが知っているテレビを前にしてベッドでくつろいでいる男性とはまったく別人だった。自信にあふれ、法廷の中で実におちついているように思えた。まったくお金にならないということがわかっていながら、このやっかいな件を引き受け、わたしの混乱しきった話を聞いてくれて、それをシーラをわたしたちのもとにひきとめるほんとうの機会へと転換させてくれた彼を、わたしはとても誇りに思っていた。

廊下の先には男の子の両親が座っていた。緊張が顔に表われている。口がぎゅっとひきしめられ、厳しい表情だ。目は見開かれているが何も見ていなかった。彼らは何を考えているのだろうか、とわたしは思った。表情からそれを読み取ることはできなかった。シーラがやったことを許すだけの同情心を持っていてくれるだろうか？　それとも彼らの心にはいまだに悲しみと恐怖が重くのしかかっているのだろうか？　彼らはまだ深い心の奥底で、彼女の人生も、彼女が自分たちの息子の人生をめちゃくちゃにしたように、めちゃくちゃになればいいという願いを持ちつづけているのだろうか？　彼らの様子を見ているだけではわからなかった。

父親のほうがこちらを振り向き、一瞬わたしと目が合ったが、二人とも目をそらした。あの人たちだって悪い人ではない。わたしが憎悪を募らせることのできるような人たちではないのだ。証言に立ったときの彼らの声は、物静かで、そこには怒りなど感じられなかった。何かがあったとしたら、それは悲しみだった。またこの件が再開されたことを不幸に思っているのだ。二度も法廷に出頭しなければならないことを。この子どもに自分たちの人生をもう一度めちゃくちゃにされることを。ある意味では、彼らのことを憎むことができたらいいのに、とわたしは思っていた。そのほうが裁判所の決定がどちらになるにしても、わたしには受け入れやすくなるだろうから。だが、わたしには彼らを憎むことはできなかった。彼らは自分たちが最善だと思うことをやったにすぎないのだ。仮に彼らに何か落ち度があったとしたら、それは心の病気のことを知らないということだけだった。それと恐れのことを。いま、わたしたちのどちらをも、またどちらの子どもをも知らない裁判官が、黒とも白とも決められないこの件に決断を下そうとしている。あの両親はどんな気持ちでいるのだろうか。ここで立ち上がって彼らのところまでいき、尋ねてみるだけの勇気があればいいのだが。こんなふうではない別の方法があればいいのだが。

シーラはわたしの膝の上に座っていた。わたしたちが出てきたとき、彼女は絵を描いていた。その絵についていま説明しようとしているのだった。だが、わたしが物思いに耽(ふけ)っているので、彼女は不満だった。シーラは手を上げて文字通りわたしの頭を動かして自分のほうを向かせた。「あたしの絵を見てよ、トリイ。これ、スザンナ・ジョイの絵なんだよ。ほら、学校によく着てくるドレスを着てるの」

わたしは絵を見た。シーラはずっとスザンナ・ジョイのことを羨ましがっていた。スザンナはわたしたちのクラスでただ一人のお金持ちの家の子どもだった。いつもかわいい格好をしていて、フリルがついたワンピースをいっぱい持っていた。シーラは露骨にそれを羨んでいた。ドレスが、たったひとつでいいからスザンナが持っているようなドレスがほしくてたまらなかったのだ。毎日毎日、シーラはカタログのページを繰っては、自分がほしいドレスを選んでいた。このことは彼女の日記にもしょっちゅう登場していた。つい先週もわたしの採点用バスケットの中にシーラのこんな作文が入っていた。

いまからトリイのためにいっしょうけんめいかきます。いい子になってりっぱな作文をかきます。わたしがきのうの夜することをかきたいと思います。わたしはまちにいって、おとうさんをまちます。おとうさんはめがねを合わせるためにめがね屋さんにいます。それでわたしはしばらくのあいだ、そのへんを歩きまわりました。ときどきショーウィンドウをのぞきます。ショーウィンドウの中のものを買えたらいいのになあと思います。ときどきとってもかわいいものがあります。赤と青に白もまじっているドレスがありました。レースがついていて長くてきれいです。わたしはあんなドレスをひとつももってないし、とてもかわいかったです。あのドレスが買えればいいんだけどな。サイズもぴったりだと思います。おとうちゃんに買ってとたのみましたが、だめといわれました。とてもざんねんです。だってすごくすてきだし、わたしはいままで一度もドレスをもったことがないからです。買ってたら、スザンナ・ジョイみたいにあれをきて学校にいけたのに。スザンナはドレスをいっぱいもってます。でもわたしは買ってもらえませんでした。それでわたしたちは家にかえりました。おとうちゃんはそのかわりにM&Mを買ってくれて、「もう寝ろシーラ」といいました。だからそのとおりにしました。

この短い作文を読んで、わたしは胸が痛んだ。その気持ちが何からくるものなのか、よくわからなかった。これはシーラがいままでに書いたものの中でもいちばん悲しい作文だった。シーラには自分がドレスを持てないことがわかっていて、それを受け入れ、それでも夢を持ちつづけているのだった。

シーラは絵を手にして、絵の細部をわたしに見せながら説明を続けていた。それでも彼女はわたしがうわの空だということに気づいていた。彼女が中に呼び出されなかったことを、わたしはいい徴候だと思っていたが、彼女もわたしたちの間の緊張した雰囲気に気づいていた。

やがてついに法廷のドアが開いた。チャドの顔を見たとたんに、わたしには決定がどんなものだったかがわかった。チャドは顔に硬い笑みを浮かべて、わたしたちの二メートルほど手前で止まった。それからにやっと笑った。「勝ったよ」

廊下に喚声がわきおこり、わたしたちはお互い抱き合って小躍りした。「勝った！勝った！勝った！」シーラは金切り声を上げて、みんなの足元でぴょんぴょん跳ねた。みんなが彼女の大喜びする姿を見て笑ったが、彼女に自分がいってることの重大さがわかっていたかどうかは疑わしい。

「これはお祝いをしないといけないね」とチャドがいった。彼はトレンチ・コートに腕を通していた。「シェーキーズにいって、店でいちばん大きなピザを注文するっていうのはどうだい？」

他の人達は帰りはじめていた。わたしは廊下の向こうの男の子の両親のほうをちらりと見た。彼らもコートを着ているところだった。廊下を六メートルほど歩いていって、彼らと話をする勇気があればいいんだけど、とわたしはまた思った。チャドはわたしにピザのことを話していて、シーラはわたしの足元で飛び跳ねながら、自分がここにいることをわかってというふうにわたしのベルトのあたりを引っぱっていた。学校の人達はさよならと叫んで去っていった。

「ねえ、どうする？」チャドがふたたびきいた。「いくのかい。それとも一晩じゅうここに立っているつもりかい？」彼はふざけてわたしを小突いた。

わたしは彼の方に向き直り、うなずいた。

「きみはどうする？」チャドはシーラにいった。「トリイとぼくと一緒にピザを食べに来るかい？」

彼女は目をまんまるにしてうなずいた。わたしはかがみこんで彼女を抱き上げ、わたしたちと同じ高さで話ができるようにした。

わたしたちからぽつんと離れてシーラの父親が立っていた。たった一人で。両手を身体に合わないスーツのポケットにつっこんでいる。彼は床をじっとみつめていた。そんな彼がわたしにはさびしそうに見えた。さびしく、みんなから忘れられた存在に。いまわたしたちが勝ったのは彼の闘いではなかった。シーラがいた場所も彼のところではなかった。シーラはわたしたちと一緒に廊下で待っていて、いまもわたしたちと一緒に喜んでいる。これはわたしたちの勝利なのだ。そこに彼は含まれていなかった。過去のことを考えると法廷は彼にとってはいやな場所でしかなかった。恐ろしい場所だった。くたびれたスーツを着て安いアフターシェーブローションの匂いをさせた父親の姿は、学校関係者や行政の人間の中で奇妙に浮いていた。自分の娘さえも彼のものではないのだということを、わたしは深い悲しみとともに気づいたのだった。彼女はわたしたちの仲間だったが、彼はちがった。

チャドもわたしと同じ気持ちを持ったにちがいなかった。

「わたしたちと一緒に来ませんか？」と声をかけた。

一瞬父親の顔にうれしそうな表情がほの見えたような気がした。だが彼は首を横に振った。「いや、おれは帰らなければ」

「シーラはわたしたちと一緒に来てかまわないでしょう？　あとで家まで送りますから」とチャドはきいた。

父親はうなずき、唇にやさしい笑みを浮かべながら娘を見た。シーラはまだわたしの腕の中にいて、興奮で身悶えし、父親のことなど念頭にないようだった。

「ほんとうに一緒に来ないんですか？」

「ああ」

長い間わたしたちは見つめ合っていた。わたしたちの間によこたわる世界に橋がかけられることはないのだった。それからチャドはポケットをさぐり、札入れをとりだした。二十ドル札を抜き出すと、彼はそれをシーラの父親に渡した。「さあ。これで楽しんでください」

父親はためらっていた。わたしは彼が慈善をきらっていることを知っているだけに、受けとるはずがないと思っていた。だが、ためらいがちに手を伸ばすと、彼はその札を受けとった。そして口ごもりながら礼をいうと、踵を返し、長い廊下を歩いていった。

シーラとチャドとわたしはチャドの小さな外国車に折り重なるようになって乗りこみ、ピザ・パーラーめざして走った。「ねえ、シーラ、きみは何のピザが好きなんだい？」チャドが後ろの座席にいるシーラに肩ごしにきいた。

「わかんないよ。だってピザなんか一度も食べたことないもん」

「ピザを一度も食べたことがないって？」チャドは驚きの声をあげた。「そうか、じゃあこういう機会をもっともったほうがいいようだな」

いままでにピザを食べたことがなかったとしても、シーラの振る舞いからは誰もそうとは思わなかっただろう。ピザが運ばれてきたとき、シーラは目をまん丸にしてきらきら輝かせ、慣れた手つきでつかみとった。チャドはメニューに載っていた中から、いちばん大きくていろいろなものがのったピザをピッチャーに入ったソーダ・ポップと一緒に注文した。魔法のようなひとときだった。シーラは生き生きと活気づき、ずっとしゃべりっぱなしだった。彼女はチャドにいたく興味をもったらしく、最後にはチャドの膝にすわっていた。わたしたちはピアノ弾きの弾くピアノに耳を傾けていた。チャドはいままでに一度にこんなにたくさん食べる子どもは見たことがないといった。シーラはふざけて、もしチャドにそれを買うだけのお金があるのなら、少なくとも百枚はピザを食べることができるといい、それからそれを証明するかのように大きなげっぷをした。

彼女の父親に会いにいったときにちらっと見た以外、チャドはシーラに会ったことはなかった。だが、その夜の早い段階で、彼がシーラのことを特別にかわいいと思っていることははっきりとわかった。特別だと思う気持ちはシーラも同じだった。二人はピザ・パーラーにいる間じゅう、笑ったり冗談をいい合ったりしていた。

夜になり、夕食を食べにくる人々が次々と店に入ってきだした。わたしたちは特大のピザを丸々食べ、ソーダ・ポップを飲み、その上にソフトクリームまで食べた。ピアノを長い間聞いていたので、ピアノ弾きはチャドに「ハート・アンド・ソール」を一緒に弾こうと誘いかけてきた。だが、チャドはシーラと離れ離れになるのが辛かったようで、すぐに席にもどった。

チャドはテーブルの上に身をのりだしてシーラを見た。「もし手に入るとしたら、世界じゅうでいちばんほしいものは何だい？」わたしはどきっとした。シーラがおかあさんとジミーだと答えるのがわかっていたからだ。そして、その答えで今晩の楽しい気分はすっかりしぼんでしまうだろうと思ったからだ。

シーラは長い間その質問を考えていた。「ほんとうになるもの？　それともただいうだけ？」

「ほんとうになるものだよ」

ふたたび彼女は座ってじっと考えこんだ。「ドレスかな」

「どんなドレスだい？」

「スザンナ・ジョイが持ってるみたいなドレス。レースがついてるやつだよ」

「この広い世界の中できみがほしいのはただのドレスだっていうのかい？」チャドの視線がシーラの頭ごしにわたしのほうに注がれた。

シーラはうなずいた。「あたしいままでにドレスをひとつも持ったことないもの。前に一度教会の女の人が服を持ってきてくれて、その中にそんなドレスも入ってたんだ。でも、おとうちゃんは試しに着ることもさせてくれなかった。誰からも施しは受けないっていってさ」シーラは顔をしかめた。「ちょっと試しに着るくらいさせてくれたっていいと思うのに。でもおとうちゃんはそんなことやったらぶん殴るっていうから、着なかったんだよ」

チャドは腕時計を見た。「そろそろ七時だ。モールの店は九時まで開いてるはずだ」そういって彼はわたしとシーラの顔を見比べた。「今日はついてる日だっていったらどうする？」

シーラはわけがわからないという顔で彼を見た。彼女にはまだどういうことになるのかわからないようだった。「どういうこと？」

「もうちょっとしたらみんなで車に乗って、きみのドレスを買いにいこうといったらどうする？　どれでもきみが好きなドレスを買ってあげるよ」

シーラが目をあまりに大きく見開いたので、わたしは顔から飛び出るのではと思ったほどだった。口をあんぐり開けてわたしの顔を見ている。それから突然しょんぼりとうなだれた。「おとうちゃんがそんなこと許してくれないよ」

「だいじょうぶだよ。ぼくたちが、これはきみへのお祝いなんだっていってあげるから。きみを家まで送っていくときに、中まで入って話してあげるから」

シーラはすっかり舞い上がってしまった。椅子から飛び降り、通路で踊りだして、驚いている常連客にぶつかってしまった。わたしに抱きつき、チャドに抱きついた。もしわたしたちが店を出なかったら、彼女はあそこで爆発してしまっていただろう。

続く時間は目もくらむようなひとときだった。わたしたちはモールに入っている大きな二つのデパートの通路を歩いていった。シーラはわたしたち二人と手をつないで、まん中でぶらさがっていた。小さな女の子用のドレスの売り場にいくと、とたんにシーラは照れてしまってどうしてもドレスを見ようとせず、わたしの脚に顔を押しつけてしまった。夢が間近に迫ってきて、自分でもどうしていいのかわからないのだ。

しかたなくわたしがかわいくてレースのついたドレスを何着か選び、シーラを試着室にひっぱっていった。わたしたち二人っきりになると、シーラはやっといつものシーラにもどった。オーバーオールとTシャツを脱ぎ捨てると、パンツだけの姿で立ち、ドレスを目の高さまで持ち上げて丹念に調べはじめた。なんてやせっぽちの小さな子どもなんだろう。猫背ぎみで、小さな子特有のぽこんと出たお腹をしている。そのために彼女が痩せていることがよけい目立っていた。ドレスを手にして二人だけになると、シーラは興奮のあまり試着どころではなくなり、小さな部屋の中を踊りながらぐるぐる回りだした。わたしは彼女の身体をつかまえてやめさせ、ひとつのドレスを着せた。魔法のようなひとときだった。シーラは三面鏡の前で得意そうにポーズをとり、それからチャドに見せに走り出た。彼女が三着のドレスのどれにするかを決めるまで、わたしたちはその小部屋に三十分はいたと思う。彼女はどのドレスも少なくとも四回ずつ着てみた。そしてついに、襟もとと袖のまわりにレースがついている赤と白のドレスを選んだ。

「毎日これを着て学校へいくんだ」彼女はうれしそうにいった。

「すごくかわいいわ」

彼女は鏡の中でわたしを見ていた。「家に着て帰ってもいい？」

「そうしたいのならいいわよ」

「そうしたい！」彼女は突然笑みを消して、わたしのほうに向きなおった。そしてわたしの膝によじのぼってくると、片手でそっとわたしの顔に触れた。「あたしがどうだったらいいのにと思っているかわかる？」

「三つとも全部買えたらいいのにと思ってるの？」

シーラは首を横に振った。「トリイがお母さんで、チャドがあたしのお父さんだったらいいのにって思ってるんだ」

わたしは笑みを浮かべた。

「いま、ほとんどそんなふうじゃない？　今夜ってことだけど。二人はほとんどあたしの親みたいじゃない。ちがう？」

「それよりいいんじゃない？　わたしたち、友達だもの。友達って親よりいいわよ。だって友達だってことは、わたしたちは、そうしなければならないからじゃなくて、自分たちがそうしたいと思っているから、愛し合っているんですもの。自分たちで友達になろうってことを選んだわけだから」

シーラはわたしの膝にのったまま、長い間わたしの目をじっとのぞきこんでいた。そしてついに溜め息をついて、膝からすべり降りた。「両方だといいのにな。家族で、それで友達でもあるっていうのが」

「そうね、そうなら素敵でしょうね」

シーラは額にしわを寄せた。「ちょっとその真似をしたらだめ？」彼女はおずおずときいた。「今夜だけ、その真似をするっていうのは？　トリイとチャドがあたしの親で、その親が自分の子どもを連れてドレスを買いにきたっていうことにしたら？　その子は家にいっぱいドレスを持ってるんだけど、その子がほしいっていうから、それで親はその子のことをとても愛しているから、その子をつれて買い物にきたっていうのはどう？」

わたしがいままで受けた心理学の授業のすべてが、だめだといえと迫っていた。だが、彼女の目を見ていると、どうしてもそうはいえなかった。「今夜だけその真似をしてもいいことにしようかしら。でも、これだけは覚えておかないとだめよ。これは真似なんだし、今夜だけだってね」

シーラは大きく飛び上がり、まだ下着姿のままで試着室から飛び出していった。「チャドにいってくるよ！」

チャドはわたしたちが試着室に入っている間に、自分が父親になってしまったと聞いておもしろがった。そして心ゆくまで父親役を演じてくれた。わたしたち三人の上に魔法がかかったような言葉ではいい表わせない不思議な夜だった。労働者用キャンプまで送っていく途中で、シーラはわたしの腕の中で眠ってしまった。チャドが車を止めてから、わたしは彼女を起こした。

「さあ、シンデレラ、家に帰る時間だよ」チャドがドアを開けていった。

シーラは眠そうな顔でチャドに微笑みかけた。

「さあ、おいで。ぼくがきみを家まで運んであげるよ。そしてお父さんにぼくたちがどういうふうに過ごしたかを話すよ」

シーラは一瞬ためらった。「帰りたくない」そう小声でいった。

「楽しい夜だったわね」とわたしはいった。

彼女はうなずいた。二人の間に沈黙が流れた。「キスしてもいい？」

「ええ、いいわよ」わたしは彼女をぎゅっと抱きしめ、キスをした。彼女のやわらかい唇がわたしの頬に触れた。それから彼女はチャドにもキスをし、チャドは彼女をわたしの膝の上から抱き上げると家に運んでいった。

わたしたちは黙って家まで車を走らせていた。わたしの家の前で車を止めてからも、黙ったまま座っていた。ついにチャドがわたしの方を向いた。ほのかな街灯の光を受けて彼の目がきらきら輝いていた。

「あの子はすごい子だな」

わたしはうなずいた。

「あの、こんなことといったらばかみたいに聞こえると思うけどさ、ぼく、今夜あの子と家族ごっこをしてすごく楽しかったよ。ぼくたちがほんとうに家族だったらって思ってしまった。すごく自然で、ぴったりはまる感じだったよ」

居心地のいい静けさがわたしたちを包みこむのを感じながら、わたしは暗闇の中で微笑んだ。

16

吹雪と共に四月がやってきた。この冬のもどりをみんな嘆いていたが、ふわふわした真っ白な雪が深く積もった景色は、見ていてとても美しかった。しかし、この豪雪のために交通が遮断され、学校も二日間休校になった。

学校が再開された日、シーラは朝の話し合いの時間にジェリー叔父さんが一緒に住むようになったと発表した。シーラの話によれば、ジェリー叔父さんは何の罪でかは忘れたけれど刑務所に入っていたのだが、出所してきていま仕事を探しているのだそうだ。彼女は新しい家族の一員のことですっかり興奮しているようで、雪に閉じこめられて退屈していたときに叔父さんが一日じゅう彼女と遊んでくれたことなどを、わたしたちに話してきかせた。

わたしたちはすぐにいつもの日常にもどったが、わたしたちが法廷で勝ったことの幸福感の余韻がまだ残っていた。子どもたちは何があったのかわかっていなかったが、アントンもわたしもまだ気分が高揚していた。わたしたちが幸福感に浸っていたというなら、新しいドレスに身を包んだシーラはそれこそ全身光り輝いていたといえるだろう。毎日彼女はあの赤と白のドレスを着て、他の子どもたちの前をのし歩いた。自分がかつてスザンナにかきたてられたのと同じ嫉妬心を、他の子どもたちにかきたててやろうという意図でやっているのが見え見えだった。彼女は子どもたちに、自分が勝った「裁判の日」のこと、それからチャドとわたしとで食事にいって、ごほうびにドレスを買ってもらったことなどを話して聞かせた。そのうちに、みんなが裁判を受けたいといい出したので、わたしはシーラにこの話をするのはもういいかげんにしなさいといわなければならなかった。それで、他の子どもたちとのおしゃべりでこの話題を出すことは少なくなってはきたが、放課後わたしと二人っきりになると話題はもっぱらこのことだけだった。わたしの出張中のあの二月の事件のときのように、このときのことがこと細かく何度も何度も繰り返し語られた。シェーキーズにいったこと、ものすごく大きなピザを注文したこと、シーラがものすごく食べたこと。それからドレスを買いにいって、みんなで本当の家族になった真似をしたこと。何度も何度もシーラは細かいことを再現し、そのときのことを思い出しながら顔を輝かせるのだった。二月の事件のときもそうだったように、こうして繰り返し再現することが何か彼女の心を癒す役に立っていると思えたので、わたしは彼女の好きなようにさせておいた。興味深いことに、ジミーのことはまったく忘れられていた。何日も続けてジミーの名前が彼女の口から出ることはなくなった。あの夜のことは、シーラにとっては得もいわれぬ、何にも邪魔されない幸福なひとときであり、何度味わっても味わいつくせないほどのものだったのだ。ああいうひとときを持つことがほんとうにまれだっただけに、えがたい宝石のようなひとときになっていたのだった。それがわかっていたので、わたしは何度でも何度でも同じ話に辛抱強く繰り返し耳を傾けた。

四月も半ばにさしかかったある朝、シーラが沈みこんだ様子で登校してきた。アントンが彼女を高校まで迎えにいったのだが、その日はバスが遅れたので、彼女は朝の話し合いの時間が始まってから教室に入ってきた。ふたたび、前のオーバーオールとTシャツを身につけ、蒼い顔をしていた。グループから離れたところに座り、みんなの話を聞いてはいたが、自分からは発言しなかった。

三十分の話し合いの時間の間に二回も、シーラは立ち上がってトイレにいった。あまりに顔が蒼いし、緊張しているようなので、病気ではないかとわたしは心配になった。だが、他の子どもたちがうるさく騒ぐので、わたしもそのことだけを考えるわけにはいかなかった。

算数のプリントを配っているときに、シーラの姿が見えないと思ったら、またトイレから出てきた。「今日は気分がよくないの？」

「だいじょうぶ」彼女はそう答えて、わたしから算数のプリントを受け取り、自分のテーブルについた。わたしは彼女の様子を見ていた。前より正しい動詞の使い方をしてよく話すようになっていたので、わたしはうれしかった。

算数の時間も後半にさしかかり、もうすぐ自由時間だという頃になって、わたしはシーラに近づき、シーラのところに座って新しい算数の問題の解き方を教えようとした。わたしはシーラを自分の膝の上に座らせた。わたしが抱き上げると、彼女はびっくりするほど身体をこわばらせた。熱でもあるのかと思って額に触ってみたが、そうではなかった。それでも様子が明らかにおかしかった。「どうかしたの、シーラ？」

彼女は首を振った。

「かちかちになってるじゃない」

「だいじょうぶ」彼女は重ねてそういい張り、算数の問題にもどった。

授業が終わったので、わたしは彼女を膝からおろして床に立たせた。わたしのジーンズの右脚のところに大きな赤いしみがついていた。何だかよくわからないままに、わたしはそれをじっとみつめた。血だろうか？　わたしはシーラを見た。「いったいどうしたのよ?」

彼女は無表情に首を横に振るだけだった。

「シーラ、あなた、血が出ているじゃない!」彼女のズボンの右脚のつけ根のあたりに赤いしみがついていた。彼女を抱き上げると、わたしはトイレに駆けこみ、ドアを閉めた。オーバーオールの肩紐のバックルをはずし、足首のあたりまで降ろした。血が下着を汚し、両脚をつたって流れ落ちていた。下着の中にはペーパータオルが詰めこまれていた。先に彼女が何度もトイレにいったのはこのためだったのだ。ペーパータオルに血を吸い取らせて、それが流れ出て外から見えるのを防ごうと思ったのだ。

「まあ、なんてことなの、シーラ。何があったの?」わたしは叫び声をあげた。思っていたよりも大きな、びっくりするような声になってしまった。下着の中から最後のペーパータオルを取り出したとき、わたしはぞっとした。彼女の膣から鮮血がぽたぽたと滴り落ちていたのだ。

それでもシーラは身じろぎもせずにつっ立っていた。顔には何の感情も表われていない。目は見開かれているが、わたしの顔は見ていなかった。薄暗い教室の明かりの中で見たときよりも、彼女の顔はずっと蒼かった。蒼白だった。いったいどれほどの血を失ったのだろうか。彼女の目を覚まさせようとして、わたしは肩をつかんでゆさぶった。

「シーラ、何があったの？　話してちょうだい。わたしをだまして隠そうとしてもだめよ。いったい何があったの？」

　彼女はぐっすり眠っていていま目が覚めたというふうに目をぱちぱちさせた。苦痛と感情を切り捨てるためにたいへんな思いをしていたのだ。「ジェリーおじちゃんが、今朝おちんちんをあたしの中に入れようとしたの」シーラは小声で話しはじめた。「でも、どうしても入らなかった。それでおじちゃんはナイフを出してきたんだ。おじちゃんはあたしが入れないようにしているんだっていって、あたしにそんなことさせないためにナイフを入れてやるって」

　わたしは凍りついた。「おじさんはあなたの中にナイフを入れたの？」

　シーラはうなずいた。「食事用のナイフを。あたしがおじちゃんのおちんちんを入れさせなかったことを悪かったって思うようにだって。こっちのほうがずっと痛いから、あたしが悪かったたって思うだろうっていって」

「ああ、なんてことを、シーラ。なんでいってくれなかったの？　なんで知らせてくれなかったの？」彼女がすでに大量の血液を失っているのではとぞっとしながら、わたしは彼女をタオルでくるみ、抱き上げた。

「こわかったもん。ジェリーおじちゃんがいっちゃだめだっていったから。もしあたしがそのことをいったら、また同じことをやるって。もしゃべったら、もっと悪いことが起こるって」

シーラをかかえてトイレから飛び出すと、わたしはアントンにクラスを頼むといった。そして車のキーをつかみ、オフィスに向かって走りだした。これからシーラを病院へ連れていく、誰かにシーラの父親を探しにやらせて彼に病院に来るように伝えてくれ、とわたしは秘書に短く説明した。緊急事態になると時間は気味悪いスローモーションのようにゆっくりと流れるように見えるものだ。まわりの人たちみんなが、まるで、まちがった速さで上映されている映画の中の人のように反応していた。どうしたの？　中学校の補助教員が作業室から顔をのぞかせた。何ごとなの？　その間ずっとわたしはシーラを抱いている腕にシャツを通してしみてくる彼女の血の温かさを感じていた。

シーラの顔色はさらに白くなっていた。わたしが巻いているタオルの他にはTシャツと靴だけを身につけたシーラは、ぐったりとして、目を閉じ、わたしにもたれかかっていた。わたしは車に向かって走った。そして彼女をひざに乗せたまま、キーを回し、ギアをバックに入れた。

「シーラ？　シーラ？　眠っちゃだめよ」車を運転すると同時に彼女を支えようとしながら、わたしは囁いた。誰かに一緒に来てもらうべきだった、とわたしはぼんやりと思った。だが時間がなかったのだ。他の人に何が起こったのか説明している暇なんかなかったのだ。

「起きてるよ」シーラがつぶやいた。彼女の手はわたしのシャツを強くつかんでいたので、小さな指がわたしの肌に食いこみ、わたしの胸のやわらかい部分を強くひっぱっていた。「でも痛いよぉ」

「ああ、かわいそうに。痛いでしょうね。でも、ずっとわたしに話しかけていて。わかった？」病院までの距離がいつまでたっても縮まらないような気がした。車がちっとも進まない。これだったら救急車を待ったほうがよかった。彼女がどれほどの量の出血をしているかわからなかったし、どれほどなら多すぎるのかも、わたしに何ができるのかもわからなかった。わたしはいままで一度も赤十字の訓練をきちんと受けなかった自分に毒づいた。

「ジェリーおじちゃんは、あたしをかわいがってやるっていったんだ。大人同士が愛し合うってどういうことなのかを教えてやるって」シーラの声はいつもより幼く子どもっぽく聞こえた。「大人がどうやって愛し合うかをあたしも知っといたほうがいいって。それで、あたしが叫び声をあげたら、やり方もわからないようだったら、誰もあたしのことを愛してなんかくれないっていったんだ」

「ジェリーおじちゃんは何もわかってないのよ、シーラ。自分がいってることもわかってないの」

シーラは唇を噛み締めて、涙を流さないままに泣き声を出した。「おじちゃんは、トリイとチャドもこうやって愛し合ってるんだっていったんだ。あたしがトリイとチャドに愛してもらいたいと思ったら、おじちゃんに愛され方を教えてもらわないとだめだって。そうすればわかるからっていったんだよ」

病院までもう少しだった。「ああ、シーラ。おじちゃんはまちがってるわ。チャドもわたしもあなたのことをもう愛しているじゃないの。おじちゃんは、自分があなたに悪いことをするために、そういうことをいっただけなのよ。おじちゃんにはこんなふうにあなたの身体に触る権利なんかないのよ。おじちゃんがいったことも、やったことも、まちがっているわ」

若い看護師が二人、救急外来用入り口からストレッチャーを押して走り出てきた。コリンズ校長がわたしたちがいくことを病院に連絡してくれたようだ。わたしがシーラをストレッチャーの上に置くと、彼女は初めて苦痛と恐怖を表わした。呻(うめ)きながら、彼女は大声で泣き出した。だが涙はやはり出てこなかった。どうしてもわたしのシャツから手を離そうとせず、看護師たちが彼女の指をほどこうとすると、激しく抵抗した。

「あたしを置いてかないで!」彼女は泣き声をあげた。

「ずっとついているから、シーラ。だから横になりなさい。お願いだから、わたしから手を離して」

「あたしを置いてかないで! この人たちにあたしを連れていかさないで! トリイに抱いていてもらいたいよ!」四人が団子のようになった状態で、ストレッチャーはドアに近づいていった。シーラが恐怖におののいたようにわたしのシャツをつかんで離さないので、ポケットがひきちぎれた。彼女のどこからこんな力が出るのかわからなかった。彼女はわたしがこの見知らぬ人達に彼女を預けていってしまうことを恐れているのだろうか、それともいまになってようやく痛みのすごさを感じるようになったのかもしれない。それが何であれ、シーラがあまりに激しく抵抗するので、むりやりひき離して彼女の叫び声を聞くよりは、わたしが彼女を抱き上げて、かかえているほうが簡単だということになった。

救急外来の医師は、わたしがシーラを膝にのせて押さえている間に、彼女を手早く診察した。父親がまだ姿を見せないので、父親がみつかるまでは救急処置に対してわたしが責任を持ちますという宣誓書にわたしがサインをした。

注射器を持った看護師がやってきて、シーラに注射をした。シーラはふたたびまどろみはじめ、静かになった。針が刺さるときにもまったくひるみもしなかった。この注射の後まもなく、彼女の指の力が抜けていくのがわかり、わたしは彼女を診察台の上に横たえた。別の看護師が彼女の片腕に点滴の針を刺し、もういっぽうでメキシコ系アメリカ人のインターンが診察台の上に〇・五リットル入りの輸血袋をつり下げた。医師がわたしに来るようにと手振りで示した。最後にもう一度、目を閉じて横たわっている蒼い顔をしたちっぽけなシーラを見てから、わたしは医師のあとからスイング・ドアの外に出た。医師はわたしに何が起きたのかをきき、わたしは知っているかぎりのことを話した。このときになってやっと、シーラの父親がソーシャル・ワーカーに連れられて廊下をよろよろ歩いてくるのが見えた。ぐでんぐでんに酔っ払っていた。

医師は、シーラはものすごい量の出血をしているので、まずは輸血をしてその安定をはかることが先決だ、と説明した。診察してわかったことだが、どうやらナイフは膣壁を貫いて直腸にまで達していたようだった。感染の可能性も大きいし、広範囲に損傷を受けていることからかなりの重傷だということだった。血圧が安定すれば、外科的な措置をしなくてはならないだろう、と医師はいった。シーラの父親は、医師が話している間じゅう、わたしたちのそばでゆらゆらと身体を不安定にゆらしていた。

わたしにできることはもうなかった。わたしのクラスはめちゃくちゃになっているはずだ。もしスザンナが血を見たら、とてもアントン一人の手には負えない状態になっているだろう。いや、他に人手があっても無理かもしれない。それに子どもたちはわたしがあんなふうに突然出ていったので、びっくりしているにちがいない。わたしが仕事にもどるのがいちばんだった。わたしは自分の服を見た。シャツの前面全体に血がついていた。ジーンズについた最初のしみはすでに乾いて黒っぽくなっていた。わたしはじっとその跡をみつめた。わたしは他の人の命の一部を身につけているのだ。黄金よりも尊いテーブルスプーンに何杯分もの赤い液体を。そう思うと居心地が悪くなってきた。命とはほんとうになんて脆(もろ)いものなのだろうという思いに驚かされ、わたし自身いつかは死ぬのだということを強く思い知らされた。

十一時には学校にもどっていた。時計を見て、あまりに少ししか時間がたっていないことにわたしはショックを受けた。算数の時間にシーラを膝からかかえあげて血に気づいたときから、一時間もたっていなかった。あのドラマすべてが五十分にも満たないうちに起こったとは。教室にもどる前にわたしは一度家に帰って、服を着替えさえしたというのに。わたしには信じられなかった。わたしにはその五十分間に百年もの時間が凝縮されたように感じられた。わたしはどっと年をとったような気がした。

その夜わたしは病院にはいかなかった。放課後医師に電話をしたが、ちょうどシーラを手術室に運んだばかりで、まだ出てきていないということだった。輸血をしても彼女の状態は安定せず、あいかわらず危険な状態だった。医師はかなり遅い時間になるまで彼女は回復室から出られないだろうといった。彼女はあれからずっと半昏睡状態で、誰がいるのかわからないようだった。手術後彼女は集中治療室に入れられ、出血が止まったことが確認され、状態が安定してから小児病棟に移されるということだった。わたしは、自分が彼女にとって父親の次に親しい家族同然の人間だということを説明してから、会いにいってもいいかどうかをきいた。そして翌日まで待ったほうがいいといわれた。今夜は来てもわたしだとはわからないだろうし、集中治療室の邪魔になるというのだった。できるだけ彼女が快適に過ごせるようにしますから、と医師は約束してくれた。

彼女の父親はまだそこにいるのか、とわたしがきくと、医師はノーと答えた。わたしが帰ったすぐあとに、父親にも帰ってもらった。酔っ払っていてわけがわかっていないようだったから、と。父親の弟のジェリーは身柄を拘束されたということだった。

病院にいかなくてよくなってほっとしたのも事実だった。あっという間の出来事だったので、わたしには彼女が重態だということがまだよくのみこめていなかった。シーラはわたしと話していたではないか。高校から教室までずっと歩いてきて、授業の間じゅう座っていたではないか。それに病院にいく途中もわたしに話していたではないか。そのシーラがそれほどの重傷だなんてそんなはずがない。わたしには信じられなかった。

今朝教室にもどる前にわたしが大急ぎで着替えた場所に、血に汚れたシャツとジーンズが脱ぎ捨てられていた。わたしはジーンズをバスタブに浸した。だがシャツのほうは手にしたまま、シーラが救急外来の職員に抵抗したときに破れたポケットをじっと見た。わたしはそっとシャツをたたみ、クローゼットの奥にしまいこんだ。どうしても捨てられなかったのだ。洗面台で洗うこともできなかった。多くの血がついていることがわかっていたから、もし洗ったら水が血に染まることもわかっていた。その時のわたしにはその血を洗い流してしまうことができなかった。水が真っ赤になり、汚いもののように排水口に流れていくのを見ることができなかったのだ。そんなふうにはとてもできなかった。

夕食後チャドがやって来たので、わたしは何があったかを話した。チャドは激怒した。最初は何もいわずに部屋を歩きまわり、信じられないというふうに首を振りつづけた。彼の怒りは怪我のひどさに対してというよりは、なんでそんなことになったのかという点に向けられていた。チャドは憎悪に燃え、ジェリーを痛い目にあわせてやると脅すようにいった。小さな女の子にそんなことをするようなやつには容赦はしないと。わたしはチャドの変貌ぶりにこわくなった。こんなに怒った彼をいままでに見たことがなかった。

この事件に関しては胸が悪くなるような思いだったが、同時にわたしは不思議な胸の疼きを感じていた。五カ月前には、シーラが加害者で他の誰かがその犠牲になったのだった。被害者の男の子の両親は、チャドがいまジェリーに対して感じているのと同じように感じていたにちがいない。この極悪非道な犯罪はぜったいに許せないが、わたしがシーラの中に見いだした心の傷が、おそらくジェリーの中にもあるのだろうということにわたしは気づかされた。二人とも潔白ではありえないが、二人ともまた芯からの悪人というわけでもないのだ。ジェリーもまたシーラと同じく犠牲者なのだと思うと、わたしはたまらなかった。こう考えると事態はいっそう複雑なものになっていった。

その夜遅く警察から電話がかかってきて、いまから来て供述をしてくれないかといってきた。チャドとわたしは一緒に警察署に出向いた。灰色に塗られた部屋の灰色に塗られたテーブルに向かって座り、わたしは警官に向かってその朝教室で何があったかを話した。わたしはシーラがわたしにいったことと、わたしがやったことを繰り返し話した。残酷な出来事を、残酷にもまた詳しく話させられたのだった。

翌朝、休み時間の間にわたしは病院に電話をかけてシーラの様子をきいた。医師の声は昨日ほど緊張していなかった。彼女は手術によく耐え、夜の間も集中治療室での状態は安定していたとのことだった。朝までには麻酔から覚め、ききわけもいいので、小児病棟に移したという。わたしは好きなときにいつでも会いにいけることになった。父親は訪ねてきましたか、とわたしはきいた。来なかったと医師は答えた。学校が終わったらすぐにいくからと伝えてくれるようにわたしは頼んだ。医師は温かい声でそうすると約束してくれた。あの子はがんばり屋ですよ、と医師はいった。ええ、あの子ほどのがんばり屋さんはいません、とわたしは答えた。

おそらくいちばんむずかしい仕事は、シーラに起こったことをわたしのクラスの子どもたちにどう説明するかということかもしれなかった。わたしたちは教室で虐待については、身体的虐待についても性的虐待についても、すでに話し合っていた。わたしが担任している子どもたちは虐待を受ける可能性の高い家庭から通ってきていたので、もし彼らがそんな状況に陥ったり、あるいは誰かがそういうことをされているのを目にしたときに、どうすればいいかを知っていたほうがいいと感じたからだった。それでも、性的虐待については話しにくかった。学校で性教育をあまりやっていない地域では、性的虐待はタブーだった。わたしは担任している子どもたちのために非公式の授業の場を持ち、そこで〝触られても〟いい場合とよくない場合について簡単に話し合っただけだった。大人があなたを抱きしめるのはいい。だけど大人があなたのペニスを触って、あなたを抱きしめるのはいけないことだ、というふうに。誰にも男の子や女の子のそういう場所に触れる権利はないのだし、また自分のそういう場所に触れてくれと子どもに頼んでもいけない。だから、もしそういうことが起こったら、どうすればいいかについても話し合った。こういう授業を十月にやって、その後何回か繰り返した。この授業のおかげで、子どもたちはこういうことを話せる場が持て、もし誰かに触られて〝へんな〟感じがしたときにどうしていいかわからないという恐怖を表に出すことができて、多少はほっとしたようだった。

だが、シーラの件についてはどう扱っていいかわからなかった。セックスと暴力が一緒になったこのケースは、小学生の年齢の障害を持った子どもにふさわしい話題とはいえなかった。それでもわたしは何かをいわなければならなかった。子どもたちはわたしたちが急に出ていったところを見ていたし、血も見ていた。それからシーラを置いてわたしだけがもどってきたところも見ていた。シーラは家で怪我をしたので、わたしが彼女を病院に運ばなければならなかったのだと、わたしは子どもたちに簡単に説明し、それ以外は何もしゃべっていなかった。

次の日の午後、シーラは子どもの病棟にいてよくなってきているそうだとわたしが子どもたちに伝えると、子どもたちは彼女にお見舞いのカードを作った。心に訴えかけるような、色鮮やかなクレヨンで書かれたメッセージが、わたしの採点用バスケットに何枚も積まれた。だが、この事件はわたしが感じていた以上に子どもたちに影響を与えていた。帰りの会のときに、ウィリアムが突然泣き出した。

「どうしたの?」床に座っていたわたしはそうきいた。子どもたちはわたしと一緒に「コーボルトの箱」のまわりに座っていた。ウィリアムもそこにいたのだが、急に泣き出したのだった。

「シーラのことがこわいんだよ。シーラが病院で死んじゃうんじゃないかと思ってこわいんだよ。ぼくのおじいちゃんも前に病院にいったけど、そこで死んじゃったんだよ」

思いがけないことに、タイラーまでもがめそめそ泣き出した。「シーラに会いたいよ。もどってきてほしいよ」

「ほらほら、あなたたち。シーラはよくなってきているのよ。お昼休みのあとにそういったでしょ。よくなってきているのよ。死んだりなんかしないわよ」とわたしはいった。

泣き声ひとつたてなかったが、セーラの顔も涙で濡れていた。マックスもみんなに合わせてむずかりだした。もっとも、なぜ他のみんなが泣いているかわかっているとは思えなかったが。シーラとはほとんどの場合犬猿の仲だったピーターまでもが、目に涙をためている。

「だって、トリイはそのことをちっとも話させてくれないんだもの。シーラの名前さえ一日じゅういわないんだもの。こわいよ」とセーラがいった。

「そうだよ」とギレアモーが同意した。「ぼくはずっとシーラのことを考えているのに、トリイはまるであの子なんかここにいなかったみたいにずっとしていたじゃないか。シーラに会いたいよ」

わたしは子どもたちの顔を見た。フレディとスザンナ以外の全員が泣いていた。みんながみんなこれほどシーラのことを思っているとは思えなかったが、この出来事にみんなおびえていた。それ以上に、この出来事でわたしがまいっていた。わたし自身が動揺していたので、ものごとを沈静化させようとして何もいわなかったのだ。わたしの教室ではこの七ヵ月半の大半をかけて、ものごとをオープンにして他人の立場になって考えるということを学んできた。わたしが隠しきれなかったところからすると、子どもたちはあまりにもよく学びすぎたのかもしれない。

そんなわけで通常の帰りの会の課題には手をつけないことになった。「コーボルトの箱」は開けられないまま、わたしは子どもたちに話しかけ、わたしの気持ちや、なぜわたしがいつものように正直ではなかったかを話した。わたしたちはみんな床の上に座り、車座になって自由に話し合いをすることになった。

「ものごとには話しにくいこともあるのよ。シーラに起こったことは、そういうことなの」とわたしはいった。

「なんで？　おれたちがまだ小さすぎるから？　うちのかあちゃんはおれに話したくないことがあるとき、いつもそういうよ」とピーターがいった。

わたしは微笑んだ。「まあそうね。それに、とにかく話しにくいことなんだってせいもあるのよ。わたしにもなぜだかはわからないわ。そういうことがわたしたちを怖がらせるようなことだからかもしれない。わたしたち大人でも怖くなるようなことなの。大人は怖くなるようなことがあると、そのことを話したがらないものなのよ。大人の困ったところのひとつなんだけどね」

子どもたちはわたしをじっとみつめていた。わたしは彼らを見た。一人一人順番に。喉元に無残な傷跡のあるタイラー。美しい黒い肌をしたピーター。一生懸命注意を払っているときでさえ、どこを見ているのかわからないような目のギレアモー。身体をゆすり、指を動かしつづけているマックス。セーラ。ウィリアム。フレディ。そして妖精のようにかわいいスザンナ。

「わたしがシーラは家で怪我をしたってみんなに話したのは覚えているわね。それから、みんなで人には触っていいときとだめなときがあるってことを話し合ったことがあるのも、覚えてるかしら？　そこを触る権利がないのに、小さな子どもの身体を触りたがる人がいるってことをみんなに話したわ」

「うん、この下のほうの、自分だけの場所のことでしょ？」とウィリアム。

わたしはうなずいた。「それで、シーラの家族の誰かがシーラの身体の触っちゃいけないところに触ったの。それでシーラが嫌がると、彼女を傷つけたのよ」

みんなが眉をひそめた。みんな熱心な目をしている。マックスでさえ身体をゆするのをやめていた。

「その人はシーラに何をしたの？」ウィリアムがきいた。

「切りつけたの」そう子どもたちにいっている自分の声を聞きながら、わたしは正しいことをしているのだろうかと思った。だが、本能的にはこれでいいのだと感じてはいた。わたしたちの関係は、それがどんなに悪いものであっても真実に基づいたものでなければならなかった。もっといえば、知らないより知るほうが悪いとはわたしには思えなかったし、知ることがこの子どもたちがすでに見てきた多くのことよりも悪いことだとも思えなかった。人生にはあまりに悪くて話すこともできないようなものなど何もないのだという事実が、わたしたちの教室での基本だった。そうはいっても、わたしの内部の深いところから、おまえはまた習ったルールを破って、教育学的、心理学的実践で証明されている領域から逸脱しようとしているという小言の声が聞こえてきた。そしていままでもずっとそうだったように、やってしまってから、今度のことは命取りになってしまうかもしれない、今度こそはもう自分ではどうすることもできないほど自分を傷つけることになってしまうかもしれないという不安が襲ってきた。安全と正直のどっちをとるかの戦いがまた頭をもたげてきたのだ。

「誰がシーラをそんな目にあわせたの？　お父さん？」ギレアモーがきいた。

「いいえ、叔父さんよ」

「ジェリーおじちゃん？」タイラーがきいた。

わたしはうなずいた。

一瞬沈黙が流れた。それからセーラが肩をすくめた。

「まあ、少なくともお父さんじゃあなかったわけだから」

「だからってちっともよくないじゃない、セーラ」タイラーがいい返した。

「ううん、ましよ」とセーラは答えた。「あたしが小さかったとき、学校に上がる前のことだけど、あたしのお父さんはときどきお母さんがお仕事にいっているときにあたしの部屋に入ってきたの。それで……」彼女はここで言葉を切って、タイラーとわたしの顔を順に見てからカーペットに目を落とした。「あの、お父さんもそういうことをしたんだよ。お父さんにされるほうがもっといやだと思う」

「もうこの話はやめようよ。ね？」ウィリアムがいった。怖さのあまり眉がゆがんで、両手を握り締めている。

「いやよ、あたしは話したい。あたしはシーラがどんなだか聞きたい」とセーラがいった。

「いやだ」ウィリアムがもう一度いった。目にまた涙があふれてきた。

「怖いんだろ、ウィリアム。何が怖いんだよ」とギレアモーがいった。

わたしは手を差し伸べた。「こっちへいらっしゃい。わたしのそばに座ればいいわ」

ウィリアムは立ち上がってこっちへやってきた。わたしは片腕で彼を抱いた。

「このことを話すのは怖いわね」

ウィリアムはうなずいた。「ママが掃除機をかけなかったりすると、ぼくのベッドの下にほこりがたまるんだ」

「ウィリアム、そんな話関係ないだろ」とピーターがいった。

「そのほこりが怖いんだよ。ときどき、このほこりは昔人間だったかもしれないって思うんだ。ぼくのベッドの下にいるのは死んだ人じゃないかって」

「ばかじゃないの」

「そんなことないよ。聖書にもちゃんとそう書いてあるんだから、ピーター。人間は塵から来て、死んだらまた塵にもどるって。ちゃんとそう書いてあるんだよ。ママが見せてくれたんだから。トリイにきいてみなよ」

「聖書がいっているのはそういう意味じゃあないと思うけど、ウィリアム」とわたしはいった。

「だから、あの下のは人間だったのかもしれないんだよ。あのほこりがさあ。病院にいったあとのぼくのおじいちゃんかもしれないんだよ。ひょっとしたらシーラかも」

「いいえ、シーラじゃないわ。シーラは死んでないもの、ウィリアム。シーラは病院にいてよくなっているのよ」とわたしは答えた。

「トリイ？」タイラーがいった。

「なあに？」

「なんでシーラの叔父さんはそんなことしたの？　シーラはこの間、叔父さんはとってもやさしくって、一緒に遊んでくれるっていってたじゃない。それなのに、なんで叔父さんはシーラを切りつけたりしたの？」どう答えていいのかわからなかった。どんなに待っても、答えは出てこなかった。

わたしはタイラーをみつめた。どう答えていいのかわからなかった。どんなに待っても、答えは出てこなかった。

「その叔父さん、病気だったんじゃないの？　あたしのお父さんみたいに。お父さんは病気だったから州の精神科病院に入れられちゃったんだよ。お母さんがそういってた。それから全然もどってこないの」セーラがいった。

「そうね、病気だったといっていいかもしれないわね。叔父さんは小さな女の子への接し方がわかってなかったのね。というか、わかってはいたんだろうけど、何の考えもなしにいきなり行動してしまう人がいるのよ。その時々に自分に都合のいいことだけをやりたいと思ってしまう人がね」

「その叔父さんもうちのお父さんみたいに州の精神科病院に入れられるの？」

「どうかしらね。人を傷つけることは法に反することなのよ」

「シーラはいつもどってくるの？」ピーターがきいた。

「よくなればすぐにもどってくるわ」

「シーラ、同じかなあ？」

「どういうこと？」とわたしはきいた。

ピーターは顔をしかめた。「だからさ、あそこを切られても、前のままのシーラかなってことだよ」

「まだよくわからないわ、ピーター。どういうことか説明してくれる？」

ピーターはためらっていた。神経質そうにみんなを見回してから、わたしの顔を見た。

「汚い言葉を使ってもいい？　そうしないとしゃべってることをわかってもらえないみたいだから。汚い言葉を使わないといえないんだよ」

わたしはうなずいた。「いいわよ。別に人に向かって悪口でいうわけじゃないんだから。意味があっていうときには、べつに汚い言葉というわけじゃないわ。いいなさい」

ピーターはまだためらっていた。「ええっと、あそこって、女の子のおまんこだろ？」

「ええ」

「で、あそこって、女の子がトイレのときに使う場所だよね。そんなところを切られたらどうなるの？　赤ちゃんが出てくるところだよ。そんなところを切られたらどうなるの？」

わたしにはまだピーターが何をききたいのかよくわからなかった。そこで、もっと詳しいことを引き出すために、逆にこちらから彼に質問することにした。「そこを切られたらどうなると思うの、ピーター？　どういうことになると思う？」

ピーターは心配そうに目を見開いた。「シーラが大きくなって赤ちゃんができたらどうなるの？」

「どうなる？」

彼の目に涙が浮かんできた。「赤ちゃんを産むときに、赤ちゃんをだめにしちゃうよ」そこまでいって彼は泣き出した。「おれのかあちゃんがそうだったんだ。だからおれは頭がおかしいんだよ」

「まあ、ピーター、そんなの嘘よ」とわたしはいった。

ピーターは四つん這いになってわたしのほうにやってきた。わたしはウィリアムを右側に座らせて、床の上にあぐらをかいて座っていた。ピーターはわたしの膝に頭を横たえた。「ううん、そうなんだよ」

「いいえ、そうじゃないわ。あなたがいったいどこでそんなことをいわれたかは知らないけど、それはまちがってるわ」

「ピーター、きみは頭がへんなんかじゃないよ。ほんとうに頭がへんな人なんてだれもいないんだよ。ただ言葉でそういってるだけだよ。そうでしょ、トリイ？　そういってるだけだよ。言葉と人間はちがうんだよ」ウィリアムがいった。

わたしたちは長い時間話し合った。帰宅時間を知らせるベルが鳴り、バスが来て、いってしまった。それでもわたしたちは話しつづけた。性的虐待のことを。シーラのことを。自分たちのことを。

話し合いが終わってから、わたしは八人全員をわたしの車につめこんで家まで送っていった。話し合いのときの真剣さはずっと続いていた。車の中でも、質問が次々と出た。ふざけたり、冗談をいったりからかったりする子は一人もいなかった。わたしたちが話し合わなければならなかったことは、おかしなことではなかったのだ。そのことを話さなければという必要性は、その日の午後のすべての他の活動を上まわっていた。それからわたしたち一人一人の個人差をも上まわっていた。

子どもたち全員を送りとどけてから、わたしはお見舞いのカードと、シーラがとくに好きだとわかっている本を何冊か持って、病院へ向かった。シーラはナース・ステーションのすぐそばの経過観察室に入れられていて、看護師がその部屋のドアを指で示してくれた。わたしは入っていった。

彼女はまるで動物園の檻のように一面の壁全体がガラス窓になっている大きな部屋に、

たった一人でいた。背の高い金属の柵のついたベビーベッドに寝かされていた。点滴の瓶が支柱にぶらさがっていて、その隣には輸血用の血液バッグが固定されている。それぞれの針を刺した腕は動かないように拘束紐でベッドの桟に結びつけられていた。シーラはとても幼く小さく見えた。

止めようと思う間もなく涙があふれてきて、わたしの頬をすべり落ちた。なんでベビーベッドになんか寝かされているの、ということしか考えられなかった。シーラは小さな子のわりにはとても自尊心の強い子だ。こんなところに寝かされているにちがいない。こんなところに寝かされているところをわたしに見られて、きまりの悪い思いをしているにちがいないのだ。どうしてもうすぐ七歳になる子にふさわしく、ちゃんとしたベッドに寝かせてくれなかったのだろうか？　こんなベビーベッドではなく。ベビーベッドは赤ん坊のためのものだ。

わたしが入っていくと、シーラはわたしのほうに頭を向けた。黙ったまま彼女はわたしを見ていた。「泣かないで、トリイ」シーラはそっといった。「大して痛くないんだから。ほんとにそんなに痛くないんだから」

彼女の勇敢な態度に畏怖の念すら覚えて、わたしはまじまじと彼女を見た。「なんでベビーベッドに寝かされているの？」頭の中が真っ白になったまま、こうきいた。わたしは自分の側のベッドの柵を下に降ろして、彼女の自由なほうの手を触った。「ベビーベッドになんか寝かされる年齢じゃないのに」

「べつに気にしてないから」シーラはそういったが、それが本心ではないことはわかっていた。長い間親しくしてきたわたしには、彼女が気をつけて隠していても本当の気持ちが伝わってくる。シーラはやさしく微笑んだ。まるでわたしのほうが慰められているようだった。そして手を伸ばしてわたしの頬に触れた。「泣かないで、トリイ。べつに気にしてないんだから」

「泣いたほうが気分がよくなるのよ。今度のことはほんとうに怖かったし、すごく心配したのよ、シーラ。泣いたほうが気分が楽になるの。自分でもとめられないのよ」

「ほんとうにそれほど痛くないんだよ」彼女の目にはあまり表情が感じられなかった。おそらく薬のせいでぼんやりしているのだろう。「でもときどきちょっと怖くなるんだ。ほんのちょっとだけどね。ゆうべなんか、自分がどこにいるのかわからなくて。怖かったよ。でも全然泣かなかったんだよ。それにすぐに看護師さんが来てくれて、おしゃべりしてくれたんだ。すっごくやさしいよ。それでもちょっとは怖い。おとうちゃんに来てほしかったな」

「そうよね。あなたが怖くなったときにそばにいてくれる誰かをさがすわね」

「おとうちゃんにいてほしいんだよ」

「わかってるわ、シーラ。きっと来られるようになったらいらっしゃるわよ」

「来ないよ。だっておとうちゃんは病院がだいっきらいなんだもん」

「そうなの。でも、様子を見ましょう」

「トリイにいてもらいたい」

わたしはうなずいた。「できるかぎりそうするつもりよ。それからアントンもときどき来てくれるし、チャドも来たがってるわ。チャドはずっとあなたのことをきいてばかりいるわ。できるだけのことはするから。だから、怖がらないでね、シーラ。できるだけの助けにはなるから」

シーラはしばらくわたしから顔をそらせて点滴瓶を見上げた。「腕がちょっと痛い」わたしのほうにふたたび向けられた目には、急にはっきりと苦痛と恐怖の色が浮かんでいた。彼女は顔をしかめた。「抱っこしてほしいよ」哀れっぽい声だった。「腕がすっごく痛くって、すっごく寂しいよ。トリイ、ここにいて抱っこしててよお。いかないで」

「いい子ね、あなたを抱くのは無理だと思うわ。いろんなものがとりつけてあるのが、めちゃくちゃになってしまうでしょ。でも、手を握っててあげるわ」

「いやだ」彼女は泣き声をだした。「抱っこしてほしいよ。痛いよぉ」

わたしは彼女の髪を撫で上げ、かがみこんで彼女に近づいた。「あなたがそうしてほしがるのはよくわかるわ。わたしもそうしたいの。でもできないのよ」

シーラは長い間わたしをみつめていたが、やがて目にあの自己抑制の膜がかかった。一度長く、すすりあげるように息を吸いこむと、それっきり何もいわなくなった。ふたたび彼女は受け身の状態になり、感じるに耐えないものをまたひとつ封じこめた。

「本を持ってきたのよ。読んであげるわ。いやなことを少しは忘れることができるかもしれないから」

ゆっくりとシーラはうなずいた。「あのキツネと王子さまとバラのお話を読んで」

17

シーラは四月いっぱい病院にいた。その間に彼女の叔父は法廷に召喚され、性的虐待の容疑で裁判を受けた。叔父はふたたび刑務所にもどった。彼女の父親は病院恐怖症だということで、シーラの入院中一度も娘を病院に見舞うことはなかった。そしてその代わりに自分の恐怖心をジョーズ・バー・アンド・グリルで紛らわしていた。わたしは放課後毎夕シーラに会いにいき、ふつうは夕食が済むまで病院にいた。チャドもほとんど毎夕姿を見せ、わたしが帰ってからも残ってシーラとチェッカーで遊んだりした。アントンもしょっちゅうお見舞いにいき、ウィットニーも本来なら見舞いが許可される年齢に達していないのに、二度ほど短い訪問を許された。コリンズ校長までもがシーラを見舞いにきた。ある土曜日の午後に校長がシーラとゲームをしているのを見てびっくりしたほどだ。毎日毎日善意の仲間たちが頻繁に訪れて、シーラは病棟一の人気者になり、病院の職員たちを驚かせた。みんながそれだけ彼女のことを気遣ってくれてわたしはありがたかった。できるだけ病院にいたいと思ってはいても、毎晩二時間過ごす以上のことはできなかったからだ。それでも、もし誰も来てくれなかったら、無理をしてそれより長く病院に残っていただろうが。

ある意味では入院したことはシーラにとっていいことだった。見た目がかわいいところにもってきて、あのような恐ろしい経験をしなければならなかった彼女は、看護師たちにとてもかわいがられた。看護師たちはシーラに何かと心遣いをしてくれ、彼女のほうでもそれに明るく応えていた。シーラはほとんどの場合、陽気で協力的で、もちろん決して泣かなかった。中でもいちばんよかったのは、一日三回バランスのとれた食事をとれたおかげで足りなかった体重が増えはじめたことだった。入院生活のごく最後のほうになって初めて、彼女はおちつきがなくなりベッドにじっとしているのを嫌がるようになり、ベッドにいなさいという人に対して怒りっぽくなってきた。シーラの精神的な問題はこの事件によって完全に覆い隠されてしまったように思えた。それまであれだけ情緒が不安定な子どもだったわりには、シーラは病院でほとんど奇異な行動をしなかった。それどころか看護師たちは彼女の態度のよさを褒めつづけた。このことが逆にわたしには気がかりだった。もちろんそういう態度をとってくれたほうが入院生活が誰にとってもより快適なものになる。だが、入院そのものも、また入院に至った理由のどちらをとっても、彼女にとっては大きな心の傷になる事件だということがわたしにはわかっていた。シーラのあのおかしなぜったいに泣かない能力のように、彼女がこの悲劇も昇華させてしまって、まるでそんなことは起こらなかったというふうにしてしまっているのではないかとわたしは危惧していた。わたしにとってはそれこそが、他の何よりも彼女の情緒障害の深刻さを示すものだったからだ。

その間他の子どもたちはシーラのいない生活にだんだんと慣れていった。わたしたちは四月の日の光やふたたび息づきはじめた大地を楽しんでいた。みんなおちつきをとりもどし、毎週お見舞いの手紙を書くとき以外は、シーラのことはあまり話題にのぼらなくなっていった。

この間に、わたしの担任しているクラスが永久に解散されることが確実になった。これにはいろいろな理由があり、そのひとつひとつについてわたしもよくわかっていた。まず第一に、この学区内で編成替えが行なわれ、フレディやスザンナのような障害児を配置する場所は、今年度のように別のクラスを維持していかなくても充分確保されることになった。二番目に、その他の子どもたちは充分進歩が見られたので、もっと規制の少ないクラスに通うことができると考えられた。こうなった一番の理由は、おそらく障害児を普通学級に通学させるという新しい法案が議会で可決されるという噂のせいだろう。この連邦政府の法律に呼応して、多くの特別支援学級が解散させられ、特別の訓練を積んだ教師たちは普通学級の相談役に当てられていた。わたしは最も重度の障害児を受け持っていたので、障害児の配置を担当していた人たちはわたしが担当するレベルまでを完全に排除してしまうことに熱意を燃やしていた。そして、最後に――これが最も重要な理由だろうが――予算が少なくなってきていることがあった。子どもたちをわたしが受け持っているようなクラスに入れておくには非常にお金がかかる。教師一人が受け持つ子どもの人数も少ないし、特別の訓練を積み、その分給料も高くなる教師が必要だし、特別の施設も必要で、どれをとってみても多額のお金を必要とする。ここの学区では今後はもう今年度のような数の特別支援学級を運営していく経済的な余裕がないのだった。

この知らせを聞いて悲しくなったが、まったく予想していないことでもなかった。わたしが感じた悲しさは、毎年学年末になり、もう一度このクラスで再出発できればいいのにと思いながら感じる悲しさと同じものだった。じつをいえば、わたしにはわたしの計画があった。学区のほうではわたしに別の仕事を申し出てくれていたのだが、わたしは大学院へ入学の申しこみをしていてそれが許可されていた。わたしは障害児教育の修士号と普通教員免許はすでに取得していた。だが障害児教育専門の正式な免許は持っていなかった。州は普通教員免許の上にさらに障害児教育専門の正式な免許をまだ要求してはいなかったが、今後そうなるだろうということは予測できた。わたしの知っている多くの優秀な教師が、必要とされる資格を持っていないという名目で職を失ってきた。もしそういう日が来たときに、わたしが学校で教えることをあきらめたくないと思った場合、資格が不充分だからだめだといわれたくはなかった。いまの仕事は本質的にはもう終わっていた。秋が来ても同じ子どもたちと同じ教室でまた始めるわけにはいかないのだ。そう考えると、いまが大学にもどるいい潮時なのではないかと思われた。

わたしは博士号をとることも考えていた。ここ何年かリサーチをすることが急に多くなってきていて、子どもたちのひきこもりと鬱の分野のリサーチがものすごく少ないことに驚いていた。

わたしは教えるのが大好きだが、ここ何カ月かは今後どうしようかと自分の気持ちを探ることでいっぱいだった。このことに加えて、チャドからは結婚しておちつこうというプレッシャーが改めてかかってきていた。シーラの審問の日の夜のことが彼に大いに影響を与えたようで、いまでは自分が家族をほしいと思っていることをはっきりと認めていた。だがわたしのほうはだんだんおちつかなくなってきた。四月六日に大学からの許可が来たとき、わたしはいくことにした。ということは、六月に学校が終わったら、わたしはチャドからもシーラからも、そしてわたしの人生で最良の何年かを与えてくれたこの場所からも離れて、大陸を半ば横断していくということを意味した。

シーラは五月の初旬に学校にもどってきた。病院にいたときと同じように外向的で活気にあふれたシーラは、まるで長い休暇を過ごしてきたような印象を与えた。彼女がもとの席につくのを見守っていたわたしは、彼女の態度を見ていてますますおちつかなくなってきた。あれほどの苦痛をそんなに簡単にのみこんで、乗り越えることなどできるわけがないのだ。彼女はわたしが思っている以上にひどい情緒障害に陥っているのではないかとわたしは心配になってきた。つまり、ひょっとしたら彼女は現実の世界の恐ろしさから自分を守るために、何かの空想の世界に逃げこんでしまっているのではないのか。だがその日一日、それから続く二日間の様子からは、何か問題がありそうな気配はまったくなかった。どこから見ても、彼女はわたしたちのクラスの活動にちょっと参加しに寄ったごくふつうの子どもとしか思えなかった。

だがその週の終わりの頃には、めっきがはがれかけてきた。以前の問題がまた頭をもたげてきたのだ。わたしが彼女にどんどんむずかしい問題を要求しはじめると、彼女はまちがいをするようになった。木曜日には、まちがったせいで、シーラは何時間もふくれっ面をしていた。他の子どもたちはシーラがもどってきたことにも慣れてしまって、彼女に注目しなくなっていた。ずっと注目されることに慣れっこになってしまっていたシーラには、この傾向も、ものごとが自分の思うようにならなかったときの腹立ちを増幅させた。だが、もっとも重要な変化は、シーラがゆっくりとまたわたしに話しかけてくるようになったことだった。いままでこの点が欠けていたのだ。シーラは学校の生活時間でも放課後でも絶えずおしゃべりはしていたが、ほんとうの話は何もしていなかった。その場その場での他愛のないおしゃべりばかりだった。以前心を開いて自分の気持ちを自分から話してくれていたときとはちがって、いまでは無難なことしか話さなかった。だが、少しずつではあるが、楽しそうに見える表面のその下にあるものを映し出すような言葉がぽつぽつと出はじめてきた。

シーラは以前のオーバーオールとTシャツ姿で学校にもどってきた。まだ血のしみがついていて、入院中に体重が増えたいまのシーラにはこのオーバーオールはきつくなっていた。丈も幅も小さすぎるのだ。あの赤と白のドレスはどうなったのだろうと思っていたので、ついに金曜の放課後にきいてみた。シーラは掲示板に張る紙形を切り抜くのを手伝ってくれていたので、わたしたちは二人でテーブルの上に材料を広げて座っていた。

彼女はしばらくわたしの質問について思いをめぐらせていた。「あの服はもう着ないんだ」

「どうして？」

「あの日……」といいかけて言葉を切り、彼女は紙を切る作業に集中した。「あの日ジェリーおじちゃんが……うーんと、あの服のことかわいいドレスだっていったんだ。それから、服の下を触ってきた。前にもそうやったことがあったけど、あのときはそれだけで止めてくれなかった。両手をずっとこの下のところに入れてきたんだよ。だから、もうあの服は着ないんだ。もう誰にもあんなことされたくないから」

「まあ」

「それに、あの服は血だらけになっちゃったし。あたしがいない間に、おとうちゃんがもうあの服は捨ててしまってた」

長く重苦しい沈黙が二人の間に流れた。なんといっていいのかわからなかったので、わたしはただ紙を切る作業を続けていた。シーラが顔を上げた。「トリイ？」

「なあに？」

「トリイとチャドも一緒にあんなことやるの？　ジェリーおじちゃんがあたしにやった

みたいなことを？」

「あなたのおじさんがあなたにやったようなことは、誰もやってはいけないことなのよ。あれはいけないことなの。セックスというのは大人の人達がお互いにすることなのよ。子どもがすることじゃないの。それにナイフを使ったりはしないのよ。あれはいけないことなの」

「あたし知ってるよ。おとうちゃんがときどき女の人を家につれてきて、やってるもん。おとうちゃんはあたしが眠ってると思ってるけど、あたし寝てないんだ。へんな音がするから、目がさめちゃうんだよ。あたし、見たんだ。だからどんなだか知ってるんだ」

彼女の目は暗かった。「あれがほんとうに愛なの？」

わたしは大きく息を吸いこんだ。「あなたはまだ子どもだからね、シーラ、全部はわからないのよ。それのことを愛だということもあるわ。でもほんとうはそうではないの。それはね、セックスっていうの。ふつうは二人の人間がほんとうに愛し合っているときにそういうことをするの。そういうときにはそれはよくて、二人ともそういうことが気に入るものなのよ。でもね、愛し合ってはいないのにただそうするって人もいるの。それもセックスだけど、愛とはいえないわ。ときには一人の人がもう一人にそれを無理強いすることもあるの。だけどそれはどんなときでもいけないことなの」

「あんなことをしなきゃいけないんだったら、あたし誰も愛さない」

「あなたはまだ小さすぎるのよ。あなたの身体はまだそういうことができるようになっていないの。だから痛かったのよ。でもそれは愛じゃないわ、シーラ。愛ってそんなことじゃない。愛は気持ちの問題よ。あの出来ごとはほんとうにまちがったいけないことだったのよ。誰もあんなことを小さな女の子にしちゃいけないのよ。あなたはまだ小さすぎるのよ」

「じゃあ、なんでおじちゃんはあたしにあんなことやったの、トリイ？」

わたしは切っていた紙形を置いて、髪をかきあげた。「あなたのその質問はものすごくむずかしいわ」

「でも、あたしにはわかんないよ。あたし、ジェリーおじちゃんが好きだった。一緒に遊んでくれたし。それなのになんでおじちゃんはあたしを傷つけたいと思ったの？」

「ほんとうにわからないわ。ときどき人は自分を抑えることができなくなるものなのよ。わたしが二月に出張にいったとき、あなたとわたしがそうなったの、覚えてるでしょ？あのとき二人とも自分を抑えられなかったわね？　そういうことがときどき起こるのよ」

シーラは紙を切るのをやめて、紙とはさみをぽとりと指からテーブルに落とした。長い間黙って、彼女は身動きもせずにただ紙とはさみと、それからまだ開いたままの手をじっとみつめていた。顎がぶるぶる震えていた。

「ものごとって、ほんとうにこうなったらいいなと思ってるようにはいかないもんなんだね」彼女はわたしのほうを見ずにいった。

わたしは何と答えていいのかわからず、黙っていた。

シーラは打ち負かされたというふうにテーブルの上につっぷした。「あたし、もうあたしでいるのがいやになったよ。もういやだ」

「そういう辛いときもあるわ」まだ何といっていいのかわからず、でも何かいわなければと感じてわたしはそういった。

シーラは頭を動かしてわたしのほうを見たが、まだ頭は切り紙細工が積み重なった上に載せたままだった。目がぼんやりしていた。「あたし、誰か別な人間になりたい。スザンナ・ジョイみたいにドレスをいっぱい持ってるような子に。もうここにはいたくない。ふつうの子になってふつうの子の学校にいきたいよ。もうあたしでいることがいやだ。もううんざりだよ。でもどうやったらいいのかわからない」

わたしはシーラをみつめた。どういうわけかわたしはいつも、自分もとうとう純真無垢な心を失ってしまったと思う。ついに最悪のものを見てしまった、だからこの次にはこれほどひどくは傷つくことはないだろう、と。にもかかわらず、やはり自分がひどく傷ついているのに毎度気づくのだった。

18

その学年の最後の大きな行事として、わたしはうちのクラスで母の日に出し物をすることにした。障害児教育にふりかかる最大の悲劇のひとつは、障害児たちがふつうの子どもたちが行なう伝統的な楽しい活動に決して参加できないということだ。障害児にとっては、なんとかその日その日を乗り切っていくということだけでも充分な達成だと思われている。が、わたしはこの考え方がいやでしようがなかった。ただ「その日その日を乗り切っていく」だけの人生なんて、生きていく甲斐がほとんどないではないか。ほとんどの人はケーキそのものよりも、上に飾られているアイシングに引かれてケーキを食べるのだということは、だれもが知っていることだ。それでわたしはわたしたちの教室内でもふつうの学校行事の中の人気のあるものを行なって、なんとか楽しいものにしていこうと努力してきた。

十月には家族の集まりをして、まあまあうまくいった。そこで五月を楽しい月にするためには、また家族に来てもらうのがいちばんだと思ったのだ。スザンナやフレディやマックスのような子どもたちも参加できる行事を考え出すというのは、容易な作業ではない。だが、うちのクラスの親たちの助けを借りて、わたしたちは歌や詩と、小さな子どもたちの劇には必ず出てくる春の花やキノコがいっぱい登場する寸劇を組み合わせた。子どもたちはみんなこのイベントに興奮したが、ピーターだけはもっと凝った寸劇をしたがった。ほとんどの子どもたちはテレビでしょっちゅう再放送されている《オズの魔法使い》を見ていたので、それをやりたいというのだった。頼りになる役者が五人しかいないし、ましてシーラ以外字があまり読めないのだから無理だと、わたしは説明した。それでもピーターは頑固で、自分はぜったいに森の国のお花の役なんかやりたくない、自分はブリキのきこりがやりたいのだといい張った。セーラもピーターの意見に賛成した。運動場で〝オズの魔法使い〟ごっこをやったことがあって、そのときはとてもうまくいったというのだ。わたしもとうとう降参して、もしピーターとセーラがフレディたちの役もちゃんと入れて、ギレアモーにも障害があってもできるようなちゃんとした役を与えるような劇の粗筋を作ることができるのなら、やらせてあげると宣言した。

練習が始まった。実際には四月から歌の練習はしていたのだが、ピーターによる脚本の手直しは五月にシーラがもどってくるまでなされなかった。わたしたちの母の日の劇の上演が多少遅れるのは明らかだった。わたしはシーラの記憶力のよさにいくら感謝してもしきれないくらいだった。彼女は歌うのもまあまあうまく、与えられた台詞はなんでも暗記できた。そこでわたしはシーラとマックスの分の台詞を増やしてプログラムを引き伸ばした。マックスは障害ゆえに、ものすごい量の言葉を繰り返しいえるという能力を持っていたのだ。もっとも、必ずしもこちらの希望どおりにやってくれるというものでもなかったが。

わたしはシーラにお父さんに来てもらいたいかときいてみた。劇は母の日の出し物として上演されるわけだが、子どもたちが楽しそうに学校で活動しているのを親に見てもらう数少ない機会だったので、父親も大勢来ることになっていた。それに、わたしはすべての家族に自由に学校の活動に参加してもらいたいと思っていた。だからシーラにそうきいたのだった。もし彼女が父親に来てほしいと思っているのなら、父親をここに連れてくるために特別の準備が必要なことがわかっていたからだ。

シーラは顔をしかめてしばらく考えていた。

「来ないよ」

「もしお父さんが来たいのなら、アントンが迎えにいってくれるわよ。前もってわかっていたら、むずかしいことじゃないわ」

「それでも来ないと思う。おとうちゃんは学校があんまり好きじゃないんだ」

「でもあなたが劇に出て、歌を歌っているところが見られるのよ。あなたがそういうことをしているのを見たら、お父さんきっと自慢に思うと思うけど」わたしはシーラと目の高さが同じになるように、小さな椅子に腰をかけた。「ねえ、シーラ、あなた一月からいままでほんとうによく頑張ってきたわ。まるでちがう子みたい。前に比べたらほとんど問題も起こさなくなったし」

シーラは強くうなずいた。「前はいつも何でもめちゃくちゃにしてたけど、もうやらないから。それに、前は腹が立つとしゃべらなかった。前は悪い子だったんだ」

「あなたはずっといい子になったのよ。もうだいじょうぶ。お父さんはきっとあなたがどんなにちゃんとなったかを見たいと思うわよ。お父さんはまだあなたがクラスでどんなに重要な子かってことがわかってないと思うから、見たらきっと誇らしく思うはずよ」

シーラは目をせばめてわたしを見ながら、しばらく思いをめぐらせていた。「おとうちゃん、来るかもしれない」

わたしはうなずいた。「そうね、いらっしゃるかもしれないわね」

劇の当日の朝、チャドが大きな箱をかかえて教室にやってきた。アントンは大道具を作っている最中で、シーラは歯をみがいていた。「いったいどうしたの?」彼の姿を見て驚いたわたしはいった。

「シーラに会いにきたんだよ」

シーラは乗っていた椅子から興奮して飛び下り、走り寄ってきた。

「まず口をゆすいでおいで」チャドが彼女にいった。彼女は小走りに流しまでいくと、またすぐにもどってきた。唇のまわりにはまだ歯みがきがついていた。「今日は劇をするんだろ?」

「そうだよ!」シーラは叫んで、チャドのまわりを興奮して跳ね回った。「あたし、ドロシーの役だから、トリイが髪を三つ編みに編んでくれるんだ。歌を歌って詩も朗読するんだよ。おとうちゃんが見に来てくれるって!」興奮して早口でいい過ぎたので、息がきれてしまった。「チャドも見にくる?」

「いや。でもきみのデビューを祝って幸運のプレゼントをもってきたよ」

シーラの目がまん丸になった。「あたしに?」

「ああ、きみにだ」

大喜びでシーラがチャドの膝に抱きついたので、チャドはよろけてしまった。

わたしには箱の中身がわかっていた。前開きのところにレースの飾りがついている赤と白と青のロング・ドレスだ。最近ニューヨークにいったときにチャドが買ってきた、美しくて高価なドレスだった。わたしは前のドレスがどうなったか、そしてドレスを着ると無防備でたまらなくなるというシーラの気持ちをチャドに話していた。そのために、チャドは短いのではなく長いドレスを買ってきたのだった。わたしにそのドレスを見せにやってきた夜、チャドの目は少年のようにきらきら光っていた。ニューヨークの店で、フットボール選手のように長身の彼が、小さな女の子用のドレスが並んだ棚を身をかがめて見ている様子が目に見えるようだ。アイオワにいる特別の小さな女の子のために特別のドレスを買って帰るんだと、店員に長い両腕を広げて説明している彼の姿が目に浮かぶ。シーラが夢に描いているまさにそのドレスをみつけた、とチャドは自信満々だった。これで先月の悪夢のような事件を消しさり、あの裁判所での審問の夜にわたしたちが見出したあのささやかな魔法をふたたび取りもどすことができる、と。

シーラは包装紙を破り、箱のふたを開けた。彼女はしばらくためらい、中身をまだはっきりとは見せていない薄紙をじっとみつめていた。それからゆっくり、ゆっくりとドレスを箱からとりだし、目をまん丸に見開いた。彼女は、自分のすぐそばで床に膝をついているチャドの顔を見た。

それから彼女はドレスを箱の中にぽとりと落として、頭を垂れた。「あたし、もうドレスは着ないんだ」かすれた小声でそういった。

チャドは困惑してわたしのほうを見た。失望がはっきりと顔に表われている。わたしもふたりのそばにやってきて膝をついた。「この一回きりだったらいいと思わない?」

シーラは首を横に振った。

わたしはチャドの顔を見た。「しばらくわたしとこの子の二人っきりにしてもらってもいいかしら」そういって立ち上がり、シーラを連れて教室の向こうの端の動物の檻の後ろ側にいった。チャドには何がなんだかわけがわからなかっただろう。シーラが辛い思いをしたにちがいないことがわたしにはわかった。彼女はきれいなものが大好きで、チャドがもってきてくれたドレスはそれこそすばらしいものだったのだから。三月に彼が買ってくれたあの赤と白のドレスよりずっとこっちのほうがかわいかった。それでも、彼女の身に起こったことはついこの間のことで、その傷はまだあまりにも生々しかったのだ。

わたしが檻の後ろ側に連れていった頃には、彼女は顔をゆがめ、目には涙がたまっていた。なんとか涙を流すまいとして、シーラは指をこめかみに押し当てたが、わたしのクラスに来て以来初めてこれに失敗した。シーラの両頬に涙がぽろぽろと流れ、彼女は泣き出してしまった。

ついにその時がやってきたのだ。遅かれ早かれいつかはやってくるだろうとわたしがこの何ヵ月もの間ずっと待っていたその時が、ついにいまここでやってきたのだった。

何分間か、わたしはシーラと一緒に檻の裏側に座っていた。シーラがほんとうに泣いたことにわたしはひどく驚いて、しばらくの間ただ彼女の顔を見るよりほかに何もできなかった。それから彼女を両腕に抱いて、ぎゅっと抱きしめた。彼女が強くわたしのシャツをつかんだので、わたしの肌に彼女の指がくいこんでいく鈍い痛みを感じた。彼女が完全に自制心を失っていて、それを取りもどす気もないのがわかったので、わたしは彼女をかかえ上げて、隠れ場所から出た。他の子どもたちが入ってきて、劇の準備をはじめるここから出てどこか邪魔されない場所にいかなければならなかった。

「ぼく、何か悪いことした？」チャドが心配そうにきいた。彼のやさしい顔が心配でゆがんでいた。「こんなつもりじゃあ……」

わたしは首を振った。「心配しないで。ドレスをあそこに置いといて。もう少ししたらもどってくるから。いい？」わたしは次にアントンのほうを向いた。「少しの間一人でやっててくれる？」

わたしたちが二人っきりになれて、誰にも邪魔されない場所といえば、書庫しか思いあたらなかった。子ども用の椅子をひきずりながらシーラをかかえて、書庫の鍵を開けて中に入ると、わたしは用心深くドアを閉めた。本の棚を後ろにして椅子を置き、腰を下ろすと、シーラがもっと居心地よくなるように彼女を抱き直した。

彼女は激しくすすり泣いていたが、もう最初のころのようにヒステリックには泣いていなかった。だが、シーラは泣きに泣いた。わたしはただ彼女をかかえて、椅子の後ろ脚だけで立って椅子を前後にゆすっていた。彼女の涙と、熱い息と、部屋の狭さのせいで腕と胸がしめってきた。劇のことで興奮している子どもたち相手にアントンはひとりでどうやっているのだろうかとか、劇そのもののことを考えたり、うまくいくだろうかと思ったり、シーラの状態について考えをめぐらしたり、と最初わたしの頭はめまぐるしく動きつづけていた。だが、そのうちわたしの考えも底をつき、わたしはただ腕がだんだん疲れてきたということ以外とくに何も考えずにだまって座って身体をゆすっていた。

ついに涙が止まった。シーラは震えている、ぐしょぬれの小さな塊にすぎなかった。泣き疲れたために、すべての筋肉の力が抜けていた。小部屋は湿気が多く、異常に暑くて、二人とも泣くといつも出てくる唾や涙や鼻水などでべとべとだった。わたしは彼女の濡れた髪を顔からかきあげながら、彼女の頭の中で何が起こって、チャドのプレゼントが最後の歯止めをはずすことになってしまったのだろうかと思っていた。

「少しは気分がよくなった？」わたしはやさしくきいてみた。

シーラは答えなかったが、わたしによりかかってきた。ひどく泣いたあとのしゃくりあげる息づかいと興奮で彼女の身体はがたがたと震えていた。「吐きそう」

教師としての反射神経からわたしはすぐに行動を起こし、わたしは彼女と一緒に書庫から飛び出ると角のところにあった女子用トイレに飛びこんだ。トイレの個室から出てきたシーラは、顔を赤く腫らせて、よろよろと歩き、まるで戦い疲れたように見えた。顎のあたりにまだ歯みがきのうすい跡が残っている。わたしは彼女を抱き上げた。

「ときどきこういうふうになるものなのよ」そういいながら、わたしたちは書庫の中の天国にもどった。「ほんとうに激しく泣いたあとには、気持ちが悪くなるものなの」

シーラはうなずいた。「知ってる」

わたしたちには椅子が一脚しかなかったが、彼女はわたしの膝にしがみつき、わたしのぐしょぐしょになったシャツにしなだれかかってきた。わたしたちはしばらくの間何もいわずに座っていた。

「トリイの心臓の音が聞こえる」ついに彼女がいった。

わたしは彼女の頭をやさしく撫でた。「教室にもどったほうがいいと思わない？　いま頃算数の授業の真っ最中のはずよ」

「いやだ」

ふたたび沈黙がわたしたちを包みこんだ。百万ものことがわたしの頭を駆け抜けたが、そのどれも言葉にはならなかった。

「トリイ？」

「なあに？」

「なんでチャドはあたしにドレスを買ってくれたの？」

チャドが彼女にドレスを買ったのは、ジェリー叔父が彼女の赤と白のドレスが好きだといったのと同じ理由からだとシーラは信じているのではないか。そういう思いがわたしの頭をかすめた。そうだとしたら、彼女にとってなんと恐ろしい考えだろうか。あの安全でやさしくて、愛すべきチャドが、ジェリー叔父が彼女にしたのと同じことをしたいために彼女にドレスを着せたいと思っているとしたら。これはわたしの推測にすぎなかったが、チャドがドレスを買ったのは〝愛〟のためだという答えだけは避けようと思った。

「それは、あなたの前のドレスがめちゃくちゃになってしまったってわたしが話したからよ。あなたが劇で着られるかわいい服をほしがっていると思ったのよ」わたしは彼女の絹のように柔らかな髪を指で梳いた。「あなたがもうドレスを着ないっていってたことをいうの忘れちゃったの。わたしが悪かったのよ」

シーラは何もいわなかった。

「ねえ、チャドはあなたにジェリー叔父さんがしたようなことはぜったいしないって、わかってるでしょう？　彼は小さな女の子にあんなことをしてはいけないってことをちゃんと知ってるわ。あなたを傷つけようと思ってドレスを持ってきたんじゃないのよ。彼があなたを傷つけるようなことはぜったいにないわ」

「わかってる。泣く気はなかったんだよ」

「まあ、シーラ。いいのよ。あなたがいろいろたいへんだったってこと、チャドもよく知ってるから。あなたが泣いたことをとやかくいう人はいないわ。泣くことでものごとがよくなるってときもあるのよ。みんなそのことを知ってるわ。あなたが泣いても誰も気にしないわよ」

「あたし、あのドレスほしかったんだ」彼女はそっといって言葉を切った。「ほしかったんだよ。ただ怖くなっただけ。それだけなんだ。で、自分でも止められなくなったんだよ」

「それでいいのよ。ほんとうにそれでいいの。チャドは小さな女の子がどういうものかよく知ってるわ。わたしたちみんな知ってるのよ」

「あたし、なんで泣いたのかわからない。何が起こったのか、わからない」

「心配しなくていいのよ」

子どもたちが劇のことで興奮しているとわかっているときに、こんなにも長い間自分が席をはずしていてはいけないという思いがどんどん強くなってきた。「シーラ、わたしは教室にもどらなくては。みんなあそこにいるのにアントン一人でたいへんだから。あなたはわたしと一緒に教室にもどってもいいし、そういう気持ちになれなかったら、保健室にいってしばらく休んでいてもいいわ」

「あたし、もどしちゃったから家に帰らないといけないの？」

「いいえ。べつに病気でも何でもないんだから」

シーラはわたしの膝からすべり降りた。「少し休んでいていい？　疲れちゃったよ」

わたしは秘書にシーラは少し横になる必要があるが、家に帰すほどではないことを説明し、三十分ほどしたら休み時間に様子を見にもどってくるからといった。秘書に毛布をもらい、わたしはシーラを簡易ベッドに寝かせた。

「トリイ?」わたしが毛布でくるみこんであげていると、シーラがいった。「あたし、まだあのドレスをもらえると思う? べつに着てもいいんだけど」

わたしはうなずいて笑みを浮かべた。「いいわよ。チャドはあなたのためにちゃんと置いていってくれたから」

休み時間にオフィスにもどってくると、シーラはよく眠っていた。わたしが昼食の時間にまた来て起こすまで、午前じゅうずっと眠っていた。

その五月の午後の芝居には、フランク・ボームもジュディ・ガーランドも二人ともお墓の中でびっくりしたことだろう。タイトルと登場人物だけはあの有名な話と一緒だったが、子どもたちが作った作品は本とも映画とも似ても似つかないものだった。

頭の回転が速く、すばやく対話を作り上げる能力のあるシーラが、ドロシーの役を演じた。タイラーもセーラもドロシー役をやりたがり、そのためにかなり険悪ない合いになり、セーラとピーターの制作チームがあわや決裂しそうにもなった。だが、配役を決める権限はピーターにあったようで、彼がシーラを選んだ。タイラーは意地悪な魔女の役をすべて演じるという屈辱的な仕事を与えられた。セーラはかかしに変身させられた。ウィリアムは弱虫のライオンを演じ、ギレアモーが魔法使いその人になった。いい魔女のグレンダ役をめぐっても争いがあったが、ピーターはなぜかスザンナをグレンダの役に選んだ。彼がなぜこういう選択をしたか、わたしに唯一考えられる理由は、スザンナがとてもデリケートでかわいいので、特別の衣装がなくてもほんとうに妖精のような感じが出せるからだった。だが、ピーターには彼がどうしても明らかにしようとしない彼なりの理由があったようだ。フレディはマンチキンになり、マックスは飛び猿になった。そしてもちろんピーターがブリキのきこりだった。

わたしのクラスの子どもたちが作った「オズの魔法使い」を評価してくれるのは、子どもたちの親と、不本意にもおかしな行動をする子どもたちを愛してくれる教師と大人たちだけだろう。シーラは午前中のトラブルからすっかり回復して、ウィットニーが彼女のために作ってくれた衣装を辞退して、チャドが持ってきたドレスを着た。二時間の昼寝ですっかり元気になったシーラは、台詞をしゃべりながら舞台を飛び跳ね、背景や大道具を蹴っ飛ばした。いっぽう、フレディのほうはまったく動かなかった。頭にマンチキンのへんな帽子をかぶり、自分の場所に座ったきり、客席にいるお母さんに手を振るだけだった。フレディのぽっちゃりした脚にけつまずいて、シーラが彼のひざの上に倒れこんでしまうということもあった。フレディの出番が終わると、ついにアントンが彼を舞台のそでに引きずりもどしてしまった。弱虫のライオンの役はウィリアムにはぴったりだった。彼が怖いという気持ちをとてもよく知っているせいだろうが、ウィリアムは真に迫った演技をして、舞台の上でぶるぶる、がたがた震えてみせた。いちばんびっくりしたのは、スザンナ・ジョイがグレンダ役を実にうまくやってのけたことだった。彼女は舞台の上にいつものようにふわふわと漂うように出てきて、甲高い小声でぶつぶついいながら舞台の上をふらふら歩き回っただけだった。だが、それを劇の設定の中で見ると、おどろくほど自然に見えたのだ。

劇の最中に起こった唯一の大きな問題は、シーラの台詞があまりに長たらしく、そのうえに、観客への説明(ナレーション)が必要だと彼女がしょっちゅう思ってしまったことだった。シーラが一人長々と独白を続けている間、他のみんなはただ黙って立っているだけだった。ついにたまりかねて、シーラが一人しゃべっているところにピーターが歩いていって、引っこめといったほどだった。

だが、それ以外はすべてうまくいった。誰も詩の朗読の台詞を忘れなかったし、歌も調子っぱずれではあるが、生き生きと大きな声で歌えた。劇が終わったあと、クッキーとパンチが振る舞われ、子どもたちは親に学校で行なったことをいろいろ見せてまわった。

シーラの父親はほんとうにやってきた。巨大なお腹の上で無理やりボタンをとめたくたびれたスーツを着て、またもや安っぽいアフターシェーブローションの匂いをぷんぷんさせながら、巨体を小さな椅子の上にしずめていた。彼が重心を移動するたびに椅子が不吉なきしみ音をたてるのを聞きながら、わたしは劇の間じゅうどうか椅子が壊れませんように、と祈りつづけていた。最初の出番が終わって、シーラが父親のもとに跳ねるようにやってきたとき、わたしは父親が娘に微笑みかけるのを初めて見た。彼にも素面（しらふ）でやってきて、わたしたちと一緒にこの場にいることを楽しむだけのやさしさがあったのだ。パーティーも終わりになったころ、わたしが父親のそばにいって、チャドがシーラのために買ったドレスのことをいうまで、父親はシーラの新しいドレスのことはまったく口にしなかった。彼は娘を注意深く見てから、わたしのほうに向きなおり、上着のポケットから擦り切れた財布を取り出した。

「いまあまり持ち合わせがないんだが」と彼は静かな口調でいった。彼がこのドレスが高価なものだとわかっていて、お金を払おうとしているのだと思い、わたしはぎょっとした。だが、彼は他のことを考えていたのだった。「あんたに金を渡すから、シーラを連れて普段着を買いにいってもらえんだろうか？　何か買ってやらないと、と思ってはいたんだが、こういうことは女の人がいないとどうも……」彼は言葉をにごして、目をそらした。「おれが金をもっていると……つまり、わかるだろうが、おれにはちょっとした悪い癖があってね。きっとこの金も……」彼は十ドル札を手にしていた。

わたしはうなずいた。「ええ、わかりました。来週にでも放課後に彼女を連れていきますわ」

父親はわたしに微笑みかけた。唇をぎゅっと引き結んだ、かすかな、寂しげな笑みだった。それから、あっという間に姿を消してしまった。わたしはその札をじっとみつめた。いまどきこのお金では大した服は買えない。だがそれでも彼としては気持ちを示したのだ。彼なりのやり方で、お金が酒瓶に換わってしまう前に、使うべきところに使ってもらおうとしたのだった。わたしはいつの間にか彼を好きになっていた。そして同情の念がこみあげてきた。犠牲者はシーラだけではないのだ。彼女の父親もまた彼女と同じだけの気遣いを必要としており、またそうされるだけの資格があるのだった。かつて、痛みからも苦しみからも決して救われることのなかった小さな少年がいて、それがいま一人の男性になっているのだった。ああ、そういう人に気配りをしてあげるだけの充分な人間がいたら、無条件に愛してあげるだけの人がいたら——わたしは悲しい思いでそう思わずにはいられなかった。

19

気がついたら、学年の終わりまでにあと三週間しかなかった。わたしの頭の中にはやらなければならないのにやっていないことが渦巻いていた。やらなければいけないことがまだまだいっぱいあった。それから、学校が終わったらすぐにしなければならない、わたしの引っ越しの計画にも手をつけはじめていた。夜は荷造りと何年もの間にたまりにたまったがらくたの整理で忙しかった。

わたしはこのクラスが解散になることをまだ子どもたちに話していなかった。子どもたちの何人かは、次の学年から自分たちがいまよりも制約の少ないクラスに移ることを知っていた。ウィリアムは専任教師についてもらって五年生の普通学級へいくことになっていた。この三カ月、彼は読み方と算数の授業時間だけ、本館にある四年生のクラスにいって授業を受けていた。タイラーも新しいプログラムに参加することになっていた。彼女はまだほとんどの時間は一般の生徒とは別の教室にいることになるだろうが、それでもいまよりは普通の生徒の生活に近いものになるはずだった。

セーラのことをどうするかはまだ決めかねていた。彼女はいまの教室ではうまく適応できるようになっていたが、大人数の中に入るとまだどうしてもひきこもってしまうところがあった。わたしはあと少なくとも一年は障害児学級にいる必要があるのではないかと思っていたが、それでもあともう少しというところまできていた。残念ながらピーターは特別な扱いから抜け出ることはできないだろう。神経系の障害が悪化してきているせいで、彼の行動はひどくなるいっぽうだった。あまりに暴力的で破壊的で、衝動的な行動をするため、厳しくスケジュールの組まれた教室でないと無理だった。ギレアモーの家族は引っ越すことを考えていた。それからマックスとフレディとスザンナは三人とも特別のプログラムに参加することになっていた。フレディは重度の知的障害を持つ子どもたち用の教室にいくことになっていた。彼を担任することになる教師は、彼が大きな負担にならなければいいがと思っていた。この教師は教室でのフレディの様子を見るために何度かここに見学にきたことがあった。マックスはとてもよくやっていた。ずいぶんふつうにしゃべれるようになってきて、反響言語と呼ばれる人のいったことを鸚鵡(おうむ)返しにいうことは少なくなってきていた。彼とスザンナの二人は自閉症児のための特別プログラムに参加することになっていた。

で、シーラは？　そう、シーラだ。わたしはまだ彼女にこのクラスがもうすぐ終わりになることを話していなかった。そのことを話したら、何が起こるかわからなかったので、一日延ばしにしていたのだ。早い話が、怖かったのだ。一月にこの教室に引きずられるようにして連れてこられた、あの恐怖の塊のようだった彼女から思えば長足の進歩だった。わたしのベルトにつかまって離れなかった二月の頃のことを考えると、よくここまで来たものだと思う。ジミーのことはすっかり忘れてしまったようで、ハイウェイに置き去りにされたこともほとんど口にすることはなくなった。それでも彼女はもろかった。わたしは彼女にはもう特別の教室は必要ないと思っていた。事実、彼女はきちんとしゃべれて、自分のことは自分でできるので、障害児学級にいてはかえって無視されてしまうのではと心配だった。いま彼女を障害児学級に置くと、注目を得たいがために、ふたたびマイナスの行動をとってしまう恐れがあった。いまのシーラに必要なものは、ただ彼女のことを気にかけてくれる人間だった。わたしは彼女を三年生に編入させてくれるようにエドにいってみようかと考えているところだった。彼女は小さいけれど、勉強の面でも社会的にも三年生に近かったからだ。情緒的な問題はあるが、年のわりには早熟だった。それに、わたしには町の反対側の学校で三年生を教えている仲のいい友人、サンディがいた。こちらから要請すれば、学区はシーラをバスでその学校まで運んでくれるはずだ。そこのほうがいまの学校よりも労働者用キャンプから近いし、彼女を普通学級に入れたほうが、障害児学級に入れておくよりもずっと経費も安くてすむのだから。サンディならわたしのためにシーラの世話をきちんとしてくれるはずだ。わたし自身のためにもこういう保証が必要だった。

シーラが普通学級でどのようにやっていけるかを見るために、わたしは算数の時間だけ彼女を今の学校の二年生のクラスに通わせることにした。二年生の担任の一人、ナンシー・ギンズバーグは、感じがよく熱心な女性で、自分の生徒たちと一緒に合同で活動しないかとわたしのクラスに最初に声をかけてくれた一人だった。そこでわたしはある午後、教師用ラウンジでナンシーに近づき、算数の時間だけシーラの面倒をみてもらえるかどうか尋ねてみた。シーラは算数では二年生以上の能力があると思うが、わたしとしてはシーラが毎日一定の時間だけ自分の教室から出て、普通学級の緊張した雰囲気に適応することができるかどうかを見たいのだと説明した。算数は彼女のいちばん得意な科目なので、算数からスタートするのがいちばんいいのではないか、と。ナンシーは同意してくれた。

「ねえ、いい話があるんだけど」遊び時間に散らかったおもちゃを一緒に片づけながら、わたしはシーラにいった。

「なに？」

「あなたにこれからすばらしいことをしてもらうことになったの。一日の少しの間だけ、普通学級にいくのよ」

シーラはきっとして顔を上げた。「えっ？」

「ギンズバーグ先生に話してみたら、毎日先生の算数の授業に来ていいって」

「ウィリアムがやってるみたいに？」

「そうよ」

シーラは身をかがめてエレクター・セット（工事現場の鉄骨やクレーンを模した組み立て玩具）を片づけていた。

「あたし、いきたくない」

「急に聞かされたからよ。よく考えたらきっと気に入るわ。考えてもごらんなさいよ。普通学級よ。あなた、普通学級に入りたいっていってたじゃないの。それがほんとうに入れるようになったのよ」

「いかないよ」

「どうして？」

「ここがあたしのクラスだもの。他の先生のクラスになんかいきたくない」

「算数の時間だけよ」

シーラは鼻にしわを寄せた。「だけど、算数がここでいちばん好きな時間なんだよ。あたしのいちばん好きな時間にここから追い出すなんて、ずるいよ」

「あなたがそうしたいのなら、ここでも算数のお勉強をしていいのよ。でもギンズバーグ先生のクラスでも算数のお勉強をするの。月曜からね」

「いやだ。いかない」

シーラはこの試みにまったく乗ってこなかった。わたしがあれこれ理由をつけて勧めると、ことごとく反論してきた。その日はずっと、ふてくされるか荒れるかのどちらかで、わたしが話題を変えてもだめだった。午後になるとわたしもうんざりしてきて、あなたからの反対意見はもう充分聞いた、とにかくあなたにはいってもらう、まだ心の準備をするのに二日間あるし、わたしもよそのクラスにいくのがうまくゆくようにできるだけのことはするつもりだけど、とにかくいくことはいってもらう、と冷たくいい渡した。

シーラは腹を立てて足を踏みならし、大股で歩いていくとオニオンズの檻をがたがたとゆすった。幸いにもオニオンズはそのとき中にいなかったのだが、彼女がしつこく檻をがたがたとゆすりつづけるので、わたしはそこまでいって彼女をテーブルのところまでひっぱってきた。そして行儀よくしないのなら静かにするコーナーにいってもらうといった。それを聞いてシーラは飛び上がるように立ち上がると、挑戦するようにつかつかと静かにするコーナーに歩いていった。そして、派手に音をたてながら椅子に座った。

わたしは彼女をそのまま座らせておいて、ウィリアムが図工にとりくむのを手伝いにいき、シーラのことは無視した。わたしとアントンが、気持ちがおちついたのなら席を離れてもいいといったにもかかわらず、シーラは午後じゅうそこに座っていた。セーラが午後のおやつの準備をするのを手伝って、と声をかけたがそれでも動かなかった。

シーラがわたしの気分を害することを狙っているのが明らかだったので、放課後彼女をアントンと一緒に部屋に残して、わたしは授業の準備をしに教師用ラウンジにいった。シーラがいったんああいうふうになったら、一人で放っておくのがいちばんだった。五時少し前にわたしが教室にもどると、シーラはクッションにもたれてくつろぎながら本を読んでいた。

「怒るのは終わったの?」とわたしはきいた。

シーラは本から目を上げずに、何気なくうなずいた。

「あたしをいかせたことをきっと後悔するからね」

「それ、どういう意味なの？」

「もしいかなきゃいけないんだったら、いい子にはしないから。悪いことをしたら、向こうの先生はあたしをここに送り返すはずだよ。そうしたらもうあたしを向こうにやることができなくなるよ」

「シーラ」わたしは腹が立ってきた。「自分のいったことをちょっと考えてごらんなさい。そんなことしたくないくせに」

「ううん、したいよ」まだ本から顔を上げずに、彼女はいった。

わたしはちらりと時計を見た。もうシーラが帰らなければならない時間だった。彼女をこういう状態のまま帰したくなかった。彼女が座っているところまでいくと、わたしは彼女の横に膝をついた。「どうしたっていうの、シーラ？　なんでいきたくないの？　もう一度普通学級にもどれて、あなたが喜ぶと思ったのに」

シーラは肩をすくめた。

彼女がわたしの顔を見ざるをえないように、わたしは彼女の手から本をとった。「シーラ、あなたが何を考えているのか教えてちょうだい。問題を起こすつもりだったら、あなたを向こうのクラスにいかせたりできないってこと、あなたもわかっているでしょう。このことはあなたがどう振る舞うかにかかっているのよ。ギンズバーグ先生に迷惑をかけるわけにはいかないんだから。まさかそんなことはしないわよね」

「する」

「シーラ……」

彼女はついにまっすぐにわたしの目を見た。青い目が潤んでいる。

「なんであたしはもうここにいちゃいけないの？」

「そんなこといってないでしょう。あなたにはここにいてもらいたいわよ。いてもらいたいにきまってるじゃないの。でも、普通のクラスへもどれるように、あなたにはほんとうの教室で何が行なわれているかも学んでもらいたいのよ」

「ほんとうのクラスがどんなものかはもう知ってるよ。ここに来る前にいってたもの。あたしはこの頭のおかしい子のクラスにいたいんだよ」

時計の針は五時を指そうとしていた。「シーラ、もう時間がないわ。もうこんな時間だから、バスに間に合うように走らないと。この話はまた明日しましょう」

シーラはこの話をそれ以上しようとはしなかったし、彼女のいったことは嘘ではなかった。わたしは彼女を月曜の午前中三十五分間の予定で、ミセス・ギンズバーグのクラスに送りこんだ。だが十五分もしないうちに、アントンが彼女を連れもどしにいかなくてはならなかった。シーラは問題用紙をびりびりに破り、鉛筆を投げつけ、自分の二倍もあるような、疑うことを知らないかわいそうな二年生の子をひっかけて転ばせたのだ。アントンが足をばたばたさせ、叫び声をあげているシーラをひきずってもどってきた。彼らの後ろでドアが閉められ、教室に入ったとたんに、シーラは騒ぐのをやめた。唇にうれしそうな笑みが浮かんだ。アントンがシーラを静かにするコーナーに連れていく間に、わたしはマックスの隣の席にがっくりと腰を下ろし、手で目をおおった。

彼女の振る舞いにすごく腹が立ったので、しばらくは自分が何をしでかすか自信が持てなかった。また次の学年に彼女がどうなるか、そのことを話し合わなくてはならない時期が来ていることもわかっていたので、わたしはミセス・ギンズバーグの教室での彼女の行動にすぐに立ち向かうことはしなかった。自分の気持ちがおちついてから、わたしは静かにするコーナーから出てみんなのほうにきてもいいと彼女にいい、いつもどおりの日課にもどった。

わたしに直接反旗を翻したことを、シーラはかなり恐れているようだった。その日はずっとわたしにすごく気をつかい、自分がどれだけちゃんとしているかをわたしに見てもらおうと努めていた。ギンズバーグ先生のクラスで暴れたことについて、静かにするコーナーにいきなさいという以外わたしが何も触れないこともいつもとはちがうことだったので、シーラはいっそう困ってしまったようだった。彼女は一度だけわたしにいつ怒るのかときいてきた。わたしが急に無関心になったのは、彼女から離れたいという気持ちの表われだと思ってほしくなかったので、わたしは微笑んでみせた。そして、もっと時間のあるときにゆっくり話し合おうといった。それでも彼女はその日一日じゅうぴりぴりしていて、少し離れたところからずっとわたしの様子をうかがっていた。

放課後、わたしは他の子どもたちをバスまで送っていった。教室にもどると、シーラが目を恐怖に見開いて、部屋の向こう側の動物の檻のそばの壁にもたれて立っていた。わたしは顎でテーブルのひとつを指し示した。「こっちにいらっしゃい、シーラ。ちょっと話しましょう」

ためらいがちに近寄ってくると、彼女はテーブルをはさんでわたしと向かい合う席に腰を降ろした。不安が顔に出ていて、目が大きく見開かれている。「あたしのこと怒ってる？」

「今朝のこと？　もちろん朝は怒っていたわ。でも、いまはもう怒っていない。そうじゃなくて、あなたがいったい何を考えているのかを知りたいと思っているだけよ。なんであなたがあっちのクラスにいきたくないのか、わたしにはよくわからないのよ。先週はあなたは怒ってそのことを話してくれなかったでしょ。だから、なぜかを知りたいだけなの。だってあなたはいつも何をするにしてもちゃんとした理由があってするじゃないの。そういう意味で、わたしはあなたのことを信頼しているのよ」

シーラはわたしの顔をじろじろと見ていた。

「どうなの？」

「ここがあたしの教室（This here be my class）」最近ではほとんど出てこなくなっていたbeという原形が、久し振りにでてきた。

「そうよ、ここがあなたの教室よ。わたしは何もあなたをここから追い出そうなんて思ってないわよ。一日のうちのたった三十五分だけのことじゃないの。それに、次の学年のためにそろそろ普通学級のことを考える時期じゃないかなと思っているのよ」

「あたし、普通学級へなんかいかないよ。ここがあたしの教室だもの」

わたしは長い間彼女をみつめた。「シーラ、いまは五月よ。あと何週間かで学年が終わるわ。そろそろ次の学年のことを考える時期だと思うの」

「次の学年もあたしはこのクラスに来る」

心がずしんと重く沈んだ。「いいえ」とわたしはやさしく答えた。

彼女の目がぎらっと光った。「ここに来る！　世界でいちばん悪い子どもになってやる！　すっごくひどいことをやってやるんだ。そうしたらトリイのクラスに入れられるから。あたしを外に出したらだめだっていわれるよ」

「まあ、シーラ」わたしは泣きたくなった。

「あたしは他のどこにもいかない。また悪いことをやってやるんだ」

あなたを追い出そうとしているんじゃないの。ああ、シーラ、わたしのいうことをよく聞いてね」彼女は両耳を手で覆った。

そして怒り狂った目でわたしを睨んだ。怒り、傷ついた目だった。昔の復讐に燃えたときの表情がほの見えた。

「次の学年にはこの教室はもうないのよ」わたしはとても小さな声でいったので、ほとんど聞き取れないくらいだった。だが、シーラは両手のすきまからこの言葉をしっかりと聞き取った。

波が引いたように顔の表情が変わり、シーラは両手を降ろした。怒りの表情が消え去り、彼女の顔が蒼くなった。「どういうこと？　このクラスはどうなるの？」

「このクラスはもうなくなってしまうの。学校のことを決める役所が、もう必要ないって決めてしまったのよ。みんな他のクラスにいくことになったの」

「もう必要ないって？」シーラは叫んだ。「必要に決まってるじゃない！　あたしにも必要だよ！　あたしはまだ頭がおかしいんだよ。だから頭のおかしな子のクラスが必要だよ。ピーターだってそうだよ。マックスも。スザンナも。あたしたちみんなまだ頭がおかしいのに」

「いいえ、シーラ。あなたはおかしくなんかないわ。前はどうだったかはわからないけど、でもいまはちがうわ。もうそういうふうに考えるのをやめなきゃいけないときなのよ」

「じゃあ、おかしくなってやる。また悪いことばっかりしてやる。あたしはどこにもいきたくないんだから」

「シーラ、わたしももうここにはいなくなるのよ」

彼女の顔が凍りついた。

「わたしは六月に引っ越すの。この学年が終わったら、遠くにいってしまうのよ。あなたにこのことをいうのはとても辛いの。だってこんなに仲よくなったんですものね。でもそういう時が来たのよ。あなたを愛していることに変わりはないわ。それに、わたしがいってしまうのは、あなたが何かをしたとかしなかったからというのではないの。わたしが決めたことなの。大人の決めたことなのよ」

シーラはずっとわたしの顔を見つづけていた。テーブルに両肘をつき、両手を握り合わせて頬を拳に載せている。彼女はにじんだような水色の目でわたしを見ていたが、その目は何も見ていなかったし、何も理解していなかった。

「すべてのことには終わりがあるのよ、シーラ。わたしは教師だから、わたしの終わりは六月に来るの。わたしたちは一緒にすごく楽しい時を過ごしたし、わたしはその時を世界じゅうの何にも代えがたいと思っているわ。あなたはすごく変わったし、わたしも変わったわ。ほんとうに。二人一緒に成長したのよ。いま、どんなにすばらしく成長したかを見る時がやってきたのよ。わたしたち、もうその心の準備はできていると思うわ。あなたも。あなたも自分自身の道をいこうとする準備ができていると思うの。あなたはすごく強い子だもの」

突然シーラの目に涙が盛り上がり、こぼれ落ちた。涙は彼女の丸い頬をつたい、顎まで滑り落ちた。それでも彼女は身じろぎもせず、まばたきひとつしなかった。顔はまだ両手の上に乗せたままだ。わたしにはこれ以上いうべき言葉がなかった。わたしは彼女がまだたった六歳だということを忘れてしまうことがよくあった。七月にやっと七歳になるばかりだというのに。彼女の目があまりに大人っぽいので、ついついその事実を忘れてしまうのだった。

シーラはゆっくりと両手をテーブルの上におろして、頭も低くした。流れ落ちる涙をぬぐおうともせずに、しばらく黙って座っていた。それから立ち上がると、わたしに背中を向け、部屋の向こうの端にいって、床に置いてあるクッションの間に座った。そしてふたたび両手で顔を覆った。依然として何の物音も聞こえてこなかった。

わたしは黙ったまま、彼女が発する痛みをひしひしと感じながら座っていた。その痛みはそのままわたしの痛みでもあった。わたしは深入りしすぎたのだろうか？　あれだけの進歩をしたといっても、彼女にあまりにもわたしに依存させすぎたのではないのか？　毎日毎日誰かを愛することなどを教えこもうとするよりは、一月に出会ったときの状態のままでただ教えたほうが、彼女のためにはよかったのではないのか？　わたしは教師仲間の間でも、ずっと一匹狼的な存在だった。わたしは〝別れるときに辛い思いをしても思いっきり愛したほうがいい〟派だったが、この考え方は教育界ではあまり人気がなかった。教職課程でとる授業も、プロの教師たちも、みんながあまり深入りするなと諭していた。だが、わたしにはそれはできなかった。深入りせずに効率的に教えるなんてことがわたしにはできなかったのだ。そして、心の奥底では、わたしが例の〝愛して、あとで辛い思いをする〟派に属しているからこそ、終わりが来たときに別れることができると考えていた。別れるときにはいつも胸が痛んだ。その子を愛していればいるほど、胸が痛んだ。だが、わたしたちが別れなければならない時が来たり、あるいはわたしにできることがもうなくなったために、その子をあきらめなければならない時が来ると、わたしはその場を去ることができた。そうできたのは、わたしにはいつもわたしたちが共に過ごしたときのすばらしい思い出が残っていたし、人が人に与えられるものので思い出ほどすばらしいものはないと信じていたからだ。仮にわたしがシーラの学校生活の残りをずっと一緒に過ごしたとしても、わたしにできることはもう何もなかったし、彼女に幸せを保証してやることもできなかった。彼女が自分でするしかしかたがないことなのだ。終わりのときがきたら、わたしが彼女に与えることができるものは、わたしの時間と愛だけだった。終わりのときがきたら、さぞかし別れは辛いだろう。最後にはわたしの努力もまた思い出になってしまうのだ。

それでもシーラを見ていると、彼女の傷を癒すだけの充分な時間がなかったのではないか、この苦痛に満ちたわたしの教え方に耐えられるほど彼女は強くないかもしれない、などと不安になってきた。このやり方はわたしには向いているかもしれないが、有無をいわさずに彼女にこの方法を押しつけたのは彼女にとっては不公平なことだったのかもしれない。だが、それではどうすればよかったというのだ？　とうとうわたしは自分のやり方にふさわしくない子を受け持ってしまったのかもしれず、助けるつもりで傷つけてしまったのかもしれない。そう思うと心配で胸がはり裂けそうになった。一匹狼でいることは、学究の徒である場合には認められる。だが、実践の場にいる者の場合は、体制に順応するほうがふつうは安全なのだ。

わたしはゆっくりと立ち上がると、ときどき鼻をすする以外は何の物音もたてずに座っているシーラのそばに近づいていった。「あっちへいって」覆った両手の間から、シーラは静かに、だが断固とした口調でいった。

「どうして？　あなたが泣いてるから？」

両手がおろされ、彼女はわたしのほうをちらりと見た。「ちがう」彼女はいったんそこで言葉を切った。「どうしていいのかわからないから」

わたしは彼女の前に座ると、クッションを背中にあてがってもたれかかった。初めてのことだったが、彼女の傷を癒すために抱きしめたい、という気にはならなかった。わたしがそうできないような威厳が、マントのように彼女を包みこんでいたのだ。そのとき、わたしたちは年上の者と子どもというのではなく対等だった。もはやわたしのほうが知恵があり、賢く、強いということはなかった。人間としてまったく対等だった。

「なんでここに残ってあたしをいい子にしてくれないの？」ついにシーラは尋ねた。

「あなたをいい子にするのはわたしじゃないからよ。それはあなたがすることなの。わたしは、あなたがいい子でもそうじゃなくても、あなたのことを思ってる人間がいるっていうことを知らせるためにいるだけなのよ。あなたがどうなるかを心配してる誰かがいるっていうことをね。だから、わたしがどこにいるかは関係ないの。これからもずっとあなたのことを思ってるわ」

「あんたもおかあちゃんと同じじゃない」シーラがいった。その声はやさしくて非難がましいところはまったくなかった。まるですでにものごとの成り立ちや理由をわかってしまったといわんばかりだった。

「ちがうわ。そうじゃないのよ、シーラ」わたしは彼女をじっとみつめた。「それとも、やっぱりそうなのかもしれない。たぶんあなたと別れるのは、あなたのお母さんが辛かったように、とっても辛いことでしょうね。お母さんもそれほど辛い思いをしたのかもしれないわ」

「おかあちゃんはあたしのことなんかあんまり愛してなかったんだよ。弟のほうをずっとかわいがっていたんだ。おかあちゃんはあたしのことを犬みたいにハイウェイに捨てていったんだ。あたしなんかおかあちゃんのものじゃないみたいに」

「そのことについてはわたしにはわからないわ。あなたのお母さんのことも、お母さんがなんでそんなことをあなたにしたのかもわからない。それから、シーラ、あなたにもほんとうのところはわからないはずよ。あなたがわかっているのは、あなたがそれをどう感じたか、だけなのよ。でも、あなたのお母さんとわたしはちがうわ。わたしはあなたのお母さんじゃない。あなたがどれほどそうだったらいいと思っていたとしても、わたしはあなたのお母さんじゃないのよ」

急にまた彼女の目に涙が盛り上がってきた。シーラはズボンのベルトをもてあそんでいた。「そんなことわかってるよ」

「そうね。でもあなたがそうだったらいいのにと思っていたことは知ってるわ。同じように、わたしもときどきそう思ったことがあったわ。でもそれは夢でしかないのよ。わたしはあなたの先生で、学年が終わったら、わたしはただのあなたの友達になるのよ。でも、友達ではいるわけだから。あなたがわたしに友達でいてほしいと思っている間はいつまでもずっとあなたの友達だから」

シーラは顔を上げた。「わからないんだけど、なんでいいことっていつも終わっちゃうの」

「すべてのことには終わりがあるのよ」

「そうじゃないものもあるよ。悪いことなんかはそうだよ。悪いことは絶対に終わらないもの」

「いいえ、終わるわ。そのままに放っておけば、どこかへいってしまうわよ。こちらが思っているほど早くにはいってくれないこともあるかもしれないけど、でも悪いことにも終わりはあるわ。終わらないものは、わたしたちがお互いに持っている気持ちよ。あなたが大人になって、どこか他の場所にいたとしても、わたしたちが一緒にどんなにすばらしい時をすごしたかは思い出すことができるでしょ。たとえ悪いことが起こったとしても、そしてそれが変わらないように思えたとしても、わたしのことは思い出せるわ。わたしもあなたのことをずっと覚えている」

思いがけずシーラは微笑んだ。小さな、悲しそうな笑みではあったけれど。「それはあたしたちが飼いならしあったからだね。あの本のこと、覚えてる？　キツネを飼いならすために、いろいろ面倒なことがあったから、あの王子さまが腹を立てたこと、それから王子さまがいかなくちゃいけなくなって、キツネが泣いたこと、覚えてる？」シーラは思い出に浸って微笑んでいた。自分の世界に入りこみ、わたしがいることにほとんど気づいていないようだった。いつのまにか彼女の頬の上で涙は乾いていた。「それでキツネはいうんだよね。いつでも麦畑を見て思い出せるから、よかったって。あそこ、覚えてる？」

わたしはうなずいた。

「あたしたち、お互い飼いならしたんでしょ？」

「そうよ」

「誰かを飼いならしたら泣いちゃうんだよね？　あの本の中で、二人ともずっと泣いてたけど、あたしにはなんでなのかよくわからなかった。泣くのは誰かにぶたれたときだけだとずっと思っていたから」

ふたたびわたしはうなずいた。「誰かに自分のことを飼いならさせたら、泣くかもしれないということを覚悟しなくちゃならないの。これも、飼いならされるということの一部なんだと思うわ」

シーラはぎゅっと唇をかみしめ、最後の涙の跡を拭いた。「それでも、すごく辛いよ。そうでしょ？」

「ええ、それでもすごく辛いわ」

20

シーラは翌日の午前中にミセス・ギンズバーグの教室にふたたびいき、大した問題も起こさずに三十五分間を過ごした。だが、それでわたしたちの間の問題が解決したというわけではなかった。学年が終わろうとしていて、その先はわたしたちはもう一緒ではないのだということを頭ではわかっても、シーラはそれをうまく受け入れることはできなかった。わたしたちに残されたあと二週間の間に、彼女がきちんと受け入れられるかどうかわたしには疑問だった。ここを去っていくわたしへの怒りと、わたしがいってしまうことへの恐怖との間でシーラの気持ちがゆれ動いているせいか、彼女の行動が前よりも粗雑になってきた。彼女にはわたしたちの間に起ころうとしていることと、彼女と母親との間に起こったこととをはっきりと分けて考えられないのだった。このことについてわたしたちは何度も何度も、以前に彼女が繰り返し話すことを必要としたときより以上に繰り返して細かく話し合った。人々は別れていくのだということ、それが辛く、泣くものだということ、だがそれでもお互い愛し合っているのだということの文学上の証しとして、シーラは『星の王子さま』の本にしがみついた。どんなときにもこの本を手元から離さず、本の一部を諳じることができた。本にははっきりと文字で書いてあるので、わたしの言葉よりもより確実なものに思えたのだろう。

シーラは確かに泣くということを覚えた。わたしたちの別れを知ってからの何日か、彼女はほとんど涙を流しているか、泣きそうな顔をしているかだった。しばらくの間、彼女の目は水もれのする蛇口のようだった。笑みを浮かべているときでも、遊んでいるときでも、彼女の頬には涙が伝っていた。その理由をきかれても、なぜ自分が泣いているのかわからないことが多かった。わたしは彼女をそのまま泣かせておき、そのことについてはあまり心配しなかった。シーラが泣くようになってからかなりの時間がたっていたので、彼女が自分でも泣くということに慣れてきており、感情の幅の広さというものを自分でみつけだしているのだとわたしは信じていた。そして、泣くことが目の前に迫ってきていることに対する心の準備を助けることになるのであれば、そのほうがいいと思っていた。そのうちゆっくりと涙を見せることもなくなってきた。

その涙の下には、歓びと勇気のすばらしい萌芽がほのみえていた。これはシーラにはいままでいちばんむずかしい課題だった。彼女の人生でいままで起こったことはすべて彼女の意思で起こったわけではなかったし、彼女に選択の余地などなかった。ことが起こってしまったあと、とにかく生き延びるよう努めるしかなかったのだ。だが、いま彼女には別れが来ることがわかっていて、それをなんとか自分でコントロールしようと勇敢にももがいているのだった。シーラが自分の涙に対処し、ぼろぼろになった『星の王子さま』の本を胸に抱き、執拗にわたしに何が起ころうとしているのか、なぜそうなのかと質問しつづける姿を見ながら、わたしには彼女ならきっと乗り越えられることがわかっていた。シーラは強かった。おそらくわたしよりも強いだろう。情緒障害の子どもたちと一緒の仕事をしてきて強く印象づけられたことは、彼らの回復力の強さだ。一般に広く思われていることに反して、彼らは決してもろくはない。ここまでこうして生き延びてきたこと自体が、その何よりの証しだといえるだろう。わたしたちの多くがあまりにも当然だと思っている道具を与えられれば、自分が持っているときにはそのことに気づかないことが多い愛と支えと信頼と自信が与えられれば、彼らはうまく生き抜いていく。シーラを見ていると、このことは明らかだった。彼女はきっと乗り越える努力をやめないだろう。

学年末も迫った繁雑な日々の最中に、わたしの誕生日がやってきた。わたしたちの教室では誕生日は盛大にお祝いすることにしていた。ほとんどの子どもたちがここ以外ではお祝いしてもらえなかったということもあったし、わたしがパーティー好きだということもあったからだ。だから、子どもたちがアントンやウィットニーやわたしの誕生日を祝うのもまたごく当たり前のことだった。結局のところ、わたしたちはみんなこうしてこの世に生まれてきたのだし、わたしにはそんなことは大したことではないなどと謙遜する気もなかったから。そんなわけで、自分の誕生日に、わたしは大きな黄色い象の形をしたケーキとチョコレート・アイスクリームを学校に持ってきた。

その日はどうもものごとがうまく運ばなかった。特別ひどいことが起こったというわけではないのだが、子どもたちお得意のちょっとした厄介ごとがたてつづけに起こった。ピーターはバスの中で喧嘩をして、鼻血をたらしながら登校してきてむしゃくしゃしていた。休み時間にセーラがシーラに腹を立て、今度はシーラがタイラーに怒りをぶちまけ、タイラーが泣き出した。それからシーラがセーラに足で砂をかけ、セーラが泣き出した。静かにするコーナーは一日じゅう大入り満員だった。だが、わたしの堪忍袋の緒が切れたのは午後になってからのことだった。ウィットニーが教師用ラウンジにアイスクリームを取りにいくと、五年生のどこかのクラスがそのアイスクリームを自分たちのものだと勘違いして持っていってしまっていた。そこでわたしはしかたなくケーキだけをテーブルに置いた。わたしたちが用意をしている間、ピーターとウィリアムがふざけあっていた。二人はそれぞれ手に積み木を持ち、それを曲芸師のお手玉に見立てていた。わたしはやめるようにいったが、彼らはやめなかった。子どもたちの一人がわたしの腕をひっぱったので、わたしが一瞬気をそらしたそのときだった。物がぶつかる音がした。ウィリアムがピーターに向かって積み木を投げ、それを受けとろうとしたピーターが床に座っていたシーラの上にどすんと転んでしまったのだ。ピーターはシーラの上に倒れこみ、二人ともふらふらしながら立ち上がった。わたしが気づくひまもなく、今度はシーラが積み木をピーターに向かって投げつけた。ピーターは椅子を持ち上げて、かっとなってそれをシーラのほうに振りおろした。椅子がテーブルにぶつかり、それからマックスとケーキにぶつかった。わたしの黄色の象がぐちゃぐちゃになって飛び散った。

「あんたたち、もういいかげんにしなさい！」わたしは叫んだ。「みんな一人残らず椅子に座って、下を向きなさい」

「でも、ぼくが悪いんじゃないのに。ぼくは何にもしていないよ」とギレアモーが抗議した。

「い、いみんなっていったでしょ」

子どもたち全員が、マックスとフレディまでが、椅子をみつけて腰をおろした。シーラ以外の全員が。

「あたしのせいじゃないもん。ピーターのばかがあたしの上につまずいてきたからだよ」彼女はピーターが押し倒したままの床の上に座っていた。

「椅子に座って、他のみんなみたいに下を向きなさい。あなたたちにはもううんざりだわ。あなたたち、今日一日じゅう喧嘩ばっかりだったじゃないの。その挙げ句の果てがこれってわけよ。椅子に座って下を向きなさい」

シーラはそれでもまだ床から動かなかった。

「シーラ、立ちなさい」

大袈裟に溜め息をついて立ち上がると、シーラは椅子に手をかけた。そして椅子をタイラーのそばまで引っぱってきて、腰をおろし、頭を垂れた。

わたしは子どもたちを見た。なんというひどいありさまだろう。ウィットニーとアントンはカーペットに散らばったケーキを拾い集めていた。わたしが近づいていくと、アントンは目をぐるっと回して見せた。わたしは弱々しい笑みを浮かべた。ほんとうは泣きたかった。今日は特別な日にしたかったのに、いつもどおりの日になってしまったということと、あれほど時間をかけて作った黄色の象のケーキが、カーペットの上にぶちまけられてしまったこと以外、別に特別な理由はなかったのだが。

振り返って子どもたちのほうを見ると、ピーターが腕の隙間から片目でこちらをのぞいていた。わたしは彼を指で差して、こわい目をした。ピーターはふたたび顔をおおった。わたしは時計に目をやり、秒針が動くのを見ていた。

「さあ、もういいわ。あなたたちが人間らしく振る舞えるのなら、立ってもいいわ。あと十分残っているわ。残りのケーキを拾うのを手伝って、それから何か静かにすごせるものをさがしなさい。もう喧嘩をする声は一回だって聞きたくないから」

シーラは頭を垂れたままテーブルのところに残っていた。

「シーラ、もう立ってもいいのよ」

彼女は両腕に顔をうずめたまま、動かなかった。わたしは彼女のそばまで近づいていって、隣の椅子に座った。「もうそんなに怒ってはいないわ。立ち上がって遊んでもいいのよ」

「ううん、これ、あたしからのお誕生日のプレゼント。こうしてればもう今日は面倒なことを起こさなくてもすむから」

放課後ウィットニーがシーラを送っていき、アントンとわたしは教師用ラウンジにいった。わたしは座り心地のいい椅子に座って頭を後ろにもたせかけ、両足をテーブルにのせて、手で目をおおっていた。

「なんてひどい日なの」とわたしはいった。アントンが返事をしないので、わたしは座りなおして目を開けた。彼の姿はなかった。彼が立ち去る物音も聞こえなかったのに。まあいいわ。そう思ってわたしはまた椅子にもたれた。いつのまにかうとうとしかけていた。

「トリイ？」

わたしは目を開けた。アントンがもどってきて、わたしの椅子のそばに立っていた。

「お誕生日おめでとう」彼は分厚い封筒を手渡した。

「あら、こんなことしなくていいのに。ここでは何もしないっていう取り決めになっているのよ」

彼はにやにや笑っている。「開けてみて」

中にはグリーンのヘビのイラストがついたおかしなカードが入っていた。その中から折りたたんだ紙が出てきた。

「これ、何？」わたしはきいた。

「きみへのプレゼントだよ」

わたしはその紙を開けてみた。手紙のコピーだった。

アントニオ・ラミレス殿

チェロキー郡コミュニティ・カレッジは、あなたがダルトン・E・奨学金の受取人として選ばれたことを、喜んでここにお伝えいたします。

おめでとうございます。今秋からのプログラムでお目にかかれることを楽しみにしております。

わたしは彼を見上げた。アントンはどうしても唇に浮かんでくる笑みを抑えることができなかった。笑みはどんどん広がっていって、彼は唇を大きく横に広げて笑った。わたしはおめでとうといいたかった。この一枚の紙がどれほどわたしを喜ばせてくれたかを言葉にしたかった。だが、何もいえなかった。わたしたちはただお互いみつめ合い、そして微笑んだ。

わたしはエドにシーラの今後の編入の件で電話をかけ、チーム・ミーティングを行なった。わたしはシーラをジェファーソン小学校の友人のサンディ・マグワイアの三年生のクラスに編入するという案を主張しつづけた。サンディは若く、感受性の鋭い教師で、彼女ならシーラを大勢の子どもたちの中で見失ってしまうことはないだろうと信頼できる人物だった。シーラが普通の学校にもどれるかもしれないということをわたしが最初に思いついたときも、彼女は何度も相談にのってくれていた。

最初エドはこの案にいい顔をしなかった。彼は子どもたちに飛び級させることが好きではなかったのだ。その上、シーラは年齢のわりには小柄だった。八歳や九歳の子どものほとんどは、彼女よりも頭半分背が高いだろう。わたしたちは徹底的に考えてみた。シーラは勉強の面では二年生よりも少なくとも二学年分は進んでいたが、二年生よりも小柄なことも事実だった。だから、彼女の場合には完璧な解決法はなかった。わたしとしては、彼女の体格やIQのことを心配するよりは、彼女の精神的な成長を支えつづけてくれる信頼できる教師のもとに置きたかった。シーラを勉強の面でぴったりのクラスに置くということができないことははっきりしているのだから、新たなトラブルの種を与えても意味がない。せっかく解放されたシーラの心には二年生のクラスはあまりにも物足りなく、そのために一生懸命何かに夢中になるということがむずかしくなるのではないかとわたしは恐れていた。最後にはチームのメンバーもシーラをサンディのクラスに入れてみることに合意してくれた。さらに精神的欲求を満たしたり彼女に適した勉強ができるように、シーラは日に二時間補習教室で過ごすことが決められた。

学年の終わりまであと二週間という頃、わたしはシーラに来年度からはジェファーソン小学校にいくことになったと話した。彼女の新しい先生のことはとてもよく知っているし、ずっと前からの友達だということも話した。そして、いつか放課後にサンディの教室を訪ねてみないかとシーラにきいてみた。シーラはすぐには何のことだかのみこめず、いまもこれからもサンディには会いたくないと強い調子でいい張った。だが、その日あとになってから、他の子どもたちがシーラの編入のことを聞いて、彼女が飛び級をすることにみんなが沸き立ったのを見てからは、サンディに会うことをそれほど嫌なことでもないと気が変わったようだった。

水曜日の午後、シーラとわたしは終業のベルが鳴るとすぐにわたしの小さな車に乗りこみ、町の反対側にあるジェファーソン小学校に向かった。サンディの授業が三時半に終わるまでまだ三十分ほどあったので、わたしはバスキン・ロビンズで車を止めてアイスクリーム・コーンを買った。シーラはリコリスのダブルを選んだ。車にもどるときに、ナプキンを全然もらってこないというまちがいをおかした。

ジェファーソン小学校に着いたときには、シーラはまるで人種が変わってしまったようになっていた。真っ黒なアイスクリームが頬にも顎にも髪にもTシャツの前にもそこらじゅうについていたのだ。わたしはびっくりして彼女の顔を見た。ほんの十五分前にはきちんときれいだったのに。ティッシュも持っていなかったので、わたしは自分の手でふけるだけのものをふいた。わたしにぎゅっとしがみつくシーラと一緒に、学校を見にいった。

シーラを見たとたんにサンディは笑いだした。そんな彼女を責めるわけにはいかなかった。そこらじゅうにアイスクリームをつけたシーラは四歳の子のように見えた。それに怯え、怖がっている彼女には浮浪児のような雰囲気があった。シーラはわたしの脚にぴったりとくっついていた。

「あらあら、何かいいものを食べたみたいね」サンディは笑みを浮かべていった。「何を食べたの？」

シーラは大きく目を見開いてサンディを見た。「アイスクリーム」囁くような声だった。このときサンディは何と思っただろうか、とわたしは思った。わたしはシーラのたぐいまれな才能や、彼女の話す能力のことを詳しく話して、シーラを受け入れてくれるようにとサンディに働きかけてきたのだから。そのときのシーラはとても知的にとびぬけた子のようには見えなかった。

だが、そんな心配など無用だった。サンディは椅子を運んでくると、わたしたちと一緒に腰をおろし、シーラからアイスクリームの話を逐一聞き出した。それから彼女はわたしたちに教室をぐるっと案内してくれた。そこは昔ながらの典型的な教室だった。ジェファーソン小学校は大きな教室のある、古い、巨大なレンガ造りの校舎だった。教室には二十七個の机が楽々とおさまり、教室のぐるりにはさまざまな〝学習コーナー〟が設けられていた。サンディの教室は、いつものことだが、散らかっていた。テーブルの隅に積み上げられたワークブックは崩れ、図入りの用紙が少し通路に散らばっていた。わたしにしたところで決してきちんとしているほうではないが、サンディの教室の乱雑さはそのわたしをも上まわっていた。子どもたちは数種類の学習計画を同時にスタートさせたようで、それぞれのさまざまな段階が見てとれた。教室の後ろには本がいっぱい詰まった本箱とスナネズミの檻があった。

ゆっくりとシーラは緊張を解いていき、元気になっていった。本への興味がついに臆病さに勝った。やがて彼女は自分であたりを歩きだし、教室内をあれこれと探索しはじめた。わたしたちが黙ってシーラの様子を見守っているときに、サンディは得意顔になってにこっと歯を見せて笑った。彼女はまんまと成功したのだ。

爪先立ちになってワークブックの表紙を見ていたシーラは、積み重ねてあるいちばん上のワークブックを取り、パラパラとページをめくった。そのワークブックを手にしたまま、彼女はわたしたちのほうにやってきた。

「これ、トリイが持ってるのとはちがう

よ」と彼女はいった。

「たぶんあなたはここではこういうのでお勉強することになるんだと思うわ」

シーラは中を見つづけた。それからサンディのほうを向いた。「あたし、ワークブックをするのはあんまり好きじゃないんだ」

サンディは唇をすぼめて、ゆっくりとうなずいた。「他の子どもたちもそういってるわ。ワークブックってあんまりおもしろいものじゃないものね？」

シーラはしばらくサンディをみつめていた。「それでもあたし、やるよ。トリイがあたしにそうさせるようにしたの。前はやらなかったんだけど、でもいまはやってる。このワークブック、そんなに悪くないみたいだよ。たぶんこれをやると思う」彼女はあるページを注意深く見ていた。「この子まちがったんだ。ほら、そこの横に赤い印がついてるよ」シーラはその部分をわたしに見せた。

「だれでもまちがうことはあるわ」とサンディはいった。わたしは彼女にシーラの訂正されることへのアレルギーのことをいっておかなくては、と心に留めた。まちがいへの恐怖心を減らすこと。このことは来年度の課題の一つになるだろう。

「子どもたちにどうするの？」シーラがきいた。

「子どもたちがまちがったときのこと？」とサンディがいった。「あら、ただもう一度やってごらんなさいというだけよ。子どもたちがわからないのなら、わたしが手助けをするわ。だれでもときにはへまをやるわよ。大したことじゃないわ」

「子どもたちをぶつ？」

にやっと笑いながらサンディは首を横に振った。「いいえ。ぜったいそんなことはしないわ」

シーラはわたしのほうを向いてうなずいた。「トリイ、この人もぶたないって」

わたしたちはサンディのところに四十五分ほどもいた。その間シーラはどんどん大胆に質問するようになっていった。ついに、わたしはシーラのバスに間に合うようにそろそろ帰らなければ、と切り出した。わたしたちがドアから出たときサンディが、学校が休みに入る前に一度シーラがここに来て、子どもたちがいるときの三年のクラスの様子がどんなものか見たらどうかといった。サンディに時間をとってもらったことのお礼をいってから、わたしたちは車に向かって走った。

学校にもどるまでの車の中で、シーラはほとんど何もいわなかった。わたしが駐車場に車を入れたちょうどそのとき、シーラがわたしのほうを向いた。「あの人そんなに悪くないみたいだよ」

「よかった。サンディを気に入ってくれてうれしいわ」

わたしたちは車から降りた。校舎に向かって歩いていくときに、シーラがわたしの手を取った。「トリイ、あたし、いつかマグワイア先生のクラスにいってもいいと思う？」

「いきたいの？」

「いってもいいかなって思ってさ」

わたしはうなずいた。学校の玄関のところにおおいかぶさるように生えているハナミズキの木から、背のびをして花を取り、わたしはシーラの髪にとめつけた。「ええ、シーラ、それはできると思うわ」

最後の週の月曜日、アントンはシーラをサンディのクラスまで車で連れていった。わたしは午前中だけにしたらどうかといったのだが、シーラは一日じゅう向こうで過ごすことを選んだ。セルフサービスのカフェテリアで昼食を食べたかったのだ。他の子どもたちのように自分でお金を払い、好きなものを選びたかったのだ。うちの学校では、わたしのクラスは最後に食べることになっているし、食べるものもすでに決められていてトレイに載せてテーブルに置いてあった。シーラはふつうの子どもでいるということがどんな気持ちのするものなのかをためしてみたかったのだ。彼女が小さな手をアントンにひかれて、彼と一緒に出かけていくのを見ていると、わたしは自分もついていきたいような気持ちになった。シーラは、彼女の父親が渡してくれたお金でわたしたちが買った普段着のジーンズとTシャツではなく、チャドから買ってもらったあの赤と白と青のドレスを着てきた。そしてわたしに髪をポニー・テールにしてくれと頼み、がらくた箱の中から毛糸をみつけてくるとそれで結んでほしいといった。学校を出ていくシーラの姿はアントンのそばでとても小さく、とても傷つきやすく見えた。

シーラはその日の午後、満足してベテラン顔でもどってきた。その日は一日スムーズに運んだようで、シーラは誇らしそうな笑みを浮かべながら、昼食の載ったトレイを何もこぼさずにじょうずにカフェテリアの中で運べたことや、マリアという名の、いままで見たこともないほど長くて、きれいな黒い髪をした女の子が、シーラと一緒に食べるために席をとっておいてくれたことなどを話してくれた。困ったこともあった。女子トイレからの帰りに道がわからなくなってしまったのだ。そのことを話すシーラの声の調子から、わたしには彼女がそういう状況になってすごく怖い思いをしたことがよくわかった。だが、最後にはなんとかもどることができた。そしてシーラは誇らしげに微笑むと、自分が迷ったことはだれにもいわなかったといった。休み時間に、シーラはあの長いドレスはすごくかわいいけれど遊ぶのには向いていないということを発見した。走っているときに裾がじゃまになってつまずいて、膝をすりむいてしまったのだ。シーラは裾を上げてわたしにも見せてくれた。すり傷はよく見えなかったが、彼女は痛いのだといった。だが、そのことで泣いたりしなかったそうだ。サンディが転んだのを見ていて、シーラをなぐさめてくれた。サンディが身体をくっつけて抱いてくれて、痛みがとれるまで膝にふうふう息をかけてくれたとき、すごくいい匂いがした、とシーラは顔を輝かせていった。全体としては、大成功だった。シーラはあのクラスなら入ってもだいじょうぶだと断言したが、マリアが落第したらいいのに、そうすれば同じクラスになって友達になれるのに、ともいった。マリアの不幸を祈るなんてそんなかわいそうなことをしなくても、あなたたちは友達になれるわよ、とわたしはあわてていった。わたしのクラスと別れることに関してシーラがあのひきつった表情を見せなかったのはこれが初めてだった。そのことを口にしもしなかった。そのかわりに、会話のいたるところで「次の学年になったら、マグワイア先生はこうしてもいいといった……」とか「あたしが次の学年、マグワイア先生の教室に通うようになったら、こんなことをさせてくれるんだって……」というようなことをいった。それはわたしにとってはうれしくも切ないひとときだった。シーラがわたしを乗り越えていったということなのだから。

学年最後の日、わたしたちはピクニックをした。わたしは全員の親に連絡をして、大勢の親たちと学校から数ブロック離れたところにある公園で待ち合わせをすることにしていた。カフェテリアで用意してくれたお弁当とアイスクリーム・サンデーを作る材料をわたしたちが持っていき、親たちがクッキーなどを持ってきてくれることになっていた。その公園は昔からある広い公園で、小動物園やカモのいる大きな池があった。庭には六月の日差しの中で花々が咲きほこっていた。子どもたちはそれぞれ親を従えて、思い思いの方向に散らばっていた。

シーラの父親は来なかった。わたしたちのほうも彼が来るとはあまり思っていなかった。だが、シーラはその朝、明るいオレンジと白のサンスーツを着てやってきた。彼女は肌をさらすようなその服を恥ずかしがって、最初の三十分ほどわたしたちにからだをぴったりくっつけてあとをついてきた。アントンはサンスーツの色がきれいだとうんとほめ、チャンスがあったら盗んでしまおうかな、といってからかった。この言葉で緊張が解け、シーラはアントンがこのサンスーツを着ているところを想像してくすくす笑いだした。そして、わたしたちが他の子どもたちを待っている間、シーラは教室の中でわたしたちのために踊ってくれた。このサンスーツは彼女のために昨晩父親がディスカウント・ストアで買ってくれたもので、シーラが覚えているかぎり父親から何か新しいものを買ってもらったのはこれが初めてだった。その歓びが彼女の中ではじけ、どうしてもじっとしていられないのだった。公園へいくまでの歩道でも、シーラはずっと爪先でくるくる回りつづけ、そのたびに彼女のブロンドの髪が風になびいた。公園にいってからも、シーラの歓びの踊りは続いた。アントンとウィットニーとわたしは、昼食後カモのいる池のそばの日向に腰を下ろし、そんな彼女の姿を見ていた。シーラはわたしたちから離れた、十メートルほど下にある池をとりまく小道にいた。彼女は内なる音楽に聴き入っているようで、それに合わせて小道をすべるように踊っていた。小道を歩いている他の人達は、おもしろそうな顔をしながら、彼女をよけて通ってくれていた。スキップをし、くるりと回ったかと思うと、今度は二、三回リズミカルに身体を折り曲げる。日差しの中で、輝く髪を広い黄色の輪にして回りながら彼女が一人踊っているのを見ていると、何か鬼気迫るような感じさえした。小道にいる他の人のことも、他の子どもたちのことも、アントンやウィットニーやわたしのことも完全に忘れて、シーラは内なる夢に浸りきって踊っていた。他の二人もわたしが感じたのと同じ異様な魅力を感じていたのだろう。アントンは何もいわずにじっとみつめていた。ウィットニーはわたしたちには聞こえない音楽を聴こうとでもするかのように首をわずかにかしげていた。

アントンがわたしのほうを向いた。「あの子、精霊みたいだな。ちょっと強くまばたきをしたら、その間に消えてしまいそうだ」

わたしはうなずいた。

「彼女は自由なのよ」ウィットニーが小声でいった。まさにそのとおりだった。

最後の日はあっという間に過ぎてしまった。わたしたちは荷物を片付け、最後の書類を渡し、いよいよ最後のお別れをするために教室にもどった。鏡板張りの細長い教室には、いまはほとんど何もなかった。壁に貼ってあった絵や作文は取りはずされていたし、動物たちはすべてわたしのアパートに運ばれていた。各自のひきだしの名札もはずされていた。

いよいよ最後だという思いはシーラにも見られ、彼女は朝からの陽気な気分を失っていた。書類もすべて配り、帰宅を告げるベルを待つころになると、シーラはいまはクッションも動物の檻も何もない教室のすみっこにいってしまった。もたれるものが何もないので、シーラは床の上にしゃがみこんでいる。他の子どもたちは、夏休みのことや来年度から学校を変わることですっかり興奮して、大声でしゃべりまくっていた。アントンが子どもたちに歌を歌わせようとしている間に、わたしはそこから離れてシーラに近づいていった。

涙が音もなく彼女の日焼けした頬を伝っていた。ティッシュを持っていなかったので、彼女は自分の髪で涙を拭いた。シーラの目は傷つき悲しみに満ちていた。「あたし、いきたくないよ」シーラは泣き声を出した。「これが終わってしまうなんていやだ。またここにもどってきたいよ、トリイ」

「わかるわ、シーラ」わたしは両腕で彼女を抱いた。「でも、そう感じるのはいまだけよ。もうちょっとすれば、夏休みだし、そのあとには三年生になるのよ。普通学級の生徒としてね。ちょっと辛いのはいまだけよ。いまだけなの」

「いきたくないよ、トリイ。トリイにもいってほしくないよ」

わたしは彼女の前髪をそっと撫であげた。「あなたに手紙を書くっていったの、覚えてるでしょ。そうすればお互いがどうしているのかがわかるわ。だからほんとうに別れてしまうわけではないのよ。わかるでしょ」

「ううん、わかんない。あたし、ここにいたいよ」シーラはなんとか自制心を取りもどそうともがいていた。彼女の痩せた小さな身体がわたしの腕の中で震えていた。「あたし、悪い子になってやる。マグワイア先生のクラスでは、ぜったいいい子になんかなってやらない。そうしたらトリイがもどってこなきゃならなくなるもん」

「ちょっと、そんな話は聞きたくないわよ。そんなことは昔のシーラがいうことでしょ」

「いい子になんかならない。ぜったいに。トリイだってあたしをいい子にはさせられないから」

「ええ、わたしにはできないわ、シーラ。それはあなたが自分で決めることだもの。でも、そんなことをしても何も変わらないわ。そんなことをしても、もうこの年はもどってこないんだし、このクラスももどってこないのよ。それからわたしも。前にもいったように、わたしも自分の学校にいくことになっているの。あなたが何をやるかはあなただけが決められるのよ。でも、何をしてももうこの年はもどってこないの」

シーラは下唇をつきだして、床をみつめていた。

わたしは微笑んだ。「ねえ、覚えてる？　あなたはわたしを飼いならしたの。わたしに対して責任があるのよ。ということは、わたしたちがお互い愛し合ってるってことをぜったいに忘れてはいけないということなのよ。いまは少し泣いちゃうかもしれないってことなの。でも、すぐに、わたしたちが一緒にいてどんなに幸せだったかということだけを覚えていられるようになるわ」

シーラは首を横に振った。「もう幸せになんかならない」

ちょうどそのときベルが鳴り、教室じゅうがにぎやかになった。わたしは立ち上がって他の子どもたちのほうにいった。ためらいがちに、シーラもあとからついてきた。ついにさよならをいうときがやってきたのだ。タイラーとウィリアムは目に涙を浮かべていた。ピーターは大喜びではしゃいでいる。わたしたちは全員抱き合ってキスを交わし、それから子どもたちは六月の日差しの中に駆けていった。

シーラは労働者用キャンプに帰るために、高校のスクールバスに乗らなければならなかった。この最後の日には、そのバスの時間まで、他の子どもたちのバスが出てから少しの時間しかなかった。アントンとウィットニーにさよならをいい、荷物をまとめてから、高校までの二ブロックを歩いてバスに乗るのにちょうどいいくらいの時間がシーラに残されていた。

彼女にとってアントンと別れるのは辛いことだった。最初シーラは手で顔をおおって、アントンの顔を見ることさえ拒んだ。わたしにはわからないがシーラにはわかるスペイン語で何かいいながら、アントンは彼女をやさしく説得してなんとか微笑ませることに成功した。結局アントンはシーラに彼らはこれからも季節労働者用キャンプで会えるのだということを思い出させたようだ。アントンは彼女を家に連れていって彼の二人の息子と遊ばせるという約束をした。ついにわたしは、もういかなければといった。わたしが彼女をバスまで送っていくことになっていたのだが、すぐにでも出発しないと間に合わなかった。この言葉を聞いて、シーラはアントンのほうに向き直り、彼に抱きついた。シーラの小さな腕がレスラーが組みつくように彼にからみついている。それから彼女はウィットニーに手を振り、わたしの手をとった。ドアのところでシーラは立ち止まり、わたしの手を振りほどくとまた駆けもどってアントンに抱きついた。アントンの頬にキスをしてから、ふらふらとわたしのところにもどってきた。そして目に涙を光らせながら、荷物を持ち上げた。書類が何枚かと、わたしたちが何であったかをはっきりと示す思い出の品の、すり切れた『星の王子さま』だ。わたしたちは玄関の階段を降り、歩道を高校まで歩いていった。

歩いている間じゅう、彼女はしゃべらなかった。わたしも何もいわなかった。わたしたちに言葉など必要なかったのだ。話すとわたしたちの間にあるものがこわれてしまいそうだった。バスは高校の半円形の車寄せで待っていたが、まだ生徒たちは乗りこんでいなかった。バスの運転手はわたしたちに手を振り、シーラは座席に荷物を置きに走っていった。そしてもう一度バスから降りて、わたしのいるところにもどってきた。

シーラは太陽の光がまぶしいのか目を細めながらわたしを見上げた。わたしも彼女の顔を見た。明るい日の光の中で時が止まったように思われた。「さよなら」シーラはとても小さな声でいった。

わたしは両膝をついて、彼女を抱きしめた。両耳の中で心臓のドキドキいう音が響き渡り、喉がきゅっとつまってしゃべれなかった。やがてわたしが立ち上がると、彼女はバスに走っていった。バスのステップのところまで走って、ステップを上がるところでシーラは立ち止まった。高校生たちが乗りこんでいて、シーラは順番を待たなければならなかったのだ。彼女はわたしのほうを振り返った。それから突然走ってもどってきた。

「あれ、本気じゃなかったんだよ」シーラは息をきらせながらいった。「悪い子になってやるっていったけど、本気でいったんじゃないんだ。いい子にするから」そして厳粛な顔でわたしを見上げた。「トリイのために」

わたしは首を横に振った。「いいえ、わたしのためにじゃないわ。あなたのためにいい子になるの」

シーラはかすかに、不思議な微笑み方をした。次の瞬間、彼女はもうバスに駆けもどり、ステップをかけのぼって姿を消した。しばらくして、後ろの窓のガラスに顔をぎゅっと押しつけている彼女が見えた。運転手がドアを閉め、バスにエンジンがかかった。「さよなら」シーラは口の形でそういった。鼻はぎゅっと窓に押し当てられていた。彼女が泣いているのかどうかわからなかった。バスが車寄せをぐるっと回り、私道を通りに向かった。小さな手が、最初は狂ったように、それからだんだんやさしく振られた。バスが通りに出てその姿が見えなくなるとき、わたしは手を上げて微笑んだ。

「さよなら」わたしはいったが、ぎゅっとこわばった喉からしぼりだされたその言葉はほとんど声にならなかった。それからわたしは踵を返し、その場をあとにした。

エピローグ

一年ほど前、濡れた跡のある、くしゃくしゃのノートの切れ端に青いフェルトペンで書いたものが郵便で送られてきた。他には手紙も何も同封されていなかった。

トリイへ、いっぱいの〝愛〟をこめて

他のみんながやってきて
わたしを笑わせようとした
みんなはわたしとゲームをした
おもしろ半分のゲームや、本気でやるゲームを
それからみんなはいってしまった
ゲームの残骸の中にわたしを残して

何がおもしろ半分で、何が本気なのかもわからずに
ただわたしひとりを
わたしのものではない笑い声のこだまする中に残して

そのときあなたがやってきた
おかしな人で
とても普通の人間とは思えなかった
そしてあなたはわたしを泣かせた
わたしが泣いてもあなたは大して気にかけなかった
もうゲームは終わったのだといっただけ
そして待っていてくれた
わたしの涙がすべて歓びに変わるまで

解説
無条件に愛されるということ

エッセイスト
犬山紙子

「子どもには無条件に自分を受け入れてくれ、愛情をかけてくれる大人が必要」

児童虐待防止について調べる中、そう思うようになりました。無条件とはどんな時もということです。失敗した時はもちろん、悪いことをしでかしてしまった時も。子どもの気持ちをゆっくり聞いて、愛情で返す、子どもにとって「そこに行けば安心して眠れる」と安全基地になるような、そういう大人。そんな人が側にいると、自分がどんな状態であっても生きていて良いと思える力、生きていく上で一番大切な力、自己肯定感が生まれます。逆に虐待など、自分の存在がないがしろにされ、尊重されない家庭で育つとこの力を得るのが難しくなります。

トリイ・ヘイデン氏はまさにシーラにとってそういった大人だったのでしょう。教室に来たばかりのシーラはあまりにも激しい試し行動をとります。「あたしはこんなに悪い子だぞ！　悪いことをする子どもは嫌われて当たり前だ！　だから嫌われてもあたしは傷つかない！」……これはこれまで激しく傷ついて来たシーラの叫びでしょう。しかし、それがわかっていても大切な金魚の目をくり抜かれたら……なかなか冷静でいられないのではないでしょうか。私だったら「自分には無理かもしれない」と早々にへこたれそうです。

それでもヘイデン氏は無理やり距離を詰めることなく、彼女の気持ちが落ち着くまで長い時間をかけ、「あなたを傷つけるつもりはない」と優しい言葉をかけ続けながら、隣まで行くのです。「自分よりずっと大きく、力も強く、権力も持っているわたしたち全員に、ひるむことなく、言葉を発することもなく涙も見せずに立ち向かうとは、なんと勇気のある子どもだろう」と心の中で彼女に敬意をはらいながら。

その場を収めるため、教室の秩序を守るためだけを考え、シーラの気持ちを無視してしまえば無理やりにでも駆け寄って罰を与えるでしょう。それか「こっちへ来なさい！　こっちにきても叩かないっていってるでしょう！　わからないの？」と怒鳴りつけてしまうかもしれません。でも、ヘイデン氏はシーラを一人の人間として尊重しているからそんなことはしないのです。これがどれだけ子どもの心を守る上で大切なことか。こういったヘイデン氏の行動は、そのまま私が子育てで困った時のお手本となる一つの道しるべにもなりそうです。

子育てをする上で真似をしたいと思った箇所は数え切れないくらいあります。代表的なものだと「コーボルトの箱」です。箱を用意し、誰かが親切な行いをしているのを見たらメモに書いて、そこに入れるというもの。一日の終わりにそれが発表され、褒められた子どもはさらに親切な行いをしようとモチベーションが生まれるわけです。我が家は子どもがまだ三歳なので、メモはかけませんが、子どもがした褒められるべきところ（それは立派なことじゃなくても良い）をそのときだけでなく一日の終わりに再度伝える方式にしています。子どもだけでなく、大人も互いに「こんなところが素敵だったよ」と寝る前に伝え合うのも、嬉しいものです。

もう一つは子どもへの謝り方です。私も子どもにちゃんと謝れる大人でありたいし、そう思い行動しています。それでも、どんなふうに謝るのがいいんだろう？　どうしても感情的になってしまうことがある……そういった葛藤があったのです。ヘイデン氏は「朝は怒ってしまっていたけど、もう怒っていないよ」と語りかけます。そしてシーラが困らせるようなことをしたのが理由であっても、対応が間違っていたと思えば素直に謝るのです。「怒鳴ってしまってごめんなさい、そうするべきじゃなかった」と。人間ですもの、怒ってしまったり、不機嫌になったり、間違ったりします。でも、その後、きちんとそれを反省して謝れるかどうか。大人が自分に対して謝ってくれたら、「ああ、対等に扱ってくれている」と子どもも感じられるのでしょう。

こうやって信頼関係を結んだ二人は、いつしか『星の王子さま』を題材に愛を語り合うまでになります。そしてある日シーラは初めて涙を見せるのです。「誰もあたしを痛めつけることはできないんだよ。あたしが泣かなければ、あたしが痛がってることはわからないでしょ。だれもあたしを泣かせることはできないんだ」と言っていたシーラが、自分の前で泣いてくれた。それは自分のことを「安心できる人」と思ってくれたからに他なりません。それはヘイデン氏にとっても報われる、心癒される時間だったでしょう。そして不思議なことに私自身、ヘイデン氏の言葉に心の傷を癒してもらっているかのような気持ちにもなったのです。

さて、この『シーラという子』が最初に発売されたのは四〇年前のアメリカです。そして日本でこれを書いている今、児童虐待問題はまだまだ十分に解決されていない現状があります。本当に悲しいことですが。

二〇一九年度のデータでいうと、子どもが親などから虐待を受けたとして児童相談所が対応した件数は一九万三七八〇件、全国で摘発された児童虐待「事件」は一九七二件、死亡した子どもは五四人。残念ながら、まだまだ全ての子どもが安心して暮らせる状態ではありません。今この瞬間にも虐待で傷つく子どもがいて、子どもの権利は守られていないのです。

ここで自分の話をするのは恐縮ですが、私は二〇一八年から児童虐待防止を掲げた「#こどものいのちはこどものもの」というボランティア活動をはじめました。子どもは自分で自分を守れないのに大人が動かないでどうするんだと。これまで大人として何もできていなかったことへの罪滅ぼしの気持ちもありました。あまりに辛すぎて虐待事件と向き合うことを避けてしまっていたのです。

向き合うぞ、と決めてから様々な方に取材をしたり本を読んで現状を勉強しました。そして知れば知るほど、本当に難しい問題だと頭を抱えることになるのです。児童相談所や一時保護所の数、児童福祉司や児童心理司の待遇と数、里親の数、それらにかけられる予算があまりにも少ないのです。また、児童虐待がそもそも起こらないようにする取り組みも足りていません。

ここまで大きな問題と思うと、「私一人の力では何の力にもなれない」と思ってしまうかもしれません。しかしそんなことはなく、国に「子どもを虐待から守って」と訴え続けること、それが大きな力になります。実際それで国が動くこともあります。

例えば二〇二〇年に改正児童虐待防止法、改正児童福祉法が施行されました。そこで親権者による体罰も禁止されたのです。そうです、これまで禁止されていなかったのです。世界で五九番目、やっとのことです。そのほかDV対策との連携強化だったり、児童相談所の体制強化だったり。二〇一六年の母子保健法の改正では妊娠中から出産、子育てまで切れ目ないサポートをする「子育て世代包括支援センター」の設置が全国の市町村の努力義務ともなりました。しかし、やはりそれでも子どもを守るのにはまだまだ足りていないのが現状です。だから声を上げ続けること、周りの子どもたち、保護者が追い詰められていないか、優しい目で見守り続けることが必要なんですよね。

ヘイデン氏は虐待をしてしまった親や大人にも思いを馳せます。彼らのしたことは間違っている、けれども一方で彼らも被害者である側面があるんだろうと。その眼差しは虐待をなくす上で非常に大切なものです。虐待しようと思って子どもを産む親なんていないのです。過去の傷や、貧困や、孤立し追い詰められること、様々なことが重なって虐待が生まれるのです。だからこそ、親への支援もとても大切なものになります。虐待する親に対し、私たちは激しい怒りが湧いて来ます。子どもにそんなことをするなんて、鬼畜だ。そんなふうに思うこともあります。でも、子どもを救うためにはそこで終わらせず「なぜこの親は虐待をしてしまったんだろう?」とその原因を知り、そこからどうすればこういった事件を防げるのか、を考えることが大切なのです。

今、この瞬間も日本で、世界中でシーラのように苦しんでいる子どもがいます。シーラはヘイデン氏に出会えましたが、そんな大人に出会えていない子どももたくさんいます。でも、私たちはこの本から受け取った気持ちを胸に「子どもを守ろう」、そう動けるはず。まずは知ることから、声をあげるところから。「虐待かも?」と思うことがあれば189(児童相談所虐待対応ダイヤル)に通報を。そして子どもと、子どもをとりまく人々に優しい眼差しを。全ての子どもが暖かい部屋で眠れて、安心して遊び、学べて、思いっきり甘えられて、愛情で包まれますように。

二〇二〇年一二月

本作品には、人種、身体的特徴、セクシュアリティ、障害に関して、今日(こんにち)では差別的とされる表現が見られます。しかし著者が差別助長を意図していないことを考慮し、原語になるべく忠実な訳語を採用しています。その点をご理解いただけますよう、お願い申し上げます。（編集部）

本書は二〇〇四年六月にトリイ・ヘイデン文庫より刊行された作品を加筆・訂正して、新規に解説を付して再文庫化したものです。

子育ての大誤解〔新版〕（上・下）

――重要なのは親じゃない

The Nurture Assumption

ジュディス・リッチ・ハリス

石田理恵訳

ハヤカワ文庫ＮＦ

『言ってはいけない』の橘玲氏激賞！ 親が愛情をかければ良い子が育つ――この「子育て神話」は、学者たちのずさんで恣意的な学説から生まれたまったくのデタラメだった！ 双子を対象にした統計データからニューギニアに生きる部族の記録まで多様な調査を総動員して、子どもの性格を決定づける真の要因に迫る。解説／橘 玲

デザイン思考が
世界を変える

Change by Design
ティム・ブラウン
千葉敏生訳
ハヤカワ文庫NF

CHANGE BY DESIGN
デザイン思考が世界を変える
ティム・ブラウン
千葉敏生訳
イノベーションを導く新しい考え方
HOW DESIGN THINKING TRANSFORMS ORGANIZATIONS AND INSPIRES INNOVATION
TIM BROWN
早川書房

イノベーションを導く新しい考え方

人々のニーズを探り出し、飛躍的発想で生活を豊かにする「デザイン思考」。先駆的に挑むデザイン・ファームIDEOのCEOが、デザインとイノベーションの必要性を熱く語り、組織を蘇らせる方法や社会的問題を解決するための秘訣を経験談と共に明かす。世界的に話題の書。

マシュマロ・テスト

——成功する子・しない子

The Marshmallow Test

ウォルター・ミシェル
柴田裕之訳

ハヤカワ文庫ＮＦ

目の前のご馳走を我慢できるかどうかで子どもの将来が決まる？　行動科学史上最も有名な実験の生みの親が、半世紀にわたる追跡調査からわかった「意志の力」のメカニズムと高め方を明かす。カーネマン、ピンカー、メンタリストＤａｉＧｏ氏推薦の傑作ノンフィクション。解説／大竹文雄

〈数理を愉しむ〉シリーズ

天才数学者たちが挑んだ最大の難問

――フェルマーの最終定理が解けるまで

Fermat's Last Theorem

アミール・D・アクゼル
吉永良正訳

ハヤカワ文庫ＮＦ

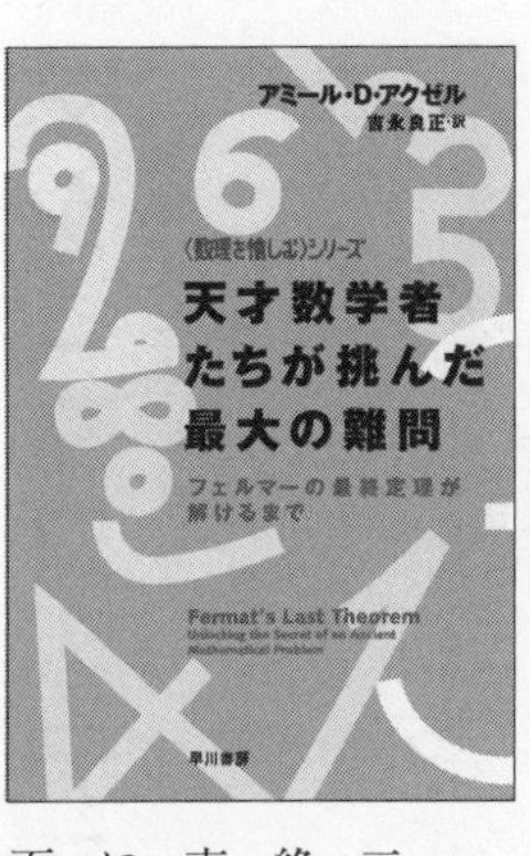

一七世紀に発見された「フェルマーの定理」は、三〇〇年のあいだ数学者たちを魅了し、鼓舞し、絶望へと追いこむことになる難問だった。古今東西の天才数学者たちが演ずるドラマを巧みに織り込んで、専門知識がなくても数学研究の面白さを追体験できる数学ノンフィクション。

やわらかな遺伝子

Nature Via Nurture

マット・リドレー
中村桂子・斉藤隆央訳

ハヤカワ文庫ＮＦ

池田清彦氏推薦

「遺伝か環境か」の時代は終わった！

ゲノム解析が進むにつれ、明らかになってきた遺伝子のはたらき。それは身体や脳を作る命令を出すが、環境に反応してスイッチをオン／オフし、すぐに作ったものを改造しはじめる柔軟な装置だった。「生まれか育ちか」論争に新しい考え方を示したベストセラー

腸科学

——健康・長生き・ダイエットのための食事法

The Good Gut

ジャスティン・ソネンバーグ
&エリカ・ソネンバーグ

鍛原多惠子訳

ハヤカワ文庫NF

ジャスティン・ソネンバーグ
&エリカ・ソネンバーグ
鍛原多惠子 訳

腸科学

健康・長生き・
ダイエットのための食事法

THE GOOD GUT

早川書房

人類史上もっとも多くの人を苦しめている生活習慣病やアレルギー、自閉症などを抑え、若返りの働きがある腸内細菌。この細菌が、現代の食習慣により危機に瀕している！　細菌を育て、病気知らずの人生を送るにはどうすればよいのか？　スタンフォード大学の研究者が最新研究とともに、実践的なアドバイスを伝授。

訳者略歴　国際基督教大学教養学部卒，英米文学翻訳家　訳書にモートン『新版　ダイアナ妃の真実』，イシグロ『わたしたちが孤児だったころ』，ヘイデン『タイガーと呼ばれた子〔新版〕』（以上早川書房刊）他多数

HM=Hayakawa Mystery
SF=Science Fiction
JA=Japanese Author
NV=Novel
NF=Nonfiction
FT=Fantasy

シーラという子〔新版〕
虐待されたある少女の物語

〈NF567〉

二〇二二年一月　二十日　印刷
二〇二二年一月二十五日　発行

（定価はカバーに表示してあります）

著　者　トリイ・ヘイデン
訳　者　入江真佐子
発行者　早　川　　浩
発行所　株式会社　早川書房

郵便番号　一〇一‐〇〇四六
東京都千代田区神田多町二ノ二
電話　〇三‐三二五二‐三一一一
振替　〇〇一六〇‐三‐四七七九九
https://www.hayakawa-online.co.jp

乱丁・落丁本は小社制作部宛お送り下さい。
送料小社負担にてお取りかえいたします。

印刷・中央精版印刷株式会社　製本・株式会社川島製本所
Printed and bound in Japan
ISBN978-4-15-050567-7 C0198

本書は活字が大きく読みやすい〈トールサイズ〉です。